강한 채로 회귀

강한 채로 회귀 5

홍성은 퓨전 판타지 장편소설

초판 1쇄 찍은 날 § 2024년 1월 26일
초판 1쇄 펴낸 날 § 2024년 2월 2일

지은이 § 홍성은
펴낸이 § 서경석

총괄팀장 § 황창선
편집책임 § 김우진
디자인 § 스튜디오 이너스

펴낸곳 § 도서출판 청어람
등록번호 § 제387-1999-000006호
등록일자 § 1999. 5. 31
어람번호 § 제1-3223호

본사 § 경기도 부천시 부일로 483번길 40 서경B/D 3F (우) 14640
편집부 § 서울특별시 구로구 디지털로 272 한신IT타워 404호 (우) 08389
전화 § 02-6956-0531 팩스 § 02-6956-0532
http://www.chungeoram.com
E-mail § chungeorambook@daum.ne

ISBN 979-11-04-92506-1 04810
ISBN 979-11-04-92495-8 (세트)

도서출판 청어람

5

강한 채로 회귀

홍성은 퓨전 판타지 소설

FUSION FANTASTIC STORY

강한 채로 회귀

목차

1장

제36층 (2)

주변은 잠잠했다.

해일이 들이닥치다 말아서 모든 것이 쓸려나간 해안가는 물론,
해일 때문에 시야가 확 트인 산정 호수마저도.

이렇게 트리톤이 많건만, 그들은 모두 숨소리도 내지 못하고
있었다. 그 이유는 하나 뿐이었다.

"…죽, 죽은… 건가……?!"

트리톤 챔피언의 몸에 현신한 [말과 돌고래 애호가]의 눈가가
경련했다.

이철호에게 연결되어 있던 채널이 완전히 끊겼다. 이쪽에서도
메시지를 보낼 수 없고, 저쪽의 말도 들리지 않는다.

아니, 과연 들리지 않는 걸까? 침묵 중인 게 아닐까?

죽은 자는 말이 없으니…….

"큭!"

[애호가]는 이를 꽉 물었다.

으드드득.

이가 갈리는 소리가 머리 내부에서 들렸으나, [애호가]는 상관하지 않았다.

자신의 육신이 아니기 때문이 아니다.

만약 여기서 이철호가 패배한 거라면? 트리톤해 연안의 수복은 물론이고 트리톤족의 존속까지 위태롭다.

이미 회복했던 세 개의 해안선도 해일로 완전히 뒤덮인 상황이다.

심해의 바닷물로 더럽혀진 해안선을 복구하는 건 고사하고, 다시 [깊은 곳에 온 것]들의 일부들로 뒤덮인 영역을 되찾을 수 있을지 의문이다.

"몇몇만이라도 도망보내야 하나?"

좀 더 내륙의 호수로 도망치면 종의 존속은 가능할지 모른다.

그러나 바싹 마른 땅 위를 이동하는 동안 얼마나 많은 트리톤족이 죽어 나갈까?

트리톤족이 줄어들수록 [애호가] 성좌의 힘이 깎여 나가는 것은 둘째 문제다. 더욱 절망적인 상황은 힘이 깎여, 살아남은 트리톤족조차 제대로 간수할 수 없게 되는 것이었다.

그 절망은 이미 현실화된 것일지도 몰랐다.

이대로 이철호가 죽은 것이라면…….

"아니, 놈은 살아 있다."

근거는 없다. 그저 그렇게 믿고 싶은 것일 뿐.

이게 아니라면 절망밖에 없기에, 가능성이 낮은 희망을 믿도록 내몰린 것에 불과하다.

그러나 무기력한 절망보다는 희박한 희망이 낫다.

그렇게 믿은 [애호가]는 트리톤족 전사들에게 명령을 내렸다.

"집결하라!"

작전은 하나. 이철호의 구출.

"나를 따르라!!"

선두는 물론, 성좌가 깃든 챔피언이었다.

와아아아아!!

몇 년 전 갑작스럽게 나타난 [깊은 곳에서 온 것] 때문에 그 숫자가 줄어들긴 했지만, 전사의 수는 결코 적지 않았다.

그 이전까지는 이 해안선 전체를 점령하며 번성하던 종족이니 당연하다면 당연한 일이었다.

걷는 것보다 헤엄치는 것이 익숙한 이들이었으나, 거친 산길을 오르며 피난했던 것이 훈련이 되었는지 모두 잘 따라오고 있었다.

그렇다, 이들은 싸울 수 있었다.

전사인 이상, 싸워야 했다. 그럼에도 전사들을 내보내지 않고 용사의 재림을 기다린 것은 아이들의 목숨을 아꼈기 때문이었다.

바보 같은 결정이었다.

처음부터 함께 싸워야 했던 것을!

종족의 운명을 한 남자의 어깨에 올려놓고도 부끄러운 줄도 몰랐다니! 그리고 마지막의 마지막이 되어서야 이렇게 나서게 된 것에 [말과 돌고래 애호가]는 크게 자책했다.

"살아만 있어다오, 살아만……!"

트리톤 챔피언과 트리톤 전사 부대가 산길을 벗어나 해안에 들어서자, 역겨운 심해의 해수 속에 우글거리던 [깊은 곳에서 온 것]의 일부들이 그들을 주시했다.

"돌겨어어어억!!"

[말과 돌고래 애호가]는 크게 외쳤다.

자신의 성좌, 종족의 아버지가 가장 앞서자 아이들 또한 두려움 없이 심해의 바닷물 속으로 발을 디뎠다.

그러나 다음 순간.

펑!

폭발이 일어났다. 폭발이 일어난 방향은 바다 쪽이었다.

마치 고고한 바위섬처럼 바닷속에 반쯤 잠겨있던 [크라켄 신]의 피부가 폭발한 거였다.

"크어억!"

그리고 폭발이 일어난 곳에서 무언가가 튀어나왔다.

"영, 영웅이여!"

본래라면 챔피언이, 성좌가 울음 섞인 외침을 터트리는 것은 그 위신에 큰 흠집이 되리라.

그러나 지금만큼은 아무런 문제가 되지 않았다.

모두가 같은 생각을, 감정을 공유하고 있었기 때문이다.

와아아아아아!!

트리톤들이 함성을 터트렸다.

이철호가 돌아왔다.

*　　　　　*　　　　　*

문어의 심장이 여러 개인 걸 알고 있었는가?

나는 이번에 처음 알았다. 와, 씨. 심장 하나만 파괴하면 [크라켄 신]이 죽을 줄 알았는데, 갑자기 다른 곳에서 심장 소리가 들렸을 때는 내 심장이 떨어지는 줄 알았다.

[폭주]도 [혈기]도 뭣도 다 써 버린 상태에서 그런 소릴 들으면 심장 마비로 죽을 수도 있지.

다행히 그런 상황에서도 머리가 굴러가서, 일부러 죽고 [기사회생]으로 능력치를 회복한 후 다시 공격할 수 있었던 건 내가 생각해도 대단한 기지였다.

그러고 보니 심장은 안 떨어졌어도 한 번 죽긴 죽었었네.

그렇게 한 번 죽었음에도 불구하고, 마지막 심장을 터트리는 데에 딱 한 방이 모자라서 진짜 미치는 줄 알았다.

내가 혼자 미치는 건 [불변의 정신+++]으로도 못 막으니까, 그때가 진짜 위험했다고 다 지나간 지금에야 자평한다.

자화자찬이지만, 용케 몸 크기를 줄이고 심장 쪽으로 파고 들어가 직접 칼을 휘두를 생각을 했다.

사실 내 정신력은 내가 스스로 생각하는 것보다 꽤 단단한 편 아닐까? 그거야 뭐 아무튼, 다 지나간 지금에 와서는 좋은 추억이다.

어쨌든 결론은 그거다.

문어의 심장은 세 개였다.

혹시 또 문어 몸 속에 파묻혀서 빠져나가기 위해 심장을 부숴야 할 일이 있을지도 모르니 잘 기억해 두는 게 좋겠다.

…또 그럴 일이 없으면 좋으련만.

[자이언트 데스웜] 죽이고 또 [웜 신] 상대해야 했던 옛 기억이

갑자기 떠오르네.

…에이, 설마.

아, 혹시 [크라켄 신]만 심장이 세 개일지도 모르지 않나?

설마 보통 문어에도 심장이 세 개가 있을까?

그건 아니지 않을까?

그렇게 생각하면서 다른 문어를 잡아 해부해 보니, 그 문어에도 심장이 세 개 있었다.

원래 그랬던 건가? 아니면 그저 이 해역의 문어들이 모두 [깊은 곳에서 온 것]에 의해 변질되어 버린 걸까?

나로서는 후자에 무게를 두고 싶다.

[아니, 원래 세 개네.]

그러나 [말과 돌고래 애호가] 성좌는 그러한 내 바람을 무참히 산산조각 내 버렸다.

[아니, 아무리 종족을 구원한 대영웅 앞이라 한들 맞는 걸 아니라고 할 순 없는 노릇 아닌가?]

그건 그렇다.

귀에 거슬린다고 옳은 말을 못 듣는다면 그게 바로 폭군이겠지.

뭐, 나는 폭군은커녕 왕조차 아니지만.

여하튼… 그렇게 됐다.

[히든 퀘스트: 변이된 [크라켄 신] 처치]

[미궁 외부의 압력이 강해지고 있습니다. [크라켄 신]의 변이는 그 중 하나에 지나지 않습니다. 유념하십시오! 이것이 끝이 아닐 테니.]

[처치 보상: [성좌의 파편] 5개]

퀘스트 보상으로 [파편]이 나온 것을 보니, [깊은 곳에서 온 것도 큰 피해를 입은 모양이다.

하긴 내가 [크라켄 신]을 처치하자 [깊은 곳에서 온 것]의 일부, 줄여서 [깊]들은 모두 흔적도 없이 사라지더라.

아무래도 [깊은 곳에서 온 것]이 이 해안선에 뻗었던 마수를 거둔 모양이다.

아니면 그 마수가 잘려져 나간 것일 수도. 좌우지간 그래서 [깊]들에 의해 빼앗겼던 해안선은 모두 수복한 셈이 되었다.

아무리 그래도 [애호가] 성좌가 이걸 내 덕으로 인정 안 해 줄 만큼 염치없지는 않아서, 나는 연계 퀘스트로 예정되었던 보상을 전부 몰아서 받을 수 있었다.

[말과 돌고래 애호가의 안장★★★]: 탑승시 탑승물의 이동 속도/돌격 위력/킥 공격력이 [위엄] 능력치에 비례해 대폭 증가한다.

[위엄] 능력치를 소모하여 보너스를 세 배로 얻을 수 있다. 돌격이나 킥을 명중시켰을 경우 이렇게 소모된 [위엄] 능력치를 되돌려받는다.

그 결과가 이거다.

[안장★★]의 옵션은 [말발굽★★]과 같았는데, ★★★이 되면서 캐시백이 붙은 걸 보면 아마 [말발굽★★★]도 같지 않을까?

궁금하니까 다시 [강자] 성좌를 찾아가서 ★ 하나만 더 달라고 해 봐야겠다.

[심해의 해수로 오염되었던 것도 자연적으로 복구될 걸세. 몇 년 후면 여기도 사람 사는 바다가 되겠지.]

사람이 아니라 트리톤족 아닌가요?

…이런 말을 하면 종족 차별로 몰리지 않을까?

그래서 나는 말하지 않았다.

생각만 했다, 생각만.

*   *   *

하도 정신이 없어서 4서폿을 다시 불러와야 한다는 것을 알아차리기 전까지 꽤 시간이 걸렸다.

정확히는 밀린 커뮤니티 메시지를 보고서야 알아차렸다.

"와, 선생님 진짜 죽은 줄 알았다니까요? 아무리 [텔레파시]를 날려도 하나도 못 받고!"

[콜]을 받고 오자마자 이수아가 호들갑을 떨었다.

"그렇더라. 나도 그놈 몸속에서 빠져나온 다음에 깜짝 놀랐어."

특히 [애호가] 성좌의 채널에 메시지가 아주 그득그득 쌓여 있더라.

"뭐, 처치 메시지 뜬 거 보고 안심했지만요."

"그렇구나. 내가 산 거 보고 안심했구나."

"그, 그런 거 아니야!"

응? 이수아가 나한테 반말?

그런데 잘 보니 수아의 시선이 다른 쪽을 향하고 있었다.

그 시선의 끝에는 김이선이 있었다. 왜 김이선?

"…알고 있어요."

김이선이 천사처럼 미소 지었다.

와, 평소엔 별로 잘 웃지도 않았는데, 저렇게 예쁘게 웃는 걸 보니 표정 연습 많이 했나 보다!

그런데 왜 그 미소를 보고도 수아는 왜 뻣뻣하게 굳었지?

얘 왜 이러니?

"저도 안심했어요, 오빠."

"어, 응. 그, 그래."

이상하다, 왜 내 목소리가 떨리고 있지?

"선생님 덕에 얻은 게 많습니다."

그때, 김명멸이 끼어들었다.

"아, 얻은 건 내가 제일 많지!"

김명멸 덕에 원인불명의 스턴 상태에서 빠져나온 이수아가 큰 소리를 탕탕 쳤다.

이수아는 4서폿 중 가장 지원 능력이 뛰어나기에 이번 전투에서 높은 기여도 지분을 차지할 수밖에 없었다.

"내가 제일 적고."

유상태가 한마디 얹었다.

이번에도 딱히 어떤 상태 이상에 걸린 적이 없는 터라, 유상태의 지원을 받을 일이 없어서 이렇게 되고 말았다.

"아……."

그러자 이수아의 목소리가 다시 작아졌다.

유상태, 나이스!

나는 보이지 않는 각도에서 유상태에게 엄지를 들어 보였고, 유상태도 미세하게 고개를 끄덕였다.

신이 난 이수아는 상대하기 골치 아프니 항상 적절한 수준으로 텐션을 조절해야 한다는 사실을 이 자리에 있는 모두가 깨달은 지 오래다.

"하지만 그것도 오늘까지의 이야기가 될 겁니다, 선생님. 4서 폿 중 저만 낮은 보상을 받은 게 신경 쓰이셨는지, 성좌께서 성검에 별을 달아 주셨거든요."

그렇게 자연스럽게 유상태가 새로 업그레이드 받은 성검을 자랑했다.

[곰을 부르는 선지자의 부러진 쟁기★]: [축복]을 소모하고 [축복받은 물], [축복받은 소금], [축복받은 기름] 중 하나를 창조한다.

[축복받은 물]: 마시면 전투력이 일정량 상승한다.

[축복받은 소금]: 뿌리면 해당 지역의 산출이 일정량 증가한다.

[축복받은 기름]: 머리에 부으면 지배력과 카리스마가 조금 상승한다.

성검 하나에 세 가지 맛이 나는 혜자 상품이다.

확실히 이 정도면 전투 기여도를 입증하기에는 충분한 성능인 것 같다.

그런데 소금을 땅에 뿌리면 산출이 증가한다고? 그게 말이 되나? 로마가 카르타고를 멸망시킬 때 그 땅에 소금을 뿌렸다고 했던 것 같은데?

말이 된다.

여긴 미궁이지 않은가?

아, 내가 또 쓸데없는 태클을.

나는 반성했다.

*   *   *

나는 미궁을 좋아한다.

혹시 내가 미궁을 싫어한다고 말한 적이 있었나?

만약 그랬다면 그건 거짓말이다.

나는 미궁을 좋아한다.

"후……."

그만큼 이번 전투로 얻은 게 많았다.

많다기보다는, 어… 컸다.

내가 죽인 [크라켄 신]의 시체를 보고 크다는 소리 외에 다른 말을 할 수가 있을까?

만약 [청동 동전★★★]이 없었다면 이 거체를 인벤토리에 다 집어넣지도 못했을 것이다.

게다가 이게 또 비싸게 팔리더라.

이러다 [청동 동전★★★]에 파묻혀 죽는 게 아닐까 하는 생각이 들 정도였다.

뭐, 이건 과장이지만.

그렇다고 저 거대한 전리품 중에 내가 써먹을 만한 게 없는 것도 아니었다.

비록 내 킥에 깨지긴 했지만 지나치리만큼 튼튼한 등껍질은 당연하고, 문어 먹물이나 따개비의 체액은 [연금술] 소재로 유용했다.

집게발은 의외로 쓸모가 없었지만, 음… 맛있더라. 게 맛이었다.

게는 클수록 맛있다던데, 그 말이 진리였다.

문어 살 역시 한 나라의 국민들을 전부 먹일 정도로 많았고 또 맛있었다.

"맛있다!"

이것이 승리의 맛인가.

*   *   *

문제는 [크라켄 신]의 살점에 [깊은 곳에서 온 것]의 기운이 섞여 있어서 제거를 꼼꼼히 해야 했다.

그러나 이것들은 유상태로부터 건네받은 [축복받은 물], [축복받은 소금]과 [축복받은 기름]이 특효였다.

[축복받은 물]을 여러 번 끼얹었으며 [축복받은 소금]으로 박박 문질러 씻은 후 [축복받은 기름]에 튀기면 [축복받은 문어 튀김]이 완성되더라.

"야, 이거 맛있네요."

"맛있어요, 맛있어요."

유상태와 이수아도 호들갑을 떨면서 먹었다.

"역시 제 기름을 써서 그런가 맛있습니다."

유상태가 너스레를 떨었다.

그 너스레에 뜬금없이 이수아가 발끈했다.

"와, 생색! 기름 내느라 쓰인 [축복]은 제 [바둑알★]로 금방 채워 드린다니까요?"

"그런 의미에서 한 접시 더 부탁드려도 괜찮겠습니까?"

이상하게 축복 요리가 [요리] 기술 단련에 좋았기 때문에, 나로서는 거부할 이유가 없는 부탁이었다.

그렇게 해서, 드디어 완성되었다.

[축복받은 황금 문어 튀김]이!

이 요리의 완성으로 내 [요리] 기술이 드디어 15랭크를 찍고야 말았다.

　─일반 기술, [요리 14]에서 [요리 15]로 랭크 상승!

　─랭크 보너스, [중복 요리 효과]를 얻습니다.

　[중복 요리 효과]: 접두가 2개 달린 요리를 만들 수 있습니다.

　[축복받은]과 [황금]이 둘 다 붙은 요리를 만들 수 있었던 게 이 새로 받은 랭크 보너스 덕인 것 같았다.

　그래서 [축복받은 황금 문어 튀김]의 요리 효과는?

　[축복]의 회복이었다!

　[축복] 능력치 보유자인 유상태의 증언에 의하면 한 입 먹을 때마다 바로바로 [축복]이 회복된다고 한다.

　"…선생님, 이거 드리기 좀 송구한 부탁입니다만."

　"[물], [소금], [기름]."

　"드리겠습니다!"

　긴말은 필요 없었다.

　나는 [요리] 수련치, 유상태는 [축복]의 즉각적인 회복 수단.

　이로써 드디어 원─윈이 되었다.

＊　　　　＊　　　　＊

　이번 전투에서도 [기사회생]을 사용했기 때문에 [행운]과 [욕망]이 다시 쫙 차올랐다.

　이 중에서 [욕망]은 [슈퍼 파워 아머]를 개조하는 데에 쓰였다.

　이름하여 [하이퍼 파워 아머]!

장갑이 더욱 두터워지는 대신 조금 둔해졌지만, 그 단점을 출력으로 메운다.

더불어 최대 크기로 거대화해도 얇게나마 전신을 뒤덮을 수 있게 됐다.

"이거… 좋네요. 정말 좋아요."

김명멸의 눈빛이 바뀌는 소리가 들린 듯했다.

"육중한 맛이 최고입니다."

너… 이런 거 좋아하니?

그러자 김명멸의 옆에 서 있던 김이선이 갑자기 경계의 빛을 띠었다.

너… 저런 거 싫어하니?

아무튼 [욕망]은 저거 만드는 데 소모했고, [행운]은 적당히 [청동 동전★★★] 몇 개로 교환해 놓는 걸로 만족했다.

지금 당장은 [동전★★★]이 넘치기 때문이었다.

아니, [크라켄 신] 시체 판 돈이 좀 많아야지.

그래서 나는 [하이퍼 파워 아머]를 팔아 버린 후, 2대를 사서 한 대는 [욕망 반환]으로 되돌리고 다른 한 대는 그냥 굴리기로 했다.

그 많던 [청동 동전★★★] 한 무더기가 사라져 버린 건 조금 공허하지만, 지금은 [행운]도 충분하고 필요할 땐 언제든 교환할 수 있다.

그래서 나는 [욕망 대출]로 빌렸던 [욕망]을 다 갚고 남은 [욕망]으로는 이전에 만들었던 [제트팩]을 다시 사서 달아 주었다.

부스터 에너지를 낭비해서 어거지로 날던 때와 달리, 원래 [제트팩]에 딸려 두었던 큰 접이식 날개로 활공이 가능해졌다.

안 먹어도 배가 부르네.

"아, 이건 좀……."

하늘을 날아다니는 [하이퍼 파워 아머]를 본 김명멸의 어깨가 살짝 처지는 부작용이 있긴 했지만 말이다.

육중한 로봇은 좋아해도, 그게 하늘을 날아다니는 건 싫은 건가?

거 취향 한 번 확고하네.

*   *   *

36층에서만큼은 나는 그냥 4서폿과 함께 다니기로 했다.

이번 전투로 넷 다 이번 층의 만렙을 찍어 버렸기에, 나랑 같이 다니더라도 경험치 손해를 보지 않게 되어 버렸기 때문이다.

전투 기여도는 내가 90% 이상을 먹어 치웠어도, 그 거스름만으로 네 명의 경험치 바를 꽉 채우는 데에 모자람이 없었다.

물론 나도 이미 만렙을 찍었기에 기여도 몇 % 빠졌다고 손해 본 게 없다.

이것저것 뒷정리를 마친 후, 우리는 트리톤해 해안을 떠났다.

"이제 어디로 가실 겁니까?"

"글쎄……."

막 [안장★★★]을 받았을 때는 [강자] 성좌를 찾아간다는 소릴 했지만, 정말로 켄타우로스를 찾아갈 생각은 없다.

어지간한 일로 [말발굽★★★]을 내어 줄 것 같지도 않으니 말이다.

아, [성좌의 파편]을 내어 주고 교환하는 건 가능하겠네.

하지만 별로 그러고 싶진 않다.

어느덧 모인 [파편]은 27개. 이번 층에서만 20개를 모았다.

어쩌면 더 모을 수도 있지 않을까? 하는 마음이 드는 것도 사실이다.

그래서 북부행은 반려하고, 남부로 향하기로 일단 가닥을 잡았다.

남부에는 뭐가 있느냐고?

내가 쌀농사를 짓던 농지가 있다.

물론 200년이나 지났는데, 내가 일궈 놓은 땅이 그대로 보존되어 있고 쌀이 잘 익어 황금빛 물결을 이루고 있을 거라고 생각하는 건 너무 꿈이 크다.

그러나 나도 어느 정도 조치를 취해 두었다.

수명이 긴 엘프 몇 명을 포섭해 사람을 써서 쌀을 생산하도록 한 게 그것이었다.

어지간하면 엘프들이 직접 농사를 지어 줬으면 하는 마음이 있지만, 그 귀쟁이들은 영 농사에 재능이 없더라.

수명이 긴 데다 항상 심심해하는 주제에 뭐든 쉽게 질려 버려서 김매기 같은 단순 반복 작업을 못한단 말이지.

…그거야 뭐 어쨌든, 만약 엘프들이 잘하고 있다면 가자마자 햅쌀을 먹을 수 있을 거다.

비록 [황금 쌀]은 아니겠지만, 그래도 미궁에서는 귀한 쌀이다.

"아무 문제도 없으면 햅쌀로 새로 지은 쌀밥을 대접하지."

나는 가슴을 펴고 4서폿에게 선언했다.

"와! 햅쌀밥!"

김이선이 박수까지 치면서 좋아했다.

"이밥에 고깃국이란 말씀이시군요."

유상태의 입에서는 어마어마하게 낡은 발언이 나왔다.

아니, 그게 언제 적… 어르신이라고 말은 하고 있지만 사실 너 나보다 어리지 않았나?

목구멍까지 치밀어 오른 이 말을 씹어 삼킬 수 있었던 건 이수 아 덕이었다.

"이밥이 뭐예요? 이로 밥을 만든 건가?"

…그렇구나! 저게 요즘 젊은이들의 정상적인 반응이구나!

정말로 정상적인 반응인지는 조금 의문이지만, 나는 가까스로 입 다물고 표정을 관리할 수 있었다.

"쌀밥 말하는 거야. 과연 어르신이십니다."

그런데 이수아와 동갑일 터인 김명렬이 이렇게 말해서 또 분위 기가 요상해졌다.

잠깐 당황했지만, 곧 나는 바른 결론을 내릴 수 있게 되었다.

아, 역시 이수아가 이상한 거 맞네.

그럼 그렇지!

*   *   *

계절은 가을이었다.

벼가 익어 고개를 숙이고, 논에는 황금빛 물결이 내달려야 하 는 가을.

그러나 내가 기대한 광경은 치마 끝자락조차 보이지 않았다.

그 대신 내가 보게 된 광경은 시커멓게 썩은 쌀이 바짝 마른 논바닥을 채운 채 말라비틀어져, 바람이 불 때마다 기분 나쁘게 이지러지는 풍경이었다.

이 논밭을 관리해야 하는 엘프 관리자의 모습은 보이지 않았다.

관리실은 폭격이라도 맞은 듯 쑥대밭이 되어 있었고, 내가 꽤 신경 써서 지은 일꾼들의 숙소도 텅 비어 먼지만 굴러다니고 있었다.

무슨 일이 일어났는지는 보기만 해도 답이 나왔다.

[우주에서 온 색채]의 운석이다.

색깔을 빼앗겨 회색빛으로 변해, 만지기만 해도 바스러지는 흙만 봐도 알 수 있다.

"…뭐, 이렇게 됐을 줄 알고 있긴 했어."

애초에 내가 논밭을 일군 곳은 왕국도 제국도 아닌, 주인이 없는 땅이었다.

성좌가 지켜줄 수 없는 땅이라는 의미다.

그런 땅의 풍요로운 황금빛을 [우주에서 온 색채]가 그냥 놔두리라는 발상 자체가 안이하다.

그래, 알고는 있었다. 그럼에도 기대해 버리고 마는 것이 인간이라는 생물의 어리석은 점일까?

아니, 틀렸다.

어리석은 것은 자기 욕망을 조절하지 못하고 적을 늘리는 [색채] 쪽이다.

"용서 못 해."

나는 나지막하니 중얼거렸다.

스산한 바람이 다시금 검게 썩은 쌀알을 논바닥에 굴렸다.

"죽여 버리겠어."

*   *   *

냉정하게 생각하면 내게 성좌를, 그것도 미궁 외부의 성좌를
죽일 능력이 있을 리 없다.

안 되는 건 안 되는 거다.

그래서 나는 되는 거라도 먼저 하기로 했다.

[김연상]: 회귀자님. 운석이 이쪽에 떨어졌습니다.

[이철호]: 알려주셔서 감사합니다. 콜 해 주실 수 있으실까요?

[김연상]: 물론이죠! 즉시 실행하겠습니다!

나는 모험가들의 제보와 콜을 받아서 움직이기 시작했다.

[우주에서 온 색채는 운석을 떨어뜨려 해당 지역의 색을 흡수
하고 힘을 키운다지?

미궁 외부에서 내부 세계에 운석을 떨어뜨리는 데에 투자금이
안 들어갈 리가 없다.

그렇다면 내가 할 수 있는 일 중, 놈의 투자금을 날려 버리는
것보다 더 좋은 복수는 없으리라.

"[신비한 세계]가 이렇게 좋은 건 줄 몰랐지."

[신비]의 힘이 오염된 [지식]의 힘을 어떻게 내쫓는지, 그 메커니
즘은 아직 나도 잘 모른다.

그러나 일단 [신비한 세계]의 영역으로 운석을 뒤덮으면, 운석
에서 뿜어져 나오는 [색채]가 활동을 멈춘다는 현상 자체는 몇 번
이고 관찰됐다.

그리고 영역을 유지한 채 몇 초간 더 버티면 뭔가 연결이 끊어진 듯 푸시식 하는 소릴 내며 회색빛으로 쪼개진다.

마치 [색채]에 의해 색을 빼앗긴 나무나 돌처럼 말이다.

이제까지는 [신비한 세계]를 되도록 크게, 한계까지 넓혀 쓰느라 한 번 쓰면 [신비]가 바닥났었다.

하지만 [색채]의 운석을 파괴할 때는 그럴 필요가 없다는 것을 알게 된 후 효율적으로 전개하는 방법을 훈련해 성과를 얻었다.

뭐, 그렇다곤 해도 아직 [신비]의 소모가 격심하지만 말이다.

차르르륵.

"괜찮아요?"

이수아가 내게 다가와 [바둑알★]을 떨어뜨리며 물었다.

"당연하지."

나는 강하게 고개를 끄덕였다.

[바둑알★]의 효과로 [신비]도 많이 회복됐고, 컨디션도 좋아졌다.

한숨 자고 일어난 효과를 주는 옵션이 좋긴 하다.

"아무리 그래도 그렇지, 좀 쉬는 게 낫지 않아요?"

"아니."

나는 고개를 저었다.

내가 좀 힘을 들여서 [우주에서 온 색채]의 지갑에 구멍을 낼 수 있다고 생각하면 지치지도 않는다.

"다음 가자."

*　　　　　*　　　　　*

[색채] 놈, 얼마나 번 건지 운석을 떨어뜨리는 숫자가 장난 아니다.

다른 성좌들에게 듣기론 저 운석 하나 떨어뜨리는 데에 보통 성좌의 1년치 예산이 든다고 하던데.

1년치 예산이 뭔지, 예산 책정은 어떻게 하는 건지, 세수는 어디서 거두는 건지 묻고 싶은 게 한두 개가 아니지만, 호기심은 일단 미뤄 두고.

확실한 건 계속해서 [색채]의 영업 이익을 뜯는 데에 성공하기만 하면 언젠가는 저 무한해 보이는 예산도 바닥을 드러내리라는 것이었다.

문제는 성좌들은 각자의 영역을 지키느라 나올 수 없고, [신비] 200 능력인 [신비한 세계]를 펼칠 수 있는 건 이 세계에 오직 나 하나뿐이라는 점이다.

애초에 여긴 36층이라 최고 레벨이 180이다.

나 외의 다른 모험가 능력치가 암만 높아야 180이 한계란 뜻이지.

그러니 나 혼자 열심히 굴러야 한다.

뭐, 이 상황에 불만이 있는 건 아니지만.

[히든 퀘스트: [우주에서 온 색채] 저지]

[외부 세력의 위협이 현실화된 지금, 당신은 미궁을 지키는 유일한 검이나 다름없습니다. 검은 벼려져야 합니다. 받으십시오, 당신을 벼리기 위한 보상입니다.]

[퀘스트 성공 보상: 성좌의 파편 다섯 개]

뭔가 퀘스트 설명은 거창한데 보상은 여전해서 조금 김빠지는 기색이 없지는 않다.

하긴 [세계에게 사랑받는] 능력 덕에 보상이 2배가 된 데다, 내가 이걸로 통산 20개 째의 운석을 파괴한 걸 생각하면 더 늘려 주기도 힘들겠지.

[성좌의 파편]: 127개

어, 그런데 파편 숫자가 왜 이렇지?

아, 처음 36층에 오자마자 부순 걸 안 셌구나!

그것까지 세면 이번 운석이 21개 째였다.

"생각했던 것보다 많이 부쉈군."

[깊은 곳에서 온 것]의 일부가 기묘하게 생긴 어인 무리였던 것처럼, 운석은 [우주에서 온 색채]의 일부였는 듯했다.

내 일방적인 생각인 건 아니고 운석을 부술 때마다 히든 퀘스트 내용을 모아 보니 그렇다더라고.

이런 식으로 생각하자면 내가 [우주에서 온 색채]를 한 개분 정도는 조진 게 아닐까? 하는 망상이 들기도 한다.

그럴 리는 없겠지만.

뭐, 망상이라는 것에는 자각이 있어 다행이다.

*　　　　　*　　　　　*

"괜찮으십니까? 저 운석은 보기만 해도 정신이 이상해진다던데, [기름] 부음 한 번 받고 가시죠?"

유상태가 내 머리에 [축복받은 기름]을 붓자, 치이이익 하는 소리와 함께 기화된 기름이 연기처럼 피어올랐다.

"역시 뭔가 있긴 했군요."

"있었죠."

하지만 이젠 없다.

거 [기름] 효과 좋네.

능력 설명에는 이런 효과에 대한 묘사는 없던 걸로 기억하는
데, 아무래도 [축복받은]이라는 접두어 때문인지 정화 능력도 있
는 모양이다.

역시 뭐든 써 보고 볼 일이다.

그런데 사실 [기름]의 정화 효과가 듣는 건 오직 [색채] 같은 미
궁 외부의 오염뿐이다.

정상적인 상태 이상에는 전혀 반응 안 한다.

그러니까 [졸음] 하나도 못 깨운다는 소리다.

"상태 이상이기라도 하면 제가 [모발 부적++]이라도 써 드릴
텐데."

유상태가 입맛을 다셨다.

유상태의 말대로, [색채]에 의한 오염은 상태 이상 취급이 아니
었다.

그러니까 딱 [기름]과… 아마도 치유의 샘물만이 이 오염을 씻
어 낼 수 있는 것일 가능성이 컸다.

뭐, 더 찾아보면 있을지 모르지만 당장 구할 수 있는 건 [기름]
뿐이다.

그래서 나는 운석을 처리한 후에는 유상태도 꼬박꼬박 [콜] 하
고 있었다.

어쩌면 [색채]가 노리는 건 내 오염일지도 모르겠다는 생각이
든 탓이다.

물론 이마저도 망상일지도 모른다.

내가 열심히 운석을 부수고 다니자 오히려 더 많은 운석을 떨어뜨리는 데에서 온 발상이거든.

하지만 내게 [색채 초환]을 시키겠다는 일념으로 자기 존재까지 걸고 [웜 신]을 소환한 후 소멸한 [비의 계승자]를 생각하면 꼭 망상인 것만은 아니리라.

어휴.

"그래서 다음 운석은?"

"딱히 보고된 바 없습니다."

김명멸이 딱 부러지게 보고했다.

"그럼 오늘은 이쯤 해 둘까."

"돌아가서 밥 먹죠, 밥! 저 따끈한 흰쌀밥 먹고 싶어요!"

36층의 농사는 망했지만 그렇다고 35층에서 수확해 뒀던 쌀이 어디 간 건 아니다.

비록 [황금 쌀]에 이르지 못한 건 아쉽지만 그래도 한국인은 밥을 먹어야 하는 법이다.

*   *   *

21개째의 운석을 마지막으로, 더 이상 운석이 떨어지지 않고 있다.

"드디어 파산한 건가?!"

[피투성이 피바라기가 그건 아닐 거라고 말합니다.]

아이, 깜짝이야.

"계셨습니까?"

[피투성이 피바라기가 그렇다고 말합니다.]

"아니… 왕국은 어쩌시구요?"

[피투성이 피바라기가 왕국에도 더 이상 운석이 떨어지지 않고 있다고 말합니다.]

"오… 그렇군요."

[아마 다른 성좌들의 영역에도 떨어지지 않고 있을 거라고 덧붙입니다.]

"그럼 역시 파산한 게 아닐까요?"

[피투성이 피바라기는 무겁게 고개를 젓습니다.]

"그렇다면……."

[피투성이 피바라기는 지금은 단순한 소강상태일 확률이 높아 보인다고 합니다.]

"아……."

나는 아쉬움에 입맛을 다셨다.

복수심도 복수심이고, 반드시 죽여 버리겠다고 한 다짐도 다짐이지만… 그동안 꽤 쏠쏠했던 것도 사실이다.

기왕이면 [우주에서 온 색채]의 지갑에 먼지만 남기고 싶은 마음이 굴뚝 같다.

물론 죽일 수 있으면 더 좋겠지만.

아마 안 되겠지.

[피투성이 피바라기가 지금은 너도 힘을 모을 때라고 말합니다.]

어, 이건 혹시… 파편을 넘기라는 소리인가?

지금 판촉 나오신 거?

성좌가 직접?

나는 이런 오해를 했다.

[피투성이 피바라기는 성좌가 되어 볼 생각은 없느냐고 묻습니다.]

진짜로 오해였다.

*　　　　　*　　　　　*

앞서 [성좌의 파편]의 용도에 대해서 말한 적이 있을 것이다.

성좌와의 거래, 임시 성좌에 등극. 그리고…….

[너는 성좌가 될 수 있다고 말합니다.]

많이 모아서 정식 성좌가 되는 것.

그리고 마침, 파편이 많이 모였다.

[성좌의 파편]: 127개.

이 정도면 성좌가 될 수 있나?

[피투성이 피바라기가 그 정도론 부족하다고 말합니다.]

아, 역시?

[피투성이 피바라기는 더 많은 파편을 모으기 위해 미궁 바깥으로 나가 볼 생각은 없느냐고 묻습니다.]

…갑자기?

"지금 좀 혼란스럽습니다만, 그런 게 가능한 겁니까?"

[피투성이 피바라기는 당연히 가능하다고 말합니다.]

미궁 바깥이라…….

생각도 해 본 적 없다.

그야 나는 80년 이상 미궁 안에 머물렀던 데다, 딱히 미궁 바깥으로 나가고 싶다고 생각한 적도 없으니까.

바깥의 세상은, 정확히는 문명은 멸망했다.

그리고 그 문명을 재생시킬 실낱같은 희망은 미궁에 있다.

이런 상황에서 미궁 바깥으로 나가고 싶다고 생각할 리 만무하다.

오직 미궁의 끝을 보고, 모든 것을 확실하게 하는 것 외에 내게 남은 길은 없다고 믿어 왔다.

그 끝이 희망의 현실화든, 절망의 확실화든.

나는 답을 보고 갈 것이라는 결심을 굳힌 상태였다.

그런데 갑자기 미궁 바깥이라니?

거부감부터 드는 건 내가 그만큼 미궁에 익숙해졌기 때문일까?

아니, 길들여졌기 때문이겠지.

본능적으로 떠오르는 거부감에 거부감을 느낀 나는 심호흡을 해 마음을 가라앉힌 후에 다시 입을 열었다.

"설명해 주셨으면 합니다."

일단은 정보다.

왜 내가 거부감을 느끼는지 파악하는 데에도, 나갈지 안 나갈 건지 결정하는 데에도 정보가 필요했다.

아무것도 모르는데 섣불리 결정할 수야 없는 노릇 아니겠는가?

                    *   *   *

미궁 외부는 아주 거칠고 생존이 어려운 환경이라고 한다.

보통 모험가라면 그저 공기에 닿기만 해도 분해되어 죽을 정도라던가.

"그러나 너는 괜찮다."

[피투성이 피바라기]가 말했다.

성좌가 아무렇지도 않게 평문으로 말하고 있는 것에서 눈치챘겠지만, 지금 내가 서 있는 곳은 성좌의 알현실이다.

불러오는 비용 비싸다면서 이야기 좀 하겠다고 바로 불러 버리네.

진짜 비싼 거 맞나?

"왜냐하면 너는 200레벨이 넘었고, 모든 기본 능력치 또한 200을 넘겼기 때문이지."

"네? 아, 그렇죠."

잠깐 딴생각을 해 버리고 말았다.

"사실 고작 36층에서 이 레벨, 이 능력치를 갖추는 건 매우 이례적인 일이긴 하지만, 지금 와서 이걸 따지는 건 별로 의미가 없는 일이겠지."

"네? 아, 뭐라고요?"

지금 성좌 입에서 레벨이니 능력치니 하는 이야기가 나오지 않았나?

성좌들이 이런 이야기를 할 때는 뭔가 다른 식으로 에둘러 표현했던 것 같은데…….

"집중 좀 하지?"

"아뇨, 그게 아니라……."

나는 내가 놀란 점을 말했다.

"지금 네 앞에서 분위기 잡고 있을 때가 아니잖냐."

"…아, 그거 분위기 잡은 거였어요?"

"그래, 음. 뭐, 그렇다."

딱히 모험가에게 그런 용어를 써서는 안 된다는 룰 같은 건 없었던 모양이다.

성좌들이 모험가 앞에서 폼 좀 잡느라 그럴듯한 용어를 동원해 왔다는 충격적인 진실이 밝혀졌음에도 생각보다 놀라움은 없었다.

이유는 잘 모르겠지만, 그거야 뭐 어찌 됐건.

"본론으로 돌아가죠."

"…잡담으로 먼저 샌 게 누군데."

당연히 저죠!

…미안합니다.

"미궁 바깥은 외부 성좌의 영역이다. 그렇다면 뭘 해야 할까?"

"어, 잘 모르겠는데요."

"되도록 많이 죽이고, 약탈하고, 파괴해라."

"…그거 전쟁 범죄 아닙니까?"

"괜찮다. 이건 전쟁이 아니거든."

전쟁의 성좌가 말했다.

"생존 경쟁이지."

성좌는 이를 드러내어 보이며 웃었다.

생존 경쟁이면 뭐든 해도 되는 건가?

될 것 같다.

응, 그렇지.

나는 납득했다.

"알겠습니다. 놈들의 논밭을 습격해 그 알곡을 모조리 시커멓게 태우겠습니다."

나는 내 사적인 복수심을 담아 읊조렸다.

"바로 그거다."

[피투성이 피바라기]는 매우 흡족한 목소리로 내 말에 대꾸해 주었다.

"하지만 아쉽게도 놈들에게는 논밭이 없다. 대신 양혼장이 있지."

양혼장? 처음 들어 보는 단어다.

"외부 성좌들이 미궁의 영혼을 훔쳐다 키우는 곳이다. 너희 인간 문명이 돼지 키우는 걸 사람 영혼으로 바꿔 생각하면 이해가 빠르겠군."

그래서 양혼장인 건가, 양돈장이 아니라.

생존 경쟁이라는 단어가 무슨 뜻인지, 나는 이제야 제대로 파악했다.

"외부 성좌들은 미궁 가까운 곳에 양혼장을 여럿 지어 놨다. 일단 그것들부터 파괴해라."

미궁의 영혼을 납치하면 바로 집어넣어 영혼 에너지를 생산할 수 있도록 만들어 뒀다는 듯했다.

그것참, 효율적이로군.

하지만 그 효율적인 배치는 곧 취약한 배치로 평가가 바뀌게 될 것이다.

"먼저 보급을 끊어라. 기본이로군요."

"그렇지."

얼마나 신이 났는지 [피투성이 피바라기]의 눈이 반짝였다.

"다만 주의할 것이 있다. 미궁 바깥에서는 미궁의 시스템을 거의 이용할 수 없다."

예를 들어 인벤토리나, 미궁 금화 상점, 미배분 능력치 분배 등 미궁의 인터페이스를 사용하는 건 불가능하다는 듯했다.

"그럼……"

"아니, 너무 걱정할 건 없다. 능력들은 모조리 사용할 수 있으니까."

구분하는 법은 간단하다.

상태창이든, 상점창이든, 그런 걸 띄워야 사용할 수 있는 건 불가능해진다.

그런 게 필요 없다면 사용이 가능하다는 뜻이다.

설명을 들은 나는 이게 생각보다 만만치 않다는 것을 곧 깨달을 수 있게 되었다.

미리 택틱을 구상하고 행동 패턴 등도 교정해 놔야 한다.

지금 나는 거의 버릇처럼 인벤토리를 이용하고 있으니까.

그런 점을 설명하며 시간을 달라고 말했더니, [피투성이 피바라기]도 흔쾌히 고개를 끄덕였다.

"어차피 나 혼자 힘으로 널 바깥에 내보내는 건 불가능하다. 여러 성좌가 연합해 네게 힘을 빌려줄 계획이다."

지금 내게 한 건 내 의지를 묻기 위한 제안일 뿐이고, 실제로 계획을 시동시키려면 어차피 시간이 좀 필요하다는 듯했다.

"그럼… 해 주겠나?"

"보상이 충분하다면요."

"당연하지. 참여하는 성좌는 모두 네게 퀘스트를 부여할 것이다. 그리고 보상으로는 네가 상상하는 것만큼 주어지겠지."

아니, 여기선 상상하는 것 이상으로 주어질 거라고 하는 게 맞지 않나?

하지만 상상만으로 군침이 도는 건 사실이다.

"다른 주의해야 할 점 같은 건 없습니까?"

그럼에도 나는 한발 물러섰다.

"당연히 있지."

나는 [피투성이 피바라기]로부터 브리핑을 받았다.

약 두세 시간 정도, 세부 사항까지 전부 확인한 나는 계산기를 두들겨 결론을 냈다.

"하겠습니다."

"좋다."

번뜩이던 성좌의 눈빛은 이제 번쩍거리고 있었다.

"오퍼레이션 '어벤저'. 기동이다."

…그거 좀 촌스럽지 않나요?

*　　　　　*　　　　　*

촌스럽든 말든 오퍼레이션 '어벤저'라 이름 지어진 그 대형 퀘스트에 참여한 성좌의 숫자는 결코 적지 않았다.

일단 [피투성이 피바라기]와 [아름다운 로맨스], 그리고 [고대 엘프 사냥꾼]에 [고대 드워프 광부], [위대한 오크 투사], [태생부터 강한 자], 마지막으로 [말과 돌고래 애호가]까지.

이 정도면 미궁 36층에 자신의 세력을 지닌 성좌는 모두 참여했다고 봐도 됐다.

"여신님은 참여 안 하세요?"

[행운의 여신]은 묵묵부답이었다.

[피투성이 피바라기] 진짜 싫어하는구나…….

아무튼 일곱 성좌의 후원을 얻은 나는 드디어 퀘스트를 받을수 있게 됐다.

[연합 퀘스트: 오퍼레이션 '어벤저']

[미궁 외부의 성좌가 도를 넘었다. 미궁 바깥으로 나가 그들의전초 기지를 분쇄하고 양혼장을 파괴해 보급을 끊어라. 미궁을 침략하기 위해서는 손해를 감수해야 함을 확실히 해야 할 것이다.]

[수락 시 보상: [아공간 금] 2개]

[성공 시 보상: 양혼장 파괴마다 보상 점수 2점, 전초 기지의시녀 1체 분쇄마다 3점, 전초기지 파괴마다 5점. 보상 점수는 원하는 성좌의 원하는 보상, 혹은 [성좌의 파편]과 교환할 수 있음]

성좌에게 원하는 것을 요청하면 보상 점수 1점당 [성좌의 파편]1개에 해당하는 보상을 얻을 수 있다.

그냥 [성좌의 파편]으로 교환하려면 교환비가 좀 망해서 1:2다.

점수를 전부 [성좌의 파편]으로 바꿔버리고 그걸 다른 성좌한테 들고 가는 걸 좀 막아보겠다는 취지였다.

그러니까 어지간하면 그냥 성좌에게 보상을 바꿔먹는 게 낫다는 뜻이다.

문제는 얼마나 많은 보상 점수를 따올 수 있겠느냐인데, 이건 내가 열심히 하면 그만이지.

수락시 보상인 [아공간 금]은 황금 같은 건 아니다.

어디 적당한 데 붙이면 작은 실금이 나는데, 그 실금을 통해 미궁의 인벤토리에 접속할 수 있는 식의 아이템이다.

몸에 붙일 수도 있고, 다른 장비에 붙일 수도 있으며, 필요 없어지면 떼어서 다른 데다 다시 붙일 수도 있다.

다만 기존의 인벤토리를 사용하는 것과는 느낌이 꽤 달라서 연습할 시간이 필요했다.

생각했던 것보다는 금방 익숙해졌지만, 그래도 필요한 걸 바로바로 꺼내기 위해서는 더 연습해야 했다.

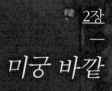

2장
—

미궁 바깥

보상은 됐으니, 이제 퀘스트에 대한 정보를 얻어보도록 하자.

현재 정보 출처로써 가장 신뢰할 수 있는 상대는 하나뿐이다.

"그런데 '전초 기지의 시녀'는 뭡니까?"

[피투성이 피바라기가 외부 성좌의 도구라고 설명합니다.]

[아름다운 로맨스가 아름답지 못한 존재라고 경멸을 섞어 말합니다.]

[말과 돌고래 애호가가…….]

…아니, 여럿이긴 하구나.

아무튼 성좌들의 의견을 종합하면 힘이 세지만 외견이 추하며 지능이 그리 높지는 않은 도구 같은 존재라고 말할 수 있겠다.

왜 하필이면 '시녀'인지는 모르겠지만, 뭐 그런 건 그리 중요한 요소가 아니리라.

"제가 이길 수 있습니까?"

[피투성이 피바라기가 지혜를 발휘하라고 합니다.]

[아름다운 로맨스가 정면 대결은 피하라고 합니다.]

[말과 돌고래 애호가가……]

1:1은 피하고, 함정을 파서 빠뜨려야 승산이 있다, 라.

그런데 뭐 하나 물어볼 때마다 일곱 성좌가 거의 동시에 대답해 주니 질문하기도 되게 부담스럽네.

그래도 다양한 의견을 들을 수 있다는 장점을 포기하기 어렵다.

부담스러운 건 그냥 감수하기로 하고, 나는 이 기회를 빌어 되도록 많은 질문을 던졌다.

물론 이미 [피투성이 피바라기]에게서 브리핑을 들은 터이긴 했으나, 교차 검증을 통해 더 정확한 정보를 얻을 수 있으리라 믿어서였다.

결론부터 말하자면 [피투성이 피바라기]의 말에 틀린 점은 없었다.

그저 디테일이 부족했을 뿐.

각 성좌도 뭘 자세히 아는 것은 아니었으나, 서로 다른 이야기를 하면서 검증하다 보니 정보가 정확해지는 효과가 생겼다.

이래서 회의란 걸 하는 거겠지.

덕분에 나는 더욱 치밀한 준비를 할 수 있었다.

이 정도면 정신적인 부담을 감수한 보람이 있다 하겠다.

일단 나는 유상태로부터 대량의 [축복받은 물]과 [축복받은 소금], 그리고 특히 [축복받은 기름]을 많이 공급받았다.

식량이야 기존에 많이 축적해 놔서 따로 마련할 필요가 없었지만, 미궁 바깥의 바람에 노출되면 오염될 가능성이 있었다.

그래서 일일이 [축복받은 물]이나 [기름]을 발라 먹어야 안전할 것 같았다.

[축복받은 소금]으로는 젓갈을 담갔다.

아예 소금으로 절여 버리면 오염도 안 되겠지, 하는 발상에서 저지른 짓이었다.

그런데 이게 또 일반 기술이더라.

[염장]이라고, 기대도 안 했는데 또 새로운 기술을 발견했다.

원래 인벤토리 안의 음식은 상하지 않는지라 절임 같은 보관 기술을 쓸 이유가 없었기에 지금에서야 발견하게 된 거겠지.

그 덕에 능력치를 더 올릴 수 있게 됐다.

애초에 [크라켄 신] 잡느라 올릴 수 있는 능력치는 다 올려 둔 터라 전부 미배분 능력치로 빠졌지만 말이다.

아무튼 이로써 식재료의 준비를 마쳤다.

미궁 바깥의 거친 환경을 버티기 위한 옷은 그냥 [하이퍼 파워 아머]로 때우기로 했다.

뭐, 이것도 옷이라면 옷이다.

남은 건 의식주 중에 주, 집인데… 이건 그냥 나가서 안 자기로 했다.

유상태의 [모발 부적++]보다야 못하지만, 충분히 성장시켜 둔 운디네의 상태 이상 제거 능력으로 잠을 쫓는 것 정도는 가능하기에 할 수 있는 결심이었다.

미궁 바깥에서는 미궁 금화의 상점창을 사용하지 못한다는 말을 들었으니, 적당한 걸 미리 사 두는 것도 잊으면 안 된다.

고민은 길지 않았다.

"뭐, 만만한 게 [기사회생]이긴 하지……."

이걸 세 개 사자.

이걸로 끝이었다.

[아공간 금]을 사용하는 데에도 익숙해졌고, [전초 기지의 시녀]를 비롯한 미궁 바깥의 적을 상대하기 위한 택틱도 숙지했다.

이제 떠날 때가 되었다.

뭐, 곧 돌아올 테지만.

*　　　*　　　*

[피투성이 피바라기가 준비는 다 끝났냐고 묻습니다.]

"예, 다 끝났습니다."

[그럼 출발시킨다고 피투성이 피바라기가 말합니다.]

"예, 부탁드립니다."

[3… 2… 1… 0!]

다음 순간, 나는 미궁의 바깥에 나와 있었다.

브리핑받은 대로 텔레포트로 이동한 덕이다.

생각 외로 익숙한 풍경이 나를 반겼다.

처음 36층에 발을 들였을 때의 풍경이다.

스산하고 황량한, 색이 없는 세계.

이미 미궁 바깥 성좌에 의해 점령되어 모든 것을 착취당하고 내버려진 땅.

다만 공기가 다르긴 했다.

산소가 포함되어 있긴 한가 싶을 정도로 답답하고 호흡이 힘든 대기의 절반은 몸에 그리 안 좋을 것이 분명한 회색 먼지로 이뤄져 있었다.

미리 브리핑을 듣고 [하이퍼 파워 아머]에 여과 마스크를 추가해 둔 게 다행일 따름이었다.

이런 삭막한 풍경을 오래 바라보고 있을 이유가 없다.

나는 바로 퀘스트 수행을 위해 움직이기로 했다.

푸학.

정찰을 위해 [하이퍼 파워 아머]의 백팩 부스터를 켜 공중에 날아오르자, 바닥에 켜켜이 쌓여있던 고운 회색 먼지가 딸려 올라왔다.

"…진짜 오래 있고 싶지 않은 곳이군."

그리 유쾌하지 않은 발 아래 광경을 내려다보며, 나는 혀를 쯧쯧 찼다.

[행운의 여신이 동감이라고 합니다.]

"?! …여신님?"

성좌들이 말하길 분명히 여기는 성좌의 채널이 연결되지 않는 곳이라고 했다.

그런데 왜… 어째서?!

[행운의 여신이 겨우 둘만 남았다고 수줍게 말합니다.]

"그… 예?"

이럴 땐 어떤 반응을 보여야 하는지 모르겠다.

음, 뭐. 그래.

불쾌하진 않군.

혼자 남겨진 게 아니라는 것에 적잖이 마음이 놓이는 것도 사실이다.

"그런데 채널은 어떻게 여신 겁니까?"

[행운의 여신이 미궁 바깥에서 채널은 열리지 않는다고 말합니다.]

"…그럼 이건 뭡니까?"

[채널이 안 열리니 내 일부를 네 채널에 밀어 넣어놨다고 행운의 여신이 부끄럽게 고백합니다.]

"그게 무슨 의미……."

[지구식으로 말하자면 오프라인 모드라고 합니다.]

그게 왜 지구식이죠?

나는 묻지 않았다.

대충 와이파이가 꺼져도 돌릴 수 있는 모바일 게임이라는 뜻이겠지.

"아니, 그럼 이거 실시간 대화는 아닌 거죠?"

[행운의 여신이 나중에 본체와 동기화할 거라고 말합니다!]

아, 그럼 아무 말이나 하면 안 되겠네.

김샜다, 쳇.

[행운의 여신이 왜 아쉬워하는 표정이냐고 묻습니다.]

"…비밀입니다."

이 기회에 실컷 놀리려고 했다고는 말 못 하지.

아무튼 공중에서 정찰하니 목표물이 금방 보였다.

온통 회색빛 먼지로 뒤덮인 세계다.

뭐라도 있으면 그게 바로 목표물이었다.

"저건… 양혼장이로군요."

기괴하게 생긴 나선형의 건축물을 본 나는 혼잣말처럼 중얼거렸다.

나도 처음 보는 거지만, 다른 성좌들로부터 들은 설명과 동일했다.

[행운의 여신이 직접 보는 건 처음이라고 말합니다.]

아니, 이것도 직접 보는 건 아닐 텐데?

나는 반사적으로 생각했지만, 굳이 입 밖에 내지는 않았다.

그보다 임무 개시다.

당연하다면 당연하지만, 양혼장에도 지키는 병력이 따로 있었다.

그러나 성좌들은 그 적에 대해서는 일언반구도 하지 않았다.

왜냐하면 의미가 없기 때문이다.

"[비이임!!!]"

대출력도 아니고 중간 출력의 빔에도 증발하는 병력에 의미가 있을 리 만무하지 않은가?

그렇다고 저것들에게 존재 의의가 아예 없는 건 아니었다.

저것들이 파괴됨으로써 주변의 전초 기지에 적의 습격이 있음을 알리게 되는 알람 비슷한 역할이 바로 그것이었다.

그 병력들이 오는 걸 기다려서 응전해 줘도 되지만, 별로 그러고 싶진 않다.

경험치도 안 될 놈들 상대로 괜히 힘 빼고 싶지 않기 때문이다.

그러니 좀 서둘러야 할 필요가 있었다.

나는 양혼장의 문을 열고 갇혀 있던 영혼들을 해방시켰다.

잠금장치가 개선된 건지 성좌들이 말한 것과 조금 달랐지만, [빔] 한 방으로 파괴되는 건 같았다.

—오오오, 오오오…….

—으어우, 으오오…….

오랜 착취로 제대로 된 의사 표현조차 못하게 된 영혼들이 힘없이 내 몸속으로 들어왔다.

나한테 빙의하려는 게 아니라, 미궁으로 돌아가기 위해서였다.

미궁의 입구가 내 몸 안에 있으니 어쩌겠는가?

평소에는 미궁 안의 세계를 모험하는 내가 지금은 미궁을 몸 안에 품고 있다니 신기하기 짝이 없지만, 지금은 흥미로워할 때가 아니었다.

영혼들을 모조리 흡수한 다음, 나는 [하이퍼 파워 아머]의 부스터를 켜 하늘로 날아올랐다.

저 멀리서 불길하고 부정한 존재들이 몰려오는 기척이 들렸지만, 나는 상관하지 않고 반대편으로 날았다.

목표는 물론 다음 양혼장, 혹은 전초 기지다.

지금의 나로서는 혼자 상대하기 버겁다는 시녀는 이다음에나 노리기로 했다.

저 무력하고 무능한 하수인들이 언제 자신들의 주인에게 연락을 취할지 모르겠지만, 그전까지는 최대한 많이 부숴 볼 생각이다.

복수심도 복수심이지만, 지금 중요한 건 보상 점수니까!

　　　　　*　　　　　　*　　　　　　*

　세번째로 파괴한 양혼장에서 나는 놀라운 광경을 목격했다.

　─으오오오······.

　양혼장에서 해방된 영혼 중에 아는 얼굴이 튀어나온 것이 그 것이었다.

　내 기억에는 분명 고유 능력으로 번역 능력을 지닌 모험가였다.

　이름이 뭐더라, 박인후였나?

　나는 재빨리 [아공간 금]을 통해 [영혼 깃든 흑요석 단도]를 꺼내 박인후의 영혼을 들여보냈다.

　오혁우가 들어 있는 단도인데 다른 영혼을 또 들여보내도 되려나 싶었지만, 일단 해 보니 무리 없이 잘 됐다.

　─뭐, 뭡니까?! 여기 자리 없어요! 으아?

　오혁우가 뭔가 소릴 지르고는 있지만, 아무튼 잘 됐다면 잘된 거다.

　다른 영혼들도 반사적으로 내 몸 안이 아니라 단도로 꺾여져 들어왔지만, 나는 민첩하게 단도를 다시 수납해 들어오지 못하도록 했다.

　"카이사르의 것은 카이사르에게, 미궁의 것은 미궁에게."

　나는 혼자 중얼거렸다.

　단도가 시야에서 사라지자 영혼들도 다시금 내 몸 안으로의 행렬로 돌아왔다.

　일단 반사적으로 저지르긴 했는데, 이거 어떻게 될지 모르겠네.

에이, 나중에 생각하자.

중요한 것은 이거다.

미궁 바깥의 성좌는 모험가의 영혼도 가리지 않고 잘 먹는다는 사실을 깨닫게 된 것.

조금만 생각해 봐도 쉽게 떠올릴 수 있는 사실이긴 했지만, 실체적인 증거를 내 두 눈으로 직접 목격하고 나니 확실히 느낌이 달랐다.

이거 안 되겠군, 더 열심히 돌아다녀야겠어.

적 병력이 먼지구름을 일으키며 이쪽으로 진군해 오는 것이 보였기에, 나는 다시 하늘을 날아서 놈들을 따돌렸다.

하늘에서 놈들을 내려다보며, 나는 마음속의 우선순위를 변경했다.

이제 전초 기지를 봐도 무시하고 양혼장부터 먼저 다 털어 버릴 생각이었다.

한 번 아는 사람 얼굴을 보고 나니 우선순위가 확 바뀌네.

바뀔 수밖에 없지.

나는 씁쓸한 마음을 집어넣고 그보다 정찰에 더욱 신경을 쏟았다.

*   *   *

상상 이상이었다.

나는 양혼장에서 내 논을 관리하던 엘프들의 영혼을 보았다.

32층에서 내게 기차를 태워 준, 그 마법사 기관사의 영혼도 여기서 발견할 수 있었다.

모험가의 숫자도 결코 적지 않았다.

행방불명된 이들이 많다고 하더니, 여기 다 있었다.

모험가의 영혼 중 형태를 알아볼 수 있는 영혼은 단도 안에 넣었으나, 그 수는 많을 수 없었다.

양혼장에서 무슨 작업을 거치는지 모르겠지만, 반쯤 녹아내린 영혼부터 8할 정도는 녹아 영혼 에너지의 형태가 되어 버린 영혼도 있었다.

내가 알아보지 못하고 지나쳐 버린 모험가도 여기 있었을 것이다.

그저 말 한 번 섞은 이도 있었을 것이고, 나와 치열하게 거래와 협상을 한 이도 있었을지 모른다.

그런 이들이 녹아 뭔지도 모를 기괴한 존재의 먹잇감이 되어 가공되고 있다는 사실은 내게 이상한 충격을 가져다 주었다.

인간도 비슷한 짓을 하고 있지 않느냐는 반문이 되돌아올지도 모르겠다만, 나는 인간이며 따라서 인간의 눈으로 판단한다.

사람을 먹는 것들을 용납할 수는 없다.

그저 변명이라고 생각했던, 이것은 생존 경쟁이라는 [피투성이 피바라기]의 말이 피부에 와닿는 순간이었다.

"…죽인다."

방치된 논에 썩어 버린 쌀알이 바람에 휩쓸려 춤추던 광경을 봤을 때와는 차원이 다른, 시꺼먼 감정이 내 가슴 속 깊은 곳에서 샘솟았다.

내게 있어서 미궁 바깥의 성좌는 타협할 수 없는 상대로 자리

매김한 순간이었다.

*   *   *

일단 발이 닿는 곳의 양혼장은 모두 해방했다.

[망원]을 통해 더 먼 데를 확인하고 싶은 마음은 굴뚝같지만, [지식] 능력 사용은 최대한 삼가는 편이 좋을 거라는 성좌들의 조언을 무시할 순 없다.

그러니 자연히 나는 다음 임무로 넘어가야 했다.

놈들의 전초 기지를 타격하고 '시녀'를 죽인다.

"오퍼레이션 '어벤저'인가."

처음엔 촌스럽다고 욕하던 이름이었는데, 어느덧 나는 가슴 속에 복수심을 품은 한 명의 복수자가 되어 있었다.

그래, 이제부터 보복의 시간이다.

하지만 쉽지 않을 것이다.

속 시원한 복수도 불가능하겠지.

성좌들에게 들은 '시녀'의 전투력이 정말이라면 그럴 터였다.

그러나 구질구질하고 힘겨운 싸움이라도 나는 피할 생각이 없었다.

사람을 돼지처럼 치고, 그 영혼을 햄처럼 가공하는 놈들에게 최소한 한 칼 먹여 주지 않으면 직성이 풀릴 것 같지가 않았으니까.

나는 양혼장의 파괴 소식을 듣고 몰려오는 적들에게 [비이이이임!!!]을 쏴붙여 주었다.

비록 무의미한 일이었으나, 속 시원한 일이긴 했다.

아니, 의미가 아예 없진 않나.

이것은 선전 포고였으니.

"너희들은 이제부터 내 분노를 마주하리라."

        *   *   *

어떤 의미에선 나는 조금 자만하고 있었는지도 모른다.

적어도 36층에 들어선 이후, 나는 이제까지 미궁 바깥의 성좌들에게 성공적으로 대항해 왔다.

조금 더 추가하자면, 29층에서 [비의 계승자]가 꾸민 음모도 분쇄해 냈고.

비록 그 과정에서 두 번 정도 죽긴 했지만, [기사회생]으로 다시 살아나기도 했기에 목숨이 위험할 일까지는 없으리라 여겼던 탓도 있겠다.

그러나 '시녀'를 처음으로 보고, 맞서 싸운 후.

나는 자만을 버리게 되었다.

'시녀'는 거대한, 생명체인지 아닌지조차 헷갈리는 부패 중인 살덩어리처럼 생겼다.

아니, 살보다는 물렁거리나. 차라리 푸딩에 가깝긴 하겠다. 그것도 피를 굳혀 놓은 블러드 푸딩.

그 덩어리에서 촉수가 뻗어져 나와 꾸물거리며 움직이는데, 그 스피드는 [웜 신]이나 [크라켄 신]에 비할 바가 아니었다.

마치 스크린 도어가 설치되지 않은 역에서 지하철이 빠앙! 하는 소릴 내며 역을 지나칠 때나 느낄 법한 압박감이 느껴졌다.

오로지 나를 향해 다가오는 것만 보고 있어도 목숨의 위협을 느낄 정도였으니 말이다.

물론 당시의 나와 지금의 나는 다르다.

그리고 저 '시녀'의 돌진을 보고 느낀 압박감은 지금의 내 감상이었다.

그러니 실제로는 지하철보다 수십 배는 더 빠르고 질량 또한 더 무거울 것이다.

무엇보다 공격이 제대로 통하질 않는다.

[대폭주]를 건 최대 출력의 [빔]을 갈겨도 별로 지져지는 것 같지도 않았다.

[빔]을 맞은 부위에 구멍이 나기는 하지만, 다시 주변의 살로 그 구멍을 메워 버리니, 그게 실제로 타격을 입어 구멍이 났다기보단 그냥 몸에 구멍을 내고 피한 것처럼도 보인다.

미궁 바깥의 존재에게 [신비] 능력이 잘 먹힌다는 내 고정 관념이 무너진 것도 이때였다. 다른 놈들에겐 다 잘 먹혔는데 딱 저놈 한테만 안 통한다.

[심판]이나 [호령] 등의 번개 피해도 제대로 통하는 것 같지가 않고, 팍시마디아의 수류 공격은 사실 기대도 안 했하긴 했지만 기대 이하였다.

칼로 베고 자르려 들어도 제대로 베이는 맛도 없고, 오히려 촉수를 여러 개 뻗어 날 잡으려 드는데 그 촉수가 또 베이질 않는다.

단단하면서 유연한 촉수라니, 이런 이율배반적인 놈을 봤나. 그런데 이걸로 끝이 아니라, 강인하기까지 하다.

게다가 가까이 가면 이상한 냄새가 나는데, 그 냄새를 맡으면 정신이 멍해진다.

아무리 상태창이 안 켜진다고 한들 [불변의 정신+++]까지 꺼진 건 아닐 텐데도, 그걸 뚫고 내 정신에 침투해 상태 이상을 유발하는 것 같았다.

그래서 저 촉수에 붙잡히면 영원히 빠져나오지 못할 것 같은 느낌마저 들어서 긴급히 물러날 수밖에 없었다.

그나마 비행 능력이 없어 보이는 것만이 위안일까. 그러나 몇 km씩이나 촉수를 뻗어 날 잡으려 드는 걸 보면 소름이 돋았다.

이래서야 활공하면서 느긋하게 [혈투창]을 던져 죽이려는 시도도 할 수가 없다.

정면에서 맞붙는 건 피하고 함정에 빠뜨리라더니, 왜 성좌들이 입을 모아 그런 말을 했는지 직접 맞붙어 보고 나서야 실감이 났다.

저건 진짜 괴물이다.

하지만 괴물이라면 죽일 수 있겠지.

죽일 방법을 찾아봐야겠다.

*   *   *

성좌들이 알려 준 방법이 있긴 했다.

1km 이상의 굴을 파고 거기 빠뜨린 다음 단번에 파묻어 생매장시키라는 것이 바로 그것이었다.

시녀 놈은 숨을 쉬는 것 같지도 않은데 그걸로 죽일 수 있냐고 물어보니 별빛을 차단하면 놈들도 어쩔 수 없이 죽는다고 한다.

그래서 나는 그 방법을 활용해 보았다.

일단 굴을 파고 함정을 만들어서 놈을 유인해 빠뜨리는 것까지는 성공했다.

그런데 놈은 촉수를 기이하게 꾸물거리더니 스스로 굴에서 기어 나오는 게 아닌가?

성좌들이 거짓말을 한 건 아닐 테니, 놈들도 놈들 나름대로 해법을 찾은 것이겠지.

아니면 내가 함정에 빠뜨린 개체가 돌연변이거나.

어느 쪽이건 기존의 방법으로는 놈을 죽일 수 없다는 게 확실시된 마당.

새로운 방법을 찾아내야 했다.

그 방법의 발견은 우연에 가까웠다.

허공에서 활공하며 식사를 해결하던 나는 잠깐의 실수로 물을 흘렸다.

아, 잘못 말했다.

[물]을 흘렸다.

활공 중인 나를 지상에서 먼지구름을 피워올리며 초고속으로 따라오던 '시녀'가 그 [물]에 맞았다.

—뜨에에에에에에!

그러자 전에 들어 본 적이 없는, 영혼까지 뒤흔들 듯한 강렬한 비명 소리와 함께 놈이 촉수를 움츠렸다.

—끼에에에에에에!

그러나 그것도 잠시, 놈은 분노한 듯 외치며 더욱 강맹하게 촉수를 뻗기 시작했다.

그 광경을 본 나는 잠깐 정신이 멍해졌다.

냄새뿐만이 아니라 소리에도 상태 이상 유발 효과가 있는 건가.

아니, 지금 중요한 건 이게 아니다.

나는 놈의 동작을 면밀하게 살폈다. 그리고 그 결과, 내 직감적으로 떠올린 생각이 맞을지도 모른다는 결론을 내릴 수 있었다.

놈의 분노한 듯한 모습은 허세다.

놈은 [물]을 두려워한다.

더 정확히는 [축복받은 물]을.

두려워하는 게 '물'인지 '축복'인지 모르나, 그런 건 고민할 필요가 없다.

직접 실험해 보면 그만이니.

나는 놈을 향해 [축복받은 소금]을 한 움큼 쥐어 던져 보았다.

"고수레."

—뜨에에에에에!

"[축복]이구만."

가설은 증명되었다.

그렇다면 이제 놈을 처치하는 것만이 남았다.

나는 고도를 높여서 놈을 따돌리고 새로운 함정을 팠다.

그리고 함정 안에는 [축복받은 소금]을 깔아 놓았다.

그 위에 흙을 살짝 덮어 색과 냄새를 가린 후, 나는 '시녀'를 유인했다.

—끼에에에에에에!

함정에 빠진 놈이 몸부림치다가 [소금]에 닿은 모양인지, 분노 섞인 비명 소리를 냈다.

급하게 촉수를 펼쳐 구덩이에서 빠져나오려는 놈에게, 나는 귀한 선물을 주었다.

[축복받은 기름]이었다.

[기름]에 닿은 놈의 촉수가 마치 불에 닿은 오징어 다리처럼 오그라들었다.

미끌거리는 효과도 기대했는데, 이 정도면 그냥 [물]을 부어도 똑같을 것 같았다.

뭐, 준비해 온 물량은 충분하니 별로 아까워할 것도 없다.

남은 [기름]을 마저 부어 준 후, 흙을 덮어서 놈을 생매장하고 그 뒤에 [소금]을 살짝 뿌려 주었다.

―르, 르, 르, 르…….

파묻힌 놈이 땅울림과도 같은 신음 소리를 내었다.

그것이 완전히 침묵하기까지 걸린 시간은 반나절.

"…됐다."

놈의 죽음을 확인한 나는 빙그레 미소를 지었다.

비록 품은 좀 들었으나, 고생한 보람이 있다.

"레벨이 올랐는지 어땠는지 모르겠네. 상태 메시지가 없으니 원."

퀘스트 진행 상황도 확인할 수가 없으니 답답할 따름이다.

그러거나 말거나 해야 할 일을 할 뿐이다.

나는 시녀가 빠져 무방비 상태가 된 전초 기지를 파괴하고 [신비한 화살]로 졸개들을 전멸시켰다.

그리고 이것을 반복했다.

[신비한 물]과 [소금], [기름]을 전부 소모할 때까지는 돌아가지

않을 작정이다.

설령 내가 굶게 될지라도.

*　　　　　*　　　　　*

나는 일곱 개의 전초 기지를 파괴하고 같은 수의 시녀를 죽였다.

그리고 여덟 개째의 전초 기지를 찾기 위해 다시 하늘로 날아올랐을 때의 일이었다.

밤빛 하늘이 갑자기 번쩍이더니, 빛나는 유성이 긴 꼬리를 끌고 이쪽을 향해 날아들기 시작했다.

[도망쳐!]

비명 같은 행운의 여신의 목소리.

그 목소리를 들은 순간, 나는 지금 무슨 일이 일어나고 있는지 깨달았다.

놈이 온다.

…아니, 누군지는 모르지만.

성좌가 온다.

미궁 바깥의 성좌가.

"…큭!"

냉정하게 생각하면 도망치는 게 맞다.

아니, 도망치자.

도망치자고!

눈시울에 눈물이 매달린다.

공포가 아니다.

슬픔이 아니다.

분노가 나를, 내 발을 여기에 붙여놓고 있다.

내가 모르는 새 죽어간 동료들의 영혼이 단도 안에 머물고 있다.

내가 아는 사람이, 말을 붙였던, 말을 나눴던 사람들이 녹아내린 모습을 봤다.

저것이, 저놈이 원흉이다.

원수다.

이 원한을 갚지 않고 어딜 갈쏘냐.

[정신 차려!]

그때, 행운의 여신의 목소리가 뇌명처럼 내 뇌를 뒤흔들었다.

[이런 곳에서 죽으면 안 돼! 죽지 말라고!!]

피를 토하는 듯한 목소리.

[여기서 잡아먹힐 거야? 잡아먹을 생각을 해야지!]

그래, 그렇다.

분노에 사로잡힌 채 이 자리에 머무르는 선택은 곧 놈에게 힘을 더해 주는 결과로 이어질 뿐이다.

나는 아직 미궁의 끝에 도달하지 못했다.

나는 더 성장할 수 있다.

어쩌면 성좌마저도 압도할 정도로.

설령 그렇게까지 성장하지 못하더라도, 내게는 동료들이 있다.

아직도 수백이나 남은 모험가가 미궁에 남아 있다.

그들을 이끌어 고작 수십이라도 성좌에 준하도록 키워 낸다면,

성좌 하나둘쯤은 능히 이겨 짓밟을 수 있으리라.

그래, 짓밟을 것이다.

이런 곳에서 짓밟히지 않을 것이다.

지금은 힘을 키워야 할 때다.

개미인 채로 구두 속 발가락을 물려고 애쓰는 대신, 개라도 되어 보인 후에 이빨을 드러내리라.

"…감사합니다."

나는 행운의 여신에게 작은 감사 인사를 남기고, 귀환을 선택했다.

내 몸이, 영혼이, 존재가 내 안쪽으로 빨려 들어가기 시작했다.

미궁으로 돌아가는 것이다.

"두고, 보자."

작은 목소리의 짧은 메시지를 마지막으로 남긴 채, 나는 내 안의 심연에 빠져들었다.

     *   *   *

다음 순간.

[피투성이 피바라기는 네가 무사해서 다행이라고 말합니다.]

[아름다운 로맨스가 보상은 두둑하게 준비해 두었다고 말합니다.]

[말과 돌고래 애호가는…….]

나는 쏟아지는 성좌들의 목소리를 들으며 눈을 떴다.

제대로 도망친 모양이다.

별로 자랑스럽지도, 기쁘지도 않으나 어쨌든 퀘스트 수행은 성공했다.

"…그런데 여기는 어딥니까?"

[피투성이 피바라기가 미궁 39층이라고 대답해 줍니다.]

39층…….

이렇게 될 거라고 예상은 했다. 이미 브리핑도 받았고 말이다.

당연한 이야기지만, 내가 미궁 바깥에 있는 동안에도 미궁의 시간은 흐른다.

그런데 내가 다시 미궁 안으로 들어왔을 때, 도로 36층으로 돌아간다면 나와 다른 사람 사이의 그 시간차를 어떻게 해소할 것인가?

이 문제에 대해 미궁이 내놓은 답이 이것이었다.

'해소하지 않는다.'

그냥 나를 쿨하게 39층으로 보내 버리는 거였다.

[아름다운 로맨스가 더 정확히는 39층 4년 차라고 말합니다.]

[말과 돌고래 애호가가…….]

아오, 좀! 한 명씩만 떠들어!

…라고 말하기엔 상대가 성좌들이다.

결국 나는 7:1의 수다를 감당할 수밖에 없었다.

뭐, 아무튼 39층으로 프리 패스 당한 게 나쁜 일만은 아니다.

더 정확히는 '미궁 바깥에 나갔다 온 것'이 나쁜 일이 아닌 것이지만.

나는 상태창을 켰다.

고작 며칠 안 봤다고 벌써 반가운, 익숙한 화면이 나를 반겼다.

[이철호]

레벨: 255

그런데 숫자는 익숙하지 않았다.

고작 3층 패스했는데 레벨이 255?

이게 뜻하는 바가 뭐겠는가?

미궁 바깥에서는 미궁의 룰이 적용되지 않는다.

즉, 레벨 한계도 존재하지 않는다.

그래서 시녀를 처치한 경험치로 레벨이 쭉쭉 올랐다.

한계 이상까지.

경험치와 레벨도 미궁의 룰 아닌가? 하는 생각이 들긴 했지만, 레벨 오른 거 보니 아닌가 보다.

오퍼레이션 '어벤저' 퀘스트로 모은 보상 점수 합산은 총 80점이었다.

열두 개의 양혼장을 파괴하고, 일곱 개체의 시녀를 처치하고 전초기지를 무너뜨린 결과물이었다.

[세계에게 사랑받는] 능력 덕에 이 점수는 두 배로 불어난다.

할 때는 부족할 줄 알았는데, 결산하고 보니 차고 넘치는 점수였다.

이 보상 점수를 갖고 어디다, 어떻게 써야 할지는 이미 정해져 있다.

7점을 써서 일곱 성좌의 초대권을 사는 게 그것이었다.

남은 153점은 잘 저장해 뒀다가, 필요할 때 필요한 성좌를 불러서 쓰겠다는 게 내 의도다.

어찌 보면 꽤 건방진 요구일 수 있음에도 성좌들은 흔쾌히 내 요구를 받아들였다.

마지막으로⋯⋯.

[피투성이 피바라기는 주변을 둘러보라고 말합니다.]

성좌의 말에, 나는 주변을 둘러보았다.

크고 넓고 호화스러운 방이었다.

지구 문명 시절 호텔의 스위트룸을 떠올리게 만드는 모습이었다.

물론 당시에 그런 비싼 방에 묵어본 적도 없고 그냥 영상으로 간접 체험 해 본 것에 불과하지만, 아무튼 흡사했다.

[아름다운 로맨스가 바깥을 보라고 말합니다.]

나는 두껍고 호화스러운 커튼이 쳐진 창문으로 다가가 창문을 열었다.

그곳에는 문명이 있었다.

멸망 직전의 지구 문명을 연상시키는 문명이.

풍요롭고 화려하게 핀, 그 누구도 꺾지 못하리라 여겼던 꽃이 그곳에 피어 있었다.

[말과 돌고래 애호가는 네가 미궁 바깥에서 미궁을 지키는 동안, 단 한 번의 운석도 떨어지지 않았다고 말합니다.]

[고대 엘프 사냥꾼은 그대가 활약해 준 덕에 종족의 역량을 발전에 집중할 수 있었다고 말합니다.]

[고대 드워프 광부는 그게 왜 쟤 덕이냐, 우리 아이들이 열심히 한 덕이라고 반박합니다.]

[위대한 오크 투사는 영웅의 존재가 없었다면 자기 아이들이 연방을 침략했을 테니, 당연히 영웅 덕이라고 말합니다.]

[태생부터 강한 자가 고맙다고 합니다.]

"…그렇습니까."

이곳은 미궁이다.

지구가 아니다.

그럼에도 하늘을 뚫을 듯 솟은 마천루와 빛으로 가득한 도시의 야경을 보고 있노라니, 나는 강렬한 기시감이 느껴졌다.

동시에 희망을 보았다.

나도, 우리도 언젠가 저 풍경을 되찾을 수 있을지도 모른다는 그런 희망을.

3장
—
제39층

내가 호텔 로비로 내려가자, 이미 모험가들이 모여 있었다.

"돌아오셨군요!"

"얼굴 까먹을 뻔했어요!!"

유상태와 이수아가 나를 반겼다.

내 체감으로는 잠시의 이별이었지만, 4서폿은 무려 나를 15년 만에 보는 거라고 했다.

37층, 38층, 그리고 39층의 4년 차니 모든 층계를 다 5년씩 꽉 꽉 채웠다면 계산이 딱 맞는다.

그 말은 곧, 내 통제가 따로 없었어도 모험가들이 자기 클리어의 기여도를 위해 섣불리 클리어 수락을 누르지 않았다는 뜻이기도 했다.

거참, 내가 사람들 참 잘 키웠네.

김이선과 김명멸과도 눈빛이 마주쳤다.

김이선의 눈빛은 축축해져 있었고 김명멸의 눈빛은 형형했다.

나는 고개를 끄덕였다.

그들도 고개를 끄덕였다.

많은 말이 필요하지는 않았다.

사실 재회하기 전에 커뮤니티를 통해 이미 이야기를 나눈 바 있기도 했고.

그래도 얼굴을 맞대고 회포를 풀고 싶은 마음이 없진 않았으나, 지금은 그보다 더 우선해야 할 일이 있었다.

"가죠."

미궁 바깥을 다녀왔음에도, 사람들은 여전히 나를 리더로 인정해 주는지 선두 자리를 양보했다.

가장 영광되고, 가장 영예로우며, 가장 위험한 자리.

나는 거절하지 않았다.

내 뒤를 4서폿이 따르고, 그 뒤를 랭커들이 따랐다.

그들의 동료가 뒤를 이었고, 다른 모험가들이 순서 없이 그 뒤를 따랐다.

여기 모인 모든 모험가가 세상의 끝을 향해 나아가고 있었다.

39층의 동쪽 끝이자, 층계의 끝이자…….

…종말을 향해.

*   *   *

39층의 클리어는 그냥 이루어지지 않는다.

클리어를 수락한 순간, 동쪽 하늘이 짙은 보랏빛으로 물들며 세상의 끝으로부터 종말이 찾아온다.

사이비 종교 교단의 가짜 예언서에나 나올 법한 이야기지만, 문제는 이게 진실이라는 것이다.

종말은 실체를 띠고 찾아온다.

2000년의 세월을 쌓아 올린 문명이 종말을 버텨 내 존속하느냐, 아니면 그대로 무너지고 마느냐의 기로에 서게 된다.

모험가는 200년 중 5년씩밖에 개입할 수 없다고는 하나, 그래도 각기 45년 가까이 정을 붙여온 세계다.

쉬이 종말을 방관할 수 있을 리는 없었다.

37, 38, 39층의 세 개 층을 미궁 바깥에서 보낸 나라도 그러할진대, 다른 이들은 어떠할까.

회귀 전에는 종말을 버텨 내지 못하고 무너졌다.

모험가의 숫자도 적었을 뿐더러, 한 층마다 체류한 시간이 짧아 애착도 없었고, 무엇보다 서로 경쟁하고 견제하느라 힘을 합치지도 못했다.

당연한 결과라고 할 수 있었다.

그렇기에 종말을 버텨 내고 나면 이 세계가 어떻게 되는지에 대해서는 나도 모른다.

회귀자의 지식을 살려서 가려면 종말을 맞이하는 편이 나을지도.

그러나 이미 이 세계의 문명과 지구의 문명을 겹쳐 본 나다.

그런 쉽고 편한 전개를 택할 수 없었다.

맞서 싸우리라.

"누릅니다."

"눌렀어요!"

"눌렀습니다."

"눌렀습니다!"

4서폿이 39층의 클리어 수락을 누르자, 그것만으로 과반을 넘긴 듯 회귀 전과 마찬가지로 하늘빛이 변하기 시작했다.

"정말로… 오는 건가……!"

누군가가 중얼거렸다.

그래, 온다.

종말이다.

*　　　*　　　*

[최종 퀘스트: 종말]

[세계의 끝이 다가옵니다. 막으십시오.]

[보상: 세계의 존속]

이번 전투의 지휘를 맡은 것은 내가 아니었다.

아니, 정확히는…….

초반의 지휘를 다른 사람이 맡았다고 말하는 것이 더 정확하겠다.

"종말, 확인. 종말, 확인."

그 다른 사람, 인류 연방의 대원수가 말했다.

아니, 인류 연방?

나도 이 단어를 처음 들었을 때는 조금 혼란스러웠다.

대체 37층부터 39층까지 무슨 짓을 한 거야?

이 질문에 대한 답은 의외로 간단했다.

내가 남긴 공략본에 남긴 이 구절 때문이었다.

'39층의 끝에 종말이 온다.'

모험가가 이 한 줄을 근거로 모든 인류 세력을 설득했다고 한다.

힘을 합쳐야 피할 수 없는 거대한 환란에 맞서 발버둥이라도 칠 수 없겠느냐고.

그 설득은 실패했고, 실패했으며, 실패했다.

결국 종말이 코앞까지 다가온 39층에 이르러서야 겨우 설득에 성공하고 모든 세력이 통합을 이룩할 수 있었다고 한다.

물론 그 배후에는 성좌들이 있었다.

오퍼레이션 '어벤저'에 참여한 일곱 종족의 성좌들이 주축이 되었다든가.

층계가 진행되어 세계가 넓어지며 새로운 종족들이 발을 들였고, 그 배후에는 또 다른 성좌들이 도사리고 있었지만 그럼에도 불구하고 설득은 어렵지 않았다.

누군들 타의로 죽고 싶겠는가?

죽고 싶지 않은 이는 살길을 찾기 마련이다.

그리고 그 살길의 이름은 이렇게 붙여졌다.

"인류 연방 대원수의 권한으로 오퍼레이션 '종말 거부'의 발동을 승인한다."

조곤조곤하게 말하고 있지만, 그것은 굳이 큰 소리를 지를 필요가 없기 때문일 뿐이었다.

아주 당연하게 무전기를 손에 쥔 대원수는 이렇게 명령했다.

"공격 개시."

대원수의 선언에 함성을 내지르며 돌격하는 병사들은 없었다.

지축을 뒤흔드는 말발굽 소리도 들리지 않았고, 활시위를 당기는 모습도 보이지 않았다.

그 대신 들린 것은 폭음이었다.

푸하아아아악—!

동시다발적으로 들린 그 소음과 함께, 무언가가 내 머리 위를 가로질렀다.

미사일, 그것은 미사일이었다.

그것도 대량의 미사일이었다.

엄청난 숫자의 미사일이 동시에 하늘을 찢을 기세로 날았다.

탄두에 든 것은 당연히 폭약이 아니다.

분명… 마법액이라고 했던가.

마력을 가득 먹인 흑요석의 순도를 극단적으로 끌어 올리며 액화시킨, 순수한 에너지의 집합체라고 한다.

미리 마력의 성질을 지정해 둔 후 처리하면 마법의 위력을 복사하고 증폭시켜 대단한 위력을 뽐낸다고 했던가.

[마력] 능력치를 얻은 모험가와 이 세계의 마법사들이 힘을 모아 만들어 낸 물건인 모양이던데, 위력만큼은 꽤 자신 있다고 했다.

쿠구구구구궁—!

아니나 다를까, 초탄부터 버섯구름을 피워 올리기 시작했다.

"와, 진짜 핵 같네."

"그죠?"

언제 옆까지 온 건지 유상태가 고개를 주억거렸다.

문명 멸망 전의 것들을 기억하고 있는 이들의 공감대랄까, 그런 것 중 하나가 바로 핵일 거다.

물론 나도 냉전이니 뭐니 하는 소리는 역사책에서나 봤지만 말이다.

그거야 뭐 아무튼, 미사일은 종말의 머리 위에 연속적으로 쏟아져 동쪽을 온통 버섯구름으로 뒤덮기에 이르렀다.

이쯤 되면 누구 하나쯤은 '해치웠나?' 소릴 할 법도 한데, 대원수는 낯빛 하나 바꾸지 않고 다음 명령을 내렸다.

"공군."

미사일 대신 하늘을 가른 건 날틀이었다.

단, 제트 엔진이 달린 초음속 날틀이었다.

굉음을 내며 날아든 날틀은 순식간에 종말의 머리 위를 장악하고 일방적으로 폭격을 쏟아붓기 시작했다.

폭발의 빛과 폭음이 다시금 동쪽을 가득 채웠다.

그런데 문제가 생겼다.

폭격을 마치고 돌아와야 할 날틀들이 돌아오기는커녕 소식조차 끊겨 버린 것이 바로 그 문제였다.

대원수의 낯빛이 조금 굳어졌다.

"해군."

쾅! 쾅! 쾅!

인근 해역에 대기 중이던 전함의 거포가 일제히 움직이더니 곧 폭격을 뿜어 댔다.

그 포격을 바라보고 있던 대원수가 내게 경례했다.

"죄송합니다, 초대 황제 폐하."

예? 누가요? 제가요?

딱히 설명할 필요가 있을까 싶긴 하지만, 이 대원수는 이씨 제국의 후예라고 한다.

그런데 나는 초대 황제가 아니라 추존 황제 아니었나?

아무래도 도중에 기록이 어긋난 것 같다.

뭐, 이런 거나 지적하고 있을 때가 아니지만.

"직접 나서 주셔야 할 것 같습니다."

하긴 미사일로도, 폭격으로도 처치하지 못한 종말이다.

아직 포격이 계속되고는 있지만, 저것만으로 종말을 물리칠 수 있을 거라는 생각이 들진 않겠지.

나는 고개를 끄덕여 대답을 대신했다.

[이철호]: 다들 눈치채셨죠? 이제 곧 저희… 인류 연방 육군 차례입니다.

그리고 모험가라면 누구나 다 갖고 있는 커뮤니티의 공지를 통해, 나는 명령을 내렸다.

[이철호]: 빠르고 정확한 행동 체계를 위해 이제부터 평어체를 사용하겠습니다.

이게 무슨 말이냐면 이제부터 그냥 반말하겠다는 소리다.

이렇게 내릴 첫 명령은 조금 고전적이었다.

[이철호]: 나를 따르라.

하지만 미사일과 전투기, 전함의 시대임에도 굳이 창칼을 들고 싸우러 나서는 이들에게 내릴 명령으로는 이 정도가 딱 적절하지 않을까?

*　　　　*　　　　*

딱히 따로 지시하거나 할 필요는 없었다.

아주 자연스럽게, 내게 버프가 들어왔다.

[급속 거대화++] 2회, 능력치에 치중된 [작아져라!++], 그리고 [따스한 손길++].

아주 익숙하지만 동시에 오랜만인 버프 한 세트다.

그 외에도 4서폿이 직업으로 얻은 지원 능력을 추가로 받고, 다른 모험가의 능력도 받고…….

그렇게 약속된 버프가 다 걸린 것을 확인한 나는 그 자리에서 곧장 [하이퍼 파워 아머]를 전개해 백팩의 부스터를 최대 출력으로 당겼다.

"먼저 갑니다!"

버프를 받기 위해 억누르고 있던 속도를 해방하자, 이제야 내게 익숙한 스피드로 움직일 수 있게 되었다.

아니, 그보다 더 빠르다.

그야 온갖 버프를 다 받았으니 당연하다면 당연한 일이긴 했다.

그럼에도 불구하고 나는 새삼스럽게 감동했다.

우리 애들이 나 없는 동안에도 열심히 수련해서 많이 강해졌구나!

어느 정도 기여도를 확보하고 나면 그저 금화 하나 더 먹겠다고 누구보다 더 빠르게 클리어 수락을 누르고, 순위권에서 벗어 난 모험가는 자포자기한 나머지 어디 시골에서 수탈을 즐기며 안 빈낙도하던 회귀 전과는 확실히 다르다.

모험가 전체가 다 같이 강해진다.

이 명제를 이루긴 어려우리라 여겼으나, 실제로 이뤄진 것을 보니 감격스러운 마음이다.

그와 동시에 약간 섭섭하기도 하다.

내가 없었는데도 다들 잘 컸다고?

음… 뭔가 좀 섭섭한데?

나는 내 속에 든 아주 작은 소인배적인 감상을 얼른 털어 버리 고, 다시금 정면을 주시했다.

종말이 거기 있었다.

"사거리 안에 들어왔군."

그렇다면 할 일은 하나뿐이다.

"[벼락 강림]."

나, 강림.

너, 죽인다.

*　　　　*　　　　*

종말의 정체는 뱀이었다.

수없이 많은 뱀이 뭉쳐서 거대한 여성의 모습을 이루고 있었다.

그 여성의 하반신은 뱀이었고, 머리도 뱀이었으며, 머리칼도 뱀 이었다.

그녀를 이루는 모든 뱀에겐 날개가 달려 있었고, 뿔이 나 있었으며, 불과 냉기를 뿜거나 독 안개를 분사하거나 했다.

그래, 그녀의 몸을 이룬 뱀들은 하나도 빠짐없이 모조리 드래곤이었다.

드래곤의 집단이자 그 여왕.

그 능력은 신역(神域)에 닿아 있으며, 성좌의 위(位)에 오르기에 충분한 격을 갖춘 존재이자, 신화에마저 이름을 올린 존재.

그 이름은 티아마트라고 한다.

만약 그녀를 막아서는 이들에게 충분한 힘이 없으면, 그녀는 티아마트로서의 모습을 드러내지조차 않는다.

그저 뱀의 해일이 세상을 휩쓸어 종말로 인도할 뿐이니.

대적하고자 하는 자의 앞에 티아마트의 모습을 드러낸 것 자체가 그를 인정하는 것이나 다름없다.

즉, 이 모습의 티아마트에게 방심이란 없다.

티아마트의 안구를 이루고 있는 수정 드래곤이 빙글 돌아 나를 바라보았다.

그래, 안구 하나가 드래곤이다.

그 드래곤이 특별히 작은 거면 모르겠다만, 그렇지도 않았다.

드래곤을 두고 평범하다는 표현을 쓰는 게 이상하긴 하지만, 어쨌든 평범한 드래곤의 크기라 할 수 있었다.

비교하여 표현하자면, [급속 거대화++]를 두 번 받은 나와 그리 크기가 다르지 않았다.

티아마트의 거대함이 지나쳐 오히려 피부에 와닿지 않았다.

나와 티아마트의 눈이 마주친 것은 일순에 불과했다.

애초에 나는 지금 번개가 되어 티아마트에게 내려꽂히는 중이니, 한순간보다 더 많은 시간이 주어질 리 만무했다.

그렇게 짧은 시간임에도, 티아마트는 나를 발견하자마자 즉각 대응했다.

그녀의 흥부를 이룬 수없이 많은 드래곤이 동시에 숨결을 토해 내는 것이 그것이었다.

목표는 당연히 나.

그러나 강림하는 벼락에게 숨결을 토해 낸다는 행위에 무슨 의미가 있을까?

나는 동시다발적으로 뿜어진 탓에 운무처럼마저 보이는 뱀들의 숨결을 뚫고 그들 어머니의 명치로 보이는 부위를 타격했다.

쫘르릉!

빛처럼 내려꽂힌 나를 배웅하듯 한 타이밍 늦게 천둥소리가 울렸다.

드래곤 몇십 마리쯤은 지금의 일격으로 단숨에 타 죽었을 터이나, 티아마트에겐 별 큰 피해도 아니리라.

기껏해야 손톱 하나둘 뽑힌 정도겠지.

물론 손톱을 뽑히는 것은 고문으로 쓰일 정도로 고통스러울 터이나, 티아마트는 비명 한 번 지르지 않았다.

오히려 명치에 구멍을 내며 파고든 내게 더 많은 드래곤을 끼얹을 뿐이었다.

*　　　　*　　　　*

한껏 거대해진 나와 비슷한 크기의 드래곤들이 내 팔다리를 물고 늘어지려 하고 있었다.

[신화적인 야만 영웅의 영혼 강령]

나는 즉각 2.5배 더 커졌다.

"여기에 하나 더!"

[굶주린 거대의 양단 도끼+++]를 꺼내 들고, 남은 모든 [요기]를 소모했다.

이로써 나는 72m 신장의 거인이 되었다.

이 정도쯤 되니 나랑 비슷했던 크기의 드래곤이 이제는 들개처럼 보인다.

나는 내게 덤비는 드래곤들을 두들겨 팼다.

퍽! 퍽! 퍽!

그것은 쉬운 일이었다.

처음에는, 아니, 도중까지도.

그런데 문제는 끝이 없다는 거였다.

드래곤은 아주, 아주 많았다.

덤벼드는 드래곤 몇 마리를 패대기치는 건 쉬워도 백 마리, 천 마리째가 되면 이야기가 달라진다.

그러나 그리 큰 문제는 아니었다.

왜냐하면.

"와아아아아!"

미궁 바깥에서와는 달리, 지금은 내게도 동료들이 있기 때문이다.

티아마트는 달려드는 모험가 군세에 대항하기 위해 꼬리 일부를 드래곤 무리로 바꾸어 내보냈다.

내가 생각했던 것보다 강해진 모험가들은 드래곤 무리와 맞서 싸우며 전진하고 있었다.

물론 그것은 나를 구하기 위해서인 것은 아니다.

저들 중 누가 나를 걱정하랴?

그러기엔 나는 너무 강했다.

그러니 저들의 목적은 보다 심플할 터였다.

그저 드래곤을 쓰러뜨리고 경험치를 얻어 강해지는 동시에, 종말을 쓰러뜨리는 데에 기여해 더 많은 보상을 얻어 내려는 것이리라.

나와 같은 목적이다.

개중에 드래곤 브레스에 정통으로 맞아 몸이 반쯤 녹은 모험가도 있었지만, 그 모험가는 즉각 슉 사라졌다.

누군가가 [콜] 해 준 것이리라.

후방에서 부활을 받든 치유를 받든 회복해서 다시 오겠지.

가장 큰 목적은 생존율을 올리는 것이었지만, 후방에 머문 지원가의 기여도를 챙겨 주는 효과도 있었다.

그리고 이 효과는 전선에 나아가는 전사들이 보다 적극적으로 싸울 수 있도록 하는 효과로 이어진다.

"잘하네."

또 한 마리의 드래곤이 쓰러졌다.

저 드래곤 하나하나가 전부 티아마트의 일부인 것을 생각하면, 모험가들은 효과적으로 티아마트의 전력을 깎아 내고 있는 거였다.

문제는 티아마트가 이 단순하지만 효과적인 전략에 당하고만 있을 정도로 멍청하지는 않다는 점이었다.

그래서 여기서 중요한 게 내 역할이었다.

내가 티아마트 본체의 시선을 끌어, 내게만 집중하도록 만들어야 했다.

"우어어어어!!"

[신화적인 야만 영웅의 호령]

[신화적인 야만 영웅의 호통]

그러려면 일단 소리를 지르는 게 가장 좋지.

물론 이 [호령]과 [호통]은 단순히 소리만 지르는 능력이 아니지만 말이다.

전투력의 증감은 물론…….

파지지지직!

강력한 번개 숨결이기도 하다.

내 주변의 드래곤들이 번개에 타들어 가는 냄새가 아주 좋다.

나는 죽은 드래곤을 집어다 [아공간 금]을 통해 인벤토리에 휙 집어넣고 즉각 [청동 동전★★★]으로 바꿨다.

오늘 아주 큰 돈을 벌어 가겠군.

그런 생각에 씨익 웃고 있으려니, 티아마트의 지나치게 거대한 고개가 스윽 움직였다.

그 안구를 이루는 수정 드래곤의 시선 끝에는 당연히 내가 있었다.

임무를 성공적으로 해낸 모양이긴 한데, 어째 좀 부담스럽다?

아니나 다를까, 육탄전을 하던 드래곤들이 갑자기 날아오르며 확 퍼지더니, 나를 두고 학익진을 펼쳤다.

그리고 동시에 숨결을 뿜어 댔다.

불길과 냉기는 물론이고 번개에 광선에 온갖 독과 산까지도 내게 뿜어졌다.

지금은 벼락 상태도 아닌데 저런 걸 집중적으로 맞으면 아무리 나라도 멀쩡할 리가 없다.

[세계에게 편애받는] 능력이 없었다면 말이다.

— 무적 상태입니다.

— 무적 상태입니다.

— 무적 상태입니다.

미궁 바깥에서는 볼 수 없었던 상태 메시지가 참 반갑다.

뭐, 아까 전까지도 열일하던 메시지긴 하지만, 그래도 무적만큼 반가운 게 없지.

나는 [스탠딩 마이크★]를 꺼내 들어 [매력]을 확 올리고 무적 시간을 연장했다.

그리고 그대로 휙 뛰어올라 내게 숨결을 퍼붓는 드래곤들을 잡아 죽였다.

각각의 드래곤에게는 [웜 신] 같은 재생 능력이나 [크라켄 신] 같은 방어 능력이 없으니, [전쟁검★★★]의 전투력 보너스가 없어도 드래곤의 숫자를 줄이는 데에는 그리 문제가 없었다.

[불꽃 초월]과 [번개 초월]의 존재를 감안해 레드와 골드를 제외한 드래곤들부터 차근차근 처치할 여유가 있을 정도였다.

이쪽의 공략은 분명 순조로웠다.

그럼에도 티아마트는 침착했다.

오히려 드래곤들을 더 넓게 펼쳐 진형을 더욱 크게 잡았다.

불꽃 숨결을 내뿜은 레드 드래곤과 번개를 내뿜는 골드 드래곤은 뒤로 물려 다른 모험가를 상대하도록 했다.

그래서 다른 드래곤들로만 이뤄진, 아까보다 더 넓게 펼쳐진 학익진이 다시금 이뤄졌다.

그렇게 진형을 짜 놓고도 티아마트는 뭔가를 기다리기라도 하듯 당장 공격을 명령하지는 않았다.

내 무적 상태가 오래갈 리 없다고 확신하는 눈빛이었다.

그거 정답이네.

하지만 나도 무적만 믿고 여기 뛰어든 건 아니거든?

"아까 건 좀 가벼웠지?"

이번엔 진짜로 간다.

무적이 끝나자마자 [스탠딩 마이크★]를 집어넣고 도로 [전쟁검★★★]을 든 나는 곧장 다음 수를 썼다.

[대폭주]

[벼락 강림]

쫘르르릉!

벼락 그 자체가 된 내가 티아마트의 거대한 가슴을 파고들었다.

그런데 이번에는 티아마트의 반응도 달랐다.

자신의 가슴 부위를 이루고 있던 드래곤들을 확 흩어 피해를 줄이는 게 아닌가?

마치 티아마트가 도넛처럼 되어 버렸다.

물론 피하는 게 늦었던 놈들과 피했더라도 벼락의 기세에 휩

쓸려 결국 죽어버리고만 드래곤의 숫자는 결코 적은 수가 아니었다.

그럼에도 불구하고 나는 이 싸움이 길어질 것을 예견할 수밖에 없었다.

아직 여유 있는 표정을 짓는 티아마트의 입술 부위 드래곤들 움직임을 보자면 그런 생각이 자연히 들기 마련이다.

"…좋아, 계속 해 보자고."

티아마트의 가슴 구멍을 통과해, 자연히 포위상태에 놓이게 됐으나 나는 별로 쫄지 않았다.

여력은 아직 많이 남았다.

미궁 바깥을 나서기 전에 사둔 [기사회생]도 온존해뒀고, 정말 위험하면 후방의 꼬맹이에게 [콜] 받으면 그만이니까.

"두 번 죽을 때까지 후퇴 안 한다."

샤워 물줄기처럼 날아드는 각양각색의 드래곤 브레스를 노려보며, 나는 나지막하니 중얼거렸다.

*　　　　*　　　　*

신급 몬스터를 잡는 것은 이번이 세 번째다.

아무리 큰일이라도 세 번씩이나 겪으면 이골이 날 수밖에 없다.

"[내가 빔이다.]"

[신비한 세계]

[대폭주]

[빔 인간]

"[날지 마라! 떨어져!]"

[칙령]

"곽시마디아! 쓸어버려!!"

—알았어, 주인!

[혈투사혈시]

[대폭주]

[혈투창]

나는 쉴새 없이 공격을 퍼부었다.

그렇게 드래곤의 숫자를 줄이다 보니 어느새 아군들이 근처까
지 왔다.

그렇다면?

[피투성이 깃발]

[시산혈해]

내 전투력 상승을 위해 걸어 둔 능력들이 아군에게 번지기 시
작했다!

"우오오옷! 힘! 힘이 솟구친다!"

"힘이다! 그리고 나는 강력하다!"

내 버프를 받은 사람들 상태가 별로 좋아 보이진 않지만 이런
난전 상황엔 살짝 제정신이 아니어도 괜찮다.

괜찮아! 흡혈귀만 안 되면 돼!

…안 되겠지?

그런 건 나중에 생각하기로 하고, 나는 계속해서 티아마트를
공격했다.

티아마트는 나만 봐야 했다.

그리고 티아마트의 주의를 끄는 데에 가장 좋은 수단은 역시 공격이었다.

[혈투창]

[혈투창]

[혈투창]

어느새 [혈투사혈시]가 끝나 버렸지만, 나는 [와인병★★]의 와인을 마셔 가며 계속해서 공격했다.

티아마트의 시선은 계속해서 나를 향하고 있었다.

어그로 관리는 잘되고 있는 모양이다.

게다가 티아마트의 몸이 점점 작아지고 있다. ·

모든 게 잘되어 가고 있다는 방증이었다.

나는 계속해서 드래곤을 죽였다.

그리고, 마침내.

번쩍!

드래곤이 모조리 사라졌다.

"…우리가 이긴 건가?!"

누군가가 외쳤다.

아니, 그럴 리 없다.

나는 그 소리를 듣자마자 고개를 저었다.

회귀 전에는 이렇게까지 티아마트에게 큰 피해를 입힌 적이 없기에 뭐가 어떻게 되어 가고 있는 건지 나도 모른다.

그러나 앞서 두 번이나 신급 몬스터의 토벌을 겪은 모험가로서의 직감이 경종을 울리고 있었다.

"2페이즈."

[웜 신]도 3페이즈까지 있었고, [크라켄 신]도 마찬가지였다.

그럴진대, 고유한 이름까지 지닌 [티아마트]에게 2페이즈가 없을까?

그럴 리 없다.

나는 긴장감을 최대로 끌어올렸다.

그리고 아니나 다를까.

번쩍!

눈앞이 다시 한번 빛나며.

—크르르르르……

—캬아아아아—!

나는 드래곤의 숲에 있었다.

…엥?

*　　　*　　　*

드래곤, 드래곤, 드래곤.

주변은 온통 드래곤이었다.

블루 드래곤으로 이뤄진 바다에 옐로우 드래곤으로 이뤄진 땅, 그리고 그린 드래곤이 풀숲처럼 여기저기 돋아나 있었다.

하늘에는 화이트 드래곤이 구름처럼 날아다니고 있었으며 태양은 자세히 보니 골드 드래곤의 무리였다.

그리고 그 어떤 드래곤보다도 거대한, 어째 좀 낯익은 드래곤이 나를 내려다보고 있었다.

낯익은 드래곤이라고 할까, …티아마트였다.

뭐, 티아마트?!

"아주 잘했다."

다시금 공격을 준비하려던 내게, 티아마트는 자애로운 목소리로 말했다.

"어, 예?"

"아직 상황 파악이 덜 된 모양이로군."

티아마트는 한숨을 내쉬었다.

그 한숨은 불꽃과 번개로 이뤄져 있었다.

보통 사람이라면 맞고 죽었을 터이나 내게는 아무 해도 끼치지 못했다.

이미 불꽃과 번개로는 내게 별 피해를 끼칠 수 없다는 걸 잘 알고 있을 텐데도 굳이 불꽃과 번개를 쓴 이유는 이게 공격이 아니기 때문이겠지.

"여긴 내 알현실이다. 네가 알현하고 있는 건 몬스터 티아마트가 아니라 [굶주린 거대]고."

"…아, 성좌셨습니까?"

게다가 어디서 들어 본 것 같은 이름의 성좌다.

"그게 전부냐? 내가 네게 성검을 허락했는데?"

"아."

[굶주린 거대]가 허락한 성검이란 [굶주린 거대의 양단 도끼+++]를 가리키는 거겠지?

영 정신이 없다.

오늘 스타일 많이 구기네.

"감, 감사합니다?"

"됐다. 엎드려 절받기로군."

티아마트가 눈웃음을 쳤다.

아니, [굶주린 거대]구나.

헷갈리네.

알현실에서만큼은 성좌가 자기 모습을 마음대로 바꿀 수 있다는 걸 나는 이미 알고 있다.

그러니까 [굶주린 거대]가 굳이 티아마트의 형상을 취해 나를 혼란시킨 건 어디까지나 의도된 행동이라는 소리다.

뭐, 그렇다고 성좌 상대로 화를 낼 수도 없으니 납작 엎드리는 수밖에.

[굶주린 거대]가 티아마트를 권속으로 부린 것이든, 아니면 자손이나 '아이'이든 뭔가 모종의 관계임은 짐작하기 어려운 일이 아니었다.

아무리 퀘스트의 일환이라고는 하나 티아마트를 최소한 1/4쯤은 죽였으니, [굶주린 거대]에게는 내게 화를 낼 자격이 있다고 볼 수도 있었다.

좀 억울하긴 하지만 뭐, 그게 미궁이고 성좌니까.

나는 마음을 비웠다.

한데, [굶주린 거대]의 반응이 조금 이상하다.

"이철호여, 제안할 것이 있다."

"말씀하십시오, [굶주린 거대]님."

"나와 혼인하지 않겠는가?"

아니, 많이 이상하다.

식은땀이 내 등을 흠뻑 적셨다.

"살, 살려 주세… 요?"

"앗하하! 농담이다! 농담!"

아니, 눈이 웃고 있질 않던데…….

…파충류 눈이라 내가 잘못 본 거겠지?

그렇다고 믿자.

나는 믿고 싶은 것만 믿기로 다짐했다.

"스스로를 과소평가하고 있는 모양이로군, 너는."

웃음을 그친 [굶주린 거대]가 뜬금없이 이상한 소리를 했다.

"예?"

"너는 성좌의 신부가 되기에 충분한 자격을 갖춘 인간이다. 좀 더 자신감을 품도록."

저… 아까 농담이라고 안 하셨나요?

게다가 신부?

신랑이 아니라?

…농담이겠지?

내 표정을 보던 [굶주린 거대]는 다시금 큰 웃음소리를 터트렸다.

"아무튼 좋다! 너는 내 인정을 받았으니, 나의 축복을 받도록!"

─ 새로운 능력치를 얻었습니다.

─ [거대]

[거대 197]

엇, 이게 뭐야?

티아마트를 처치했는데… 티아마트가 보상을 준다고?

아니, [굶주린 거대]가 티아마트인 건 아니었지.

아무튼 뭔가 이상하지만 그렇다고 준다는 걸 안 받는 것은 더 이상하다.

"감사합니다!"

나는 냅다 감사부터 질렀다.

"역시 훌륭하구나!"

그런데 내 감사에 대한 답이 조금 이상하다.

잘 보니 내가 거대해져 있었다.

[거대화]: [거대] 능력치에 비례해 거대화한다. 켜고 끌 수 있다.

[거대] 능력치의 능력 때문인 듯했다.

내가 [거대화] 능력을 끄자, 몸의 크기가 다시 원래대로 돌아왔다.

당연하지만 능력은 이것 하나가 아니었다.

[일부 거대화]: 신체 일부만 중점적으로 거대화할 수 있다. 거대화 비율은 지정할 수 있다.

이런 능력도 있었고.

[장비 거대화]: 착용 중인 장비를 거대화시킨다.

이런 능력도 있었다.

[거대한 공격]: [거대화]한 상태로 공격할 때, 충격파를 터트려 60%에 해당하는 피해를 주변에 전파한다.

이게 아마 [거대] 100 능력이겠지.

나는 [거대]에 능력치 2를 더 투자했다.

[초거대]: [거대] 능력치를 소모하여 추가로 거대화한다.

딱 봐도 [거대] 200 능력인 게 분명하다.

조금 전까지 미세하나마 느껴졌던 아니꼬움이 확 날아가는 기분이다.

"마음에 들었나?"

"네!"

나는 단호하게 대답했다.

그러자 [굶주린 거대]가 미소를 지으며 말했다.

"그러하다면 이것도 받도록!"

4장
—
제40층

　[굶주린 거대의 양단 도끼★]: [거대] 능력치를 통해 거대화할 때 같은 비율로 추가 전투력을 얻는다.

　이 도끼로 적을 양단할 때마다 추가로 거대화하며, 같은 비율로 추가 전투력을 얻는다.

　"오!"

　그야말로 종합 선물 세트다.

　이런 걸 받아 본 지 얼마나 오랜지…….

　마지막으로 받은 게 아마 31층이었으니, 거의 30년 만에 받는 셈이다.

　원래 내가 이런 걸로 감동 안 받는 사람인데, 왠지 눈물이 나네?

　하지만 이 정도로 잘 챙겨 주니 조금 전에 느꼈던 이상함이 더욱 증폭되는 것 또한 느낄 수 있었다.

"저, 성좌님."

"나를 [거대]라고 부르도록."

"아, 예. [거대]님."

"무슨 일이냐?"

"제게 왜 이렇게 잘해 주십니까?"

"음… 네가 잘 생겨서?"

내 표정이 굳는 걸 보고 [거대]가 다시 웃었다.

"농담이다, 농담! 나도 미궁에 소속된 성좌로서 네 활약에 감사하고 있다."

아, 내가 미궁 바깥에서 한 활동이 [거대] 성좌에게도 감명을 주었나 보다.

"비록 네게 퀘스트를 내리진 못했으나, 그래도 감사의 표현 정도는 할 수 있는 것 아니겠냐?"

사람이든 성좌든 무언가를 공짜로 받을 수 있으면 그냥 먹고 째는 게 보통일 텐데, [거대] 성좌는 보통이 아닌가 보다.

"…감사합니다."

"아니, 고마워해야 할 건 나라니까."

[거대] 성좌는 손을 내저으며 말했다.

"그리고 뭐, 네가 잘생긴 것도 이유이긴 하다."

그, 진짜 농담이신 거, 맞죠?

*   *   *

내가 [굶주린 거대]의 알현실에서 나왔을 때, 이미 39층은 클리어된 상태였다.

　―39층 클리어!

그 증거로, 정산이 진행되고 있었다.

　― 클리어 등급 정산 중입니다…….

　― 39층 클리어 등급: SSSSS

뭐야, S가 몇 개야?

다섯… 개?

31층의 SSS 이후로 이거보다 더 높은 등급을 받을 일은 없을 거라고 생각했는데, 그 생각이 깨졌다.

하긴 종말을 막고 세상을 존속시켰는데 이게 당연하긴 하지.

　― 39층 클리어 공통 보상이 지급됩니다…….

　― 레벨 업…….

뭔가 레벨이 많이 올랐다.

평소보다 훨씬 더 많이.

　― 레벨 한계 +10 보상이 지급되었습니다.

　― 레벨 +10 보상이 지급되었습니다.

그러니까…….

[이철호]

레벨: 275

아, 20레벨 오른 게 맞구나.

미궁 바깥에서 39층으로 돌아왔을 때 확인한 레벨이 255였으니까. 이번에도 [세계에게 사랑받는] 능력 덕에 보상이 두 배로 부푼 덕을 톡톡히 봤다.

　― 클리어 기여도 보상 산정 중입니다…….

— [이철호]님의 기여도는 25%입니다.

이번에는 기여도가 생각보다 높다고 해야 할 것 같다.

물론 티아마트와 싸울 때는 내가 꽤 활약하긴 했는데, 39층이 다 끝나갈 때쯤에나 난입했으니까.

39층에서 얻은 클리어 크리스털은 단 하나도 없다.

이런 상황에서 오히려 25%나 먹은 게 대단하다고 봐야겠지.

— 기여도 보상은 미궁 금화 25개입니다.

뭐, 기여도 보상이야 어차피 미궁 금화니 그리 신경 쓸 것도 없고 말이다.

금화 50개를 받아 든 나는 40층으로 향할 생각이었다.

— 특수 보상으로 미궁 40층의 진행이 변경됩니다.

이걸 보기 전까지는.

…뭔데?

*　　　　　*　　　　　*

회귀 전, 미궁 40층은 배틀 로열이었다.

사실은 룰 자체가 단 한 명만 살아남으라는 건 아니었지만, 김민수가 다른 모든 모험가를 살해하고 인형으로 만들어 버리면서 그 꼴이 났다.

원래의 룰은 단 하나의 팀만 살아남는 거였다. 팀을 구성하는 인원의 제한은 없었기 때문에, 모든 모험가가 한 팀에 소속되면 전부 살아나갈 수도 있는 룰이기도 했다.

문제는 팀장의 권한과 보상이 좀 심하게 좋았고, 김민수를 비롯한 유력 모험가들이 그걸 다른 사람에게 양보할 생각이 없었다는 것이었다.

그래서… 그렇게 됐었지.

만약 회귀 전과 똑같은 룰로 40층이 진행됐더라면 그냥 내가 팀장 먹고 다른 사람들 팀원에 넣어서 다 살려 데려갈 생각이었다.

반대하는 사람이 나와도 무력으로 꺾어서 데려가면 그만이었으니까.

내가 제일 센 데 지들이 어쩔 거야?

하지만 39층을 지나치게 높은 등급으로 클리어해 버리는 바람에, 40층 자체가 뒤바뀌고 말았다.

그래서 뒤바뀐 40층이 뭐였냐면…….

"초대 황제 폐하, 만세—!"

"우가가 우가우, 만세—!"

종말과 맞서 싸우고도 끝나지 않은 세계의 후일담이었다.

…그런데 너희, 그런 것 좀 안 하면 안 되겠니?

*　　　　　*　　　　　*

인류 연방군과 모험가의 연합이 종말, 티아마트와 맞서 싸우는 장면은 TV로 생중계됐다.

TV로, 생중계.

이게 얼마 만에 듣는 말이야?

하지만 나와 달리 39층을 처음부터 진행한 모험가에게는 친숙하다 못해 당연하기까지 했던 모양이다.

하긴 핵미사일과 비슷한 위력의 마력액 미사일도 쏘는데 TV가 없는 게 더 이상하긴 하지.

각설하고, 아무튼 그래서 이 세계의 전 인류가 그 장면을 본 모양이다. 미사일을 수십 발 얻어맞은 후 공군의 폭격까지 당했음에도 아랑곳하지 않고 파도처럼 몰려오는 종말의 해일.

그리고 그 해일에 맞서 싸우는 모험가들.

마지막으로, 나.

번개가 되어 티아마트의 명치에 내려꽂히는 장면은 지금도 TV에서 쉼 없이 흘러나오고 있었다.

「이 장면을 보십시오. 인류의, 세계의 구원자가 벼락이 되어 종말을 처치하는 장면입니다!」

아니거든?!

오히려 저 일격은 견제구에 불과했고, 그 뒤에 내가 얼마나 고생을… 안 했구나.

아니, 객관적으로 보자면 고생을 안 한 건 아닌데 비교 대상이 막 죽다 살아나고 그랬던 전투다 보니 상대적으로 별로 고생한 것처럼 안 느껴진다.

"크!"

"캬!"

그리고 그 사실을 아주 잘 알고 있을 터인 4서폿이 테이블에 둘러앉아 감탄사를 터트리며 술잔을 기울이고 있었다.

너희는 왜… 아니다.

나도 술을 마셨다.

확실히 현대 문명이 좋긴 좋다.

핵미사일이고 TV고 뭐고 다 제치고 술을 마실 때 이런 감상을 느낀다는 게 좀 웃기긴 한 데, 그래도 콜라와 위스키를 섞은 술을 어디서 마시겠는가?

곡물을 어마어마하게 소모해서 그걸 또 증류를 몇 번씩이나 해야 나오는 결과물인 위스키, 그리고 대량 생산과 현대 자본주의의 상징이나 다름없는 콜라.

이 둘을 섞은 음료야말로 내게 있어서는 인류 문명의 존재를 실감케 하는 것이 아닐 수 없었다.

대량 생산 된 덕택에 가격도 싸고.

사실 세계를 구한 내가 이런 저렴한 술을 마실 필요는 없지만, 이 시대의 고급주란 건 보통 사람 손이 많이 가는 술이다.

그런데 그런 건 문명이 없어도 나 혼자 어떻게든 만들 수 있다.

그런 의미에서 볼 때는, 적어도 내게는 이 잭콕이 어지간한 고급주보다 더 많은 의미를 가진다.

41층 내려갈 때 인벤토리에 잔뜩 쟁여 가야지.

나는 속으로 혼자 다짐했다.

그때였다.

「이 장면을 보십시오. 인류의, 세계의 구원자가 벼락이 되어 종말을 처치하는 장면입니다!」

TV에서 또다시 예의 그 장면이 흘러나오고 있었다.

아니, 같은 장면을 몇 번씩 트는 거야?! 멘트까지 똑같은 건 또 뭐고?!

"크!"

"캬!"

게다가 너희는 왜 또 똑같은 반응을 하는 거야?!

나는 유상태의 멱살을 잡고 짤짤짤 흔들어 대고 싶은 욕망을 간신히 억눌렀다.

하지만 이건 시작에 불과했다.

*   *   *

종말의 위협에서 벗어난 인류가 가장 먼저 해야 할 일은 무엇일까?

그것은 축제였다. 그야말로 대대적인 승전 기념식이 열렸다.

그리고… 나는… 이 승전 기념식의…

주인공… 이다……!

"오오, 저분이 인류의 구원자!"

"세계를 구원하신 분!"

"영웅!"

"구세주!"

"그는 신이야!"

"벼락 킥! 벼락 킥!"

한껏 업된 사람들은 이제 수군거리지도 않았다.

그냥 대놓고 외치고 있었다.

"이철호! 이철호! 이철호! 이철호!"

"꺄악, 사랑해요! 제 아이를 낳아 주세요!"

뭐야, 방금 누구야? 누가 나한테 애 낳아 달라고 했어?!

나는 두리번거렸지만 여기 모인 사람이 너무 많았다. 게다가…….

"아악! 철호님이 나를 보셨어!"

"아흐응……."

범인을 찾는 중에 나와 눈이 마주친 사람들이 혼절하는 사태가 일어나고 말았다.

남녀노소 가리지 않고.

분명히 [매료] 능력은 꺼 놨을 텐데, 사람들이 왜 이러지?

혹시 나 얼굴 가리고 다녀야 하나?

어우, 부담스러워.

놀라운 것은 아직 기념식이 시작하지도 않은 상태라는 거였다.

기념식 회장으로 이동하려고 호텔에서 나온 것만으로 이 사태가 일어나고 있는 거였다.

"그, 순간 이동. 할까?"

기념식 회장에 있는 모험가에게 콜 해 달라고 하면 될 것 같은데, 나는 왜 걸어가려고 했던 거지?

"아… 그거 안 될걸요?"

그런데 옆에서 이상한 대꾸가 돌아왔다.

악의 근원, 꼬맹이였다.

"왜?"

"기념식 회장, 싹 비워 놨거든요."

"왜, 왜?"

"선생님이 제일 먼저 들어갈 수 있게요."

"누가 그런 짓을……!"

꼬맹이가 시선을 피했다.

"너구나!"

"아, 아니에요! 전 그저……."

내가 본격적으로 꼬맹이를 추궁하려 할 때였다.

"선생님께서는 사람들의 환호를 받을 자격이 있습니다. 가슴을 펴십시오."

김명멸이 끼어들었다.

가슴… 움츠린 적 없는데.

내가 서운함을 담은 시선으로 쳐다보자, 김명멸은 움찔하더니 곧장 말을 바꿨다.

"회장으로 바로 콜 해줄 모험가 하나를 준비시키겠습니다."

옳지, 그래야지.

*   *   *

40층은 39층보다 넓어졌다.

인류는 새롭게 펼쳐진 드넓은 대양과 처음 보는 신대륙을 세계의 일부로 맞이하게 되었다.

바뀐 것은 이뿐만이 아니었다.

사방이 차원의 벽으로 막혀 있던 39층까지의 세계와는 달리, 사방팔방이 전부 트여 있는 세계로 바뀌었다.

다시 말해, 지구처럼 구(球) 형태의 세계로 바뀐 거였다.

그러나 이 사실은 적어도 모험가들에게 있어 그리 중요한 것이 아니었다.

왜냐하면 5년이 허락되었던 39층까지와는 달리, 40층에 허락된 시간은 한 달여에 불과했기 때문이었다.

문자 그대로 후일담, 그저 회포를 풀고 아쉬움을 달래는 시간에 지나지 않았던 탓이다.

내 성을 딴 이씨 제국은 세월의 흐름에 따라 무너졌고 그 자리에 인류 연방이 들어섰으나, 인류 연방의 주종족은 여전히 인간이었다.

엘프와 드워프, 호프스도 연방을 이루는 주요 세력에 속했고, 오크와 트리톤, 켄타우로스도 그 뒤를 이었다.

그러니까 내게 도움을 받고 나도 나름 정을 준 종족들이 여전히 연방을 이루는 주축이었다.

그래서인지, 아니면 그저 내가 티아마트에게 마지막 일격을 날려서인지 모르겠지만 인류 연방은 내게 모든 것을 내어 줄 기세였다.

뭐 달라고 하면 다 준다. 더 준다!

이거 무서워서 뭐 달라고도 못 할 정도다. 그래도 달라고 했지만.

쌀과 위스키, 콜라, 사발면과 봉지 라면, 삼겹살에 치킨, 마지막으로 각양각색의 김치를 받은 나는 풍요롭게 웃었다.

그러고 보니 모험가들이 다 한국인이었지.

39층의 5년 동안 쌀과 밥, 김치를 개발해 놓지 않았을 리가 없었다.

게다가 다들 [요리] 8랭크 정도는 단 건지, 어지간한 건 다 황금 요리였다.

이것이 천 년 세월의 힘인가?

특히 [황금 콜라]는 한 모금 마시고 정신이 나갈 뻔했다.

대량 생산된 일반 콜라를 그저 추억의 맛에 지나지 않게 만들어 버리고야 말았으니까.

괜히 비싼 건 다 수제인 게 아니었다.

일반 기술 랭크가 무섭긴 무섭구나.

*   *   *

한 달이라는 시간은 쏜살처럼 흘러갔고, 모험가들은 41층에 향할 때가 되었다.

"여러분과 함께 보낸 시간을 잊지 못할 겁니다."

연방 통령이 눈물을 보이며 내게 말했다.

인류 연방이라는 거대한 세력의 정점에 선 자치고는 소박한 인물이었다.

하지만 이 소박함은 다음 층계로 떠나갈 모험가에게만 적용되는 것이었으리라.

그러지 않고서야 정치를 할 수 있을 리 없으니.

만약 우리가 여기 영원히 남아 뭔가의 영향력을 행사하려고 했다면 어떻게 나올지 모르지.

하지만 그건 몰라도 되는 이야기다.

어차피 우리는 떠나는 몸이니.

"초대 황제 폐하! 만세!!"

"초대 황제 폐하! 만세!!"

그보다는 저쪽 군중이 신경 쓰인다.

아니, 멀쩡히 자기들끼리 통령 뽑는 민주주의 연방 공화국 굴리고 있으면서 저것들은 왜 나한테 저러는 건데?

"존귀하신 구주여! 영원토록 영광되소서!!"

"아—멘!"

"아—멘!"

저쪽에서는 왜 또 근본도 없는 급조 종교 활동 중인 거냐고?

아—멘이라니, 그런 소린 여기 와서 처음 들었다.

"우가가! 우가우!"

"우가가! 우가우!"

그렇다고 여러 번 들었던 걸 좋아하는 건 아니야!

니들이 제일 나빠!!

나는 엘프와 드워프와 호프스의 무리 쪽에는 시선도 주지 않도록 주의했다.

아무튼 진짜… 적당할 때 떠나서 다행이라고 생각한다.

내가 1년만 더 여기 있었으면 황실 복고주의자들과 종교쟁이들이 얼마나 날뛰었을지 모르니 말이다.

"…수고 많이 하십시오."

내가 통령과 악수하며 이런 말을 해 주니, 그의 표정은 더없이 미묘한 것으로 바뀌었다.

…좀 억울하긴 하네.

솔직히 내 잘못은 아니잖아?

5장
—
제41층

　그렇게 31층부터 40층까지, 대부분의 모험가가 45년 이상의 세월을 투자한 30층대의 모험이 끝났다.

　모험가들의 얼굴에는 시원하다는 표정보다는 아쉬움이 많이 묻어났다.

　어차피 5년을 머물고 층계를 이동하면 200년이 지나 있는지라, 인간관계는 리셋 되다시피 했음에도 불구하고 모험가들은 이 세계에 정이 많이 든 듯했다.

　하긴 생각보다 많은 수의 모험가들이 후손을 보고 또 봤으니 감정이입을 하는 것도 무리는 아니지,

　아무리 그래도 자신의 자손과 또 사랑에 빠진 사람은 없었지만.

　…없었겠지?

그런 소문은 들은 게 없었지만, 어디다 대고 자랑스럽게 말할 일이 아닌 만큼 그냥 비밀로 해두었을 가능성이 있긴 하다.

그리고 마침 내게 비밀을 알아낼 수 있는 능력이… 있긴 한데.

…그냥 없다고 믿자.

세상에는 군이 알 필요 없는 진실도 많으며, 이번 의문은 명백히 그 범주에 속한다.

솔직히 조금 궁금하긴 하지만, 그냥 덮어두는 편이 낫겠다 싶다.

어쨌든 그런 일이 있든 없든 내가 생각했던 것보다 사람들이 아쉬워했던 것만은 사실이다.

나? 나야 뭐… 도중에 미궁 바깥에까지 나갔었으니. 갔다 오니까 아는 사람의 후세들만 좀 남아 있더라.

심지어 하이 엘프나 로우 드워프 중에도 아는 얼굴이 없을 정도였으니 말 다 했지.

역시 600년이 비어버리다 보니 기껏해야 인류연방 애들 정도만 자신들의 정치적인 명분을 위해 내가 선조니 초대황제니 이러고 있는 정도였다.

그래서 그런지 시원섭섭한 표정을 짓는 건 나 하나 정도였다.

아무튼 이렇게 30층대 세계와는 이별을 고했다.

하지만 40층은 아직 끝난 게 아니었다.

[공동 퀘스트: 팀장 정하기]

[41층부터는 모험가들 전원이 하나로 뭉쳐야 하는 새로운 모험이 시작됩니다. 팀장을 정해 주시기 바랍니다. 팀장에게는 절대명령권과 제한적인 생살여탈권이 주어집니다.]

[보상: 여러분의 팀장]

회귀 전에 악명 높았던 퀘스트는 없어진 게 아니었다.

그저 조금 뒤로 미뤄졌을 뿐이었다.

이제부터 모험가 파벌 사이의 피 튀기는 경쟁이… 일어날 리 없지.

"여러분, 아시죠?"

나는 싱긋 웃었다.

알면 알아서 추대하지?

                    *   *   *

그렇게 나는 반전 없이 팀장이 되었다.

"여러분, 지지해 주셔서 감사합니다."

나는 고개 숙여 인사했다.

"40층이 제 기억과 달랐던 만큼, 41층도 제 예상과 다를 수 있습니다."

일단 이거부터 까고 시작하자.

"회귀 전에 비해 우리는 더욱 많이 살아남았고, 평균 레벨도 훨씬 높아졌으며, 무엇보다 서로를 죽여야 할 대상으로 여기지도 않고 있지요."

이것은 내가 자랑스러워할 만한 점이라고 생각한다.

하지만 회귀자로서는 불리한 점이다.

"설령 예상외의 일이 일어나더라도 우리 모두에게는 충분히 이겨 낼 힘이 있다고 믿고 있습니다."

그럼에도 나는 미소 지었다.

"여러분은 제 예상보다 훨씬 강해졌고, 또한 더 나아졌으니까요."

회귀자의 지식이 쓸모없어지더라도, 쌓아 온 힘과 능력……

그리고 동료가 있으니까.

그것이 오직 김민수 혼자 나아가야 했던 회귀 전과 가장 다른 점이었다.

"자, 가봅시다!"

그렇게 나는 41층으로 향하는 문을 열었다.

*   *   *

사람들 앞에 나가서 대놓고 연설한 내용이 틀린 것은 상당히 민망했다.

이 말뜻은 바로 41층이 회귀 전과 동일하다는 뜻이었다.

"…아니, 아직 모르지."

41층은 거대한 탑으로 이뤄져 있었다.

탑에는 네 개의 입구가 있는데, 입구마다 다른 통로와 계단으로 탑을 오르게 된다.

문제는 통로나 계단을 막은 문을 열기 위해서는 다른 입구로 들어간 팀에서 잠금장치를 열어 줘야 한다는 점이었다.

회귀 전, 홀로 41층에 올라온 김민수는 이것 때문에 탑을 계속 들락날락하면서 여기서 저기 열어 주고 저기서 여기 열어 주는 식으로 탑을 올라야 했다.

김민수가 이거 이야기하면서 미궁 욕을 얼마나 했는지 모른다.

통로나 문을 부숴서 통과하거나 고유 능력 등을 동원하면 쉬워질 것처럼 보이지만, 그래선 안 된다.

기본적으로 물리적인 충격 따위로는 문이나 통로를 부술 수 없고, 이동 능력 따위도 벽 너머 시공이 여기저기 꼬여 있어 억지로 통과했다간 어디로 내팽개쳐질지 모른다고 했었지.

김민수도 인형 몇 개를 갈아 넣고서야 알아낸 거라고 했다.

그 '인형'이 사람 죽이고 만든 걸 생각하면… 지금 와서 다시 생각해 봐도 참 나쁜 놈이다.

하지만 우리는 단체로 왔으니 김민수 같은 고생을 할 필요가 없다.

그냥 팀을 넷으로 나누고 각기 다른 입구로 들어가서 동시에 진행하면 되니까.

그럼 나는 어느 입구로 들어가냐고?

답은 '들어가지 않는다'이다.

"위험하거나 진행 안 되는 곳 있으면 절 [콜] 하시면 됩니다."

기본적으로 소방관 역할을 맡기로 했기 때문이다.

애초에 40층에서 팀을 꾸리고 팀장을 뽑으라고 한 이유가 무엇이겠는가?

상대 팀이 있기 때문이다.

탑의 반대편, 그러니까 우리 쪽에서 보면 탑의 정상 쪽에서도 상대 팀이 '내려오고' 있다.

뭐, 상대 팀의 입장에서 보면 그쪽도 탑을 '올라가고' 있는 거겠지만 그런 건 별로 중요하지 않다.

중요한 건 먼저 정상에 도착한 팀이 41층을 통과하고, 진 팀은 통과하지 못한다는 것이다.

그 뒤엔 붕괴하는 41층과 함께 최후를 맞이하게 되겠지.

그 장면을 직접 본 적은 없다.

왜냐하면 회귀 전의 김민수는 혼자서 상대 팀을 갈아 버렸거든.

나중에 미궁 공지로나 알게 되는 정보다.

아무튼 적 에이스급 모험가가 어느 통로를 통해 오는지 모르는 이상, 피해를 줄이고 빠르게 승리를 거두기 위해서는 위험한 국면에 내가 바로바로 투입되는 것이 중요하다.

이런 이유로 나는 탑 아래에서 대기를 타기로 한 거였다.

팀의 평균 레벨 때문에 내가 탑 안에서 레벨을 올리는 건 불가능에 가깝다는 것도 내가 직접 탑에 오르지 않는 이유 중 하나에 속하긴 했다.

먹을 것도 없는데 괜히 고생할 거 없지.

그거야 뭐 아무튼.

"자, 여러분. 출발들 하십쇼."

고생들 하라고.

＊　　　　＊　　　　＊

그렇다고 내가 탑 아래에 퍼질러 앉아 놀고만 있는 건 아니었다.

[1번조, 이상 없음. 진행합니다.]

[2번조, 기관 장치 발견. 해체합니다.]

[3번조, 개문 확인. 진행합니다.]

[4번조, 문 발견. 대기하겠습니다.]

4번조까지의 실시간 영상을 지켜보면서 진행 속도를 조율하고 막힌 부분에 조언하는 등, 나름의 일을 하고 있었다.

그렇다고 이게 현장보다 어렵거나 힘들다는 건 아니지만.

그냥 좀 성가신 정도지.

당연하다면 당연한 이야기지만, 회귀 전의 김민수보다 진행이 빨랐다.

41층 공략 영상 보는데 오르락내리락 하면서 시간 버리는 장면이 어찌나 많던지, 배속으로 봐도 지겨울 정도였다.

하지만 네 개의 조가 유기적으로 움직여 시원시원하게 진행하는 건 보고 있는 것만으로도 즐겁기까지 했다.

[1번조, 몬스터 발견. 교전합니다.]

전투도 그렇다.

회귀 전에는 김민수가 최강의 모험가였지만, 30층대를 돌파하면서 10년도 채 수련하지 않았다.

하지만 내가 키워 온 모험가들은 레벨 업과 일반 기술 단련에 시간과 공을 들인 집단이다.

아무리 김민수가 [비밀 교환]을 통해 비밀을 독식했다 한들, 긴 시간을 들여 견실하게 성장해 온 집단의 힘을 상회할 순 없었다.

머리로는 이미 알고 있는 사실이었지만, 이렇게 진득하게 영상으로 보고 있으려니 더욱 보람찼다.

[1번조, 승리. 사상자 없음. 진행합니다.]

탑 내부의 몬스터를 순식간에 갈아 버리고 다시 진행하는 걸 보니 든든하기 짝이 없다.

[2번조, 승리. 사상자 없음. 진행합니다.]

[3번조, 승리. 사상자 없음. 진행합니다.]

모든 게 순조로웠다.

지나칠 정도로 순조로웠다.

내가 있고 다른 사람들의 평균 레벨도 회귀 전보다 훨씬 올라갔는데 몬스터 구성이고 뭐고 다 회귀 전과 똑같이 나오고 있으니 당연했다.

그러고 보니 탑을 오르는 모험가는 우리만 있는 게 아니다.

탑 반대편에서 탑을 오르는 적 모험가도 있지 않은가?

하지만 적 모험가의 평균 레벨이 낮아서 탑이 쉬워진 거라면… 그것도 좀 이상한데.

그래서 나는 긴장감을 풀 수 없었다.

언제라도 콜에 임할 수 있도록 커뮤니티 창을 열어 둔 채로 공략 영상을 뚫어져라 들여다 보았다.

이 걱정이 괜한 걱정이 되었으면 좋으련만.

[4번조, 승리. 사상자 없음. 진행합니다.]

모든 조가 몬스터 구간을 수월히 넘기고 탑을 계속 올랐다.

이로써 탑의 25% 정도는 진행한 셈이다.

회귀 전 김민수는 이쯤에서 이미 적 팀 모험가와 마주쳤지만, 우리 모험가의 돌파 속도가 훨씬 빠르므로 참고가 되지 않았다.

아무리 보수적으로 잡아도 탑 중간 지점, 더 높은 확률로 그보다 위에서 마주치게 되겠지.

그렇다고 긴장을 풀 수는 없지만.

나는 계속해서 집중했다.

[1번조, 치유의 샘물 발견. 휴식하겠습니다.]

가장 진행이 빠른 1번조가 탑의 1/3 지점에 위치한 치유의 샘물에 도착했다.

[졸음] 등의 상태 이상을 제거할 수 있는 모험가는 유상태 말고도 있었지만, 그럼에도 나는 휴식과 취침을 통한 회복을 지시했다.

모든 조가 진행 상황을 사실상 공유하는 것이나 다름없는 이상 어느 한 조가 툭 튀어 나가 봤자 의미가 없었다.

그러느니 그냥 쉴 때 같이 쉬는 게 나았다.

당연하지만 나는 쉴 생각이 없었다.

불침번이 콜 하면 바로 반응해야 했으므로.

취약한 시간대이니만큼, 내가 더 긴장해야 했다.

*   *   *

아무 일 없이 일주일이 지났다.

우리 팀 모험가는 이미 탑을 90% 가까이 정복한 터였다.

원래는 더 오래 걸려야 했으나 정답지를 보고 시험지를 푸는 거나 다름없는 거니 빠른 게 당연하긴 했다.

문제는 슬슬 나타나야 하는 적 팀 모험가가 아직까지 코빼기도 비치지 않고 있다는 거였다.

일주일 내내 긴장을 늦추지 않은 채 벌게진 눈으로 영상을 보고 있으려니 슬슬 어깨가 뻐근해지는 느낌이다.

물론 느낌일 뿐이지만.

내 몸이 고작 일주일 만에 축날 몸이 아니지.

[이철호]: 마지막까지 긴장을 늦추지 마십시오.

커뮤니티를 통해 공지를 때린 건 현장의 모험가보다는 내 긴장감을 끌어올리기 위함이었다.

이대로 아무것도 안 나올 리 없다.

미궁이 그럴 리 없잖은가?

그러한 기묘한 신뢰가 나로 하여금 방심을 하지 못하게 만들고 있었다.

[1번조, 이상 없음. 진행합니다.]

[2번조, 기관 장치 발견. 해체합니다.]

[3번조, 개문 확인. 진행합니다.]

91%… 92%… 93%……

처음부터 그러했듯 여전히 막힘없는 진행.

어느새 탑의 끝에 가까워져 가고 있었다.

[3번조, 승리. 사상자 없음. 진행합니다.]

[4번조, 승리. 사상자 없음. 진행합니다.]

[1번조, 이상 없음. 진행합니다.]

97%… 98%… 99%……

그리고 드디어.

[2번조, 문 발견. 대기하겠습니다.]

2번조가 마지막 문 하나만 남겨 둔 상황.

이 문만 돌파하면 탑의 등반은 종료된다.

그러나 내 불안감은 거꾸로 극대화됐다.

[이철호]: 2번조. [콜] 부탁드립니다.

[2번조, 입감했습니다.]

안절부절못하던 나는 결국 [콜]을 받고야 말았다.

솔직히 41층을 처음으로 돌파했다는 영광을 억지로 강탈했다는 비난을 받아도 할 말 없는 짓이다.

하지만 누군가의 위험과 죽음을 감수하느니 그냥 욕 좀 먹고 말겠다.

[4번조, 기관 장치 발견. 해체합니다.]

그리고 4번조의 해체 작업으로, 드디어 문의 잠금이 해제되었다.

이것만 열면 탑의 최상층이다.

"제가 열겠습니다."

"알겠습니다."

2번 조장을 뒤로 물리고, 나는 문의 손잡이를 잡았다.

그러자…….

"!!!"

―[불변의 정신+++]이 [위대한 지식]에 저항합니다.

―저항 성공!

―[불변의 정신+++]이 [위대한 지식]에 저항합니다.

―저항 성공!

―[불변의 정신+++]이 [위대한 지식]에 저항합니다.

―저항 성공!

미친!

손잡이만 잡았는데 [위대한 지식] 3연발이라고?

[이철호]: 모두 진행 중지!

나는 벼락같이 외쳤다.

[이철호]: 모든 조 후퇴! 500보 후퇴하라!

설령 [불변의 정신+++]의 도움을 받는다 한들, [위대한 지식]의 영향을 완전히 배제할 수 없다는 건 이미 여러 번 경험한 바 있다.

완전히 정신이 나가기 전에 명령해야 했다.

무엇보다 손잡이에서 손이 떨어지질 않는다.

문 너머에 어떤 존재가 도사리고 있는지는 모르지만, 결코 만만한 적은 아니리라.

"운디네!"

나는 치유와 정화 쪽으로 특화해 성장시킨 운디네를 불러내 머리에 감았다.

[~~~~! ~~~~~!!]

성능만큼은 팍시마디아와 거의 비슷한 수준까지 성장시켰지만, 이 녀석은 아직도 팍시마디아처럼 말하지 못한다.

그래도 치유와 정화 능력만큼은 거의 미궁산 치유의 샘물을 능가한다.

그런 운디네를 머리에 두르고 나서야 어느 정도 정신이 들었다.

반대로 말하자면, 방금전까지의 나는 아주 잠깐이라도 정신을 놓고 있었다는 소리다.

―[불변의 정신+++]이 [위대한 지식]에 저항합니다.

―저항 성공!

―[불변의 정신+++]이 [위대한 지식]에 저항합니다.

―저항 성공!

그도 그럴 만했다.

지금도 문 너머에서의 공격은 계속 이어지고 있었기 때문이다.

*　　　　　*　　　　　*

"이익!"

나는 인벤토리에서 재빨리 [축복받은 기름]을 꺼내 문고리에 퍼부었다.

그러자 드디어 손이 문에서 떨어졌다.

"허억, 헉, 헉……."

이 방법을 바로 떠올리지 못한 건 아니었다.

그럼에도 망설인 건 이것 때문이었다.

[지식 280]

불과 175였던 [지식]이 어느새 레벨 한계까지 끌어 올려졌다.

그래, 유혹에 졌다.

그것도 내 욕심에서 비롯된 유혹이었던지라 [불변의 정신+++]으로도 막아 내지 못했다.

생각을 잘못한 건가? 그냥 바로 떼는 게 나았나?

후회와 자기혐오에 시달리던 나는 곧 그 자리에서 얼어붙었다.

끼… 이… 이… 익…….

문이 아주 천천히 열리고, 어떤 존재가 문지방을 넘으려 들고 있었기 때문이다.

"끄… 어… 어……!"

그리고 그 존재는 내게는 어느 정도 익숙한 존재이기도 했다.

왜 '어느 정도' 냐면, 딱 절반만 익숙했기 때문이었다.

회귀 전 김민수의 공략 영상에서 보았던 적 팀 모험가가 그 절 반이었다.

알제리인인 아부 델 아지즈.

적 모험가 팀의 팀장으로서 김민수를 위기에 몰아넣기까지 한, 대단히 유능한 모험가였다.

결국 김민수에게 살해당해 48층까지 유용하게 활용당한 A급 인형이 되어버렸지만.

이 모험가의 존재는 왜 우리 미궁에는 한국인들만 있는가에 대한 해답이기도 했다.

탑 반대편에서 미궁을 오르는 '상대 팀'의 국적이 알제리인들 뿐이었다는 것은, 국가마다 하나씩의 미궁을 갖고 있을지도 모른 다는 가설을 뒷받침할 근거로 충분하다.

그러나 이것은 어디까지나 회귀 전의 이야기.

지금 내가 육안으로 목격한 아부 델 아지즈의 나머지 절반은 완전히 다른 존재였다.

"끄… 어… 어어어억……!"

그 '다른 존재'란 인간이 아니며, 지구의 생명체인지조차 의문 이 드는 존재였다.

내가 아는 아부 델 아지즈 몸의 썩어 버린 나머지 절반에는 형 광빛으로 물든 촉수들이 꿈틀대며 기어 나오고 있었으니까.

—[불변의 정신+++]이 [위대한 지식]에 저항합니다.

—저항 성공!

보는 것만으로도 상태 이상을 유발하는 외견도 외견이지만, 코가 막힐 것 같을 정도로 역겨운 비린내에 나는 이를 갈았다.

"죽어!"

나는 분노에 휩싸여 [빔]을 날렸다.

그러자 형광색 촉수에 침식된 적 팀 아부 델 아지즈는 그대로 타 죽었다.

…아차, 그냥 죽여 버렸네?

하긴 몸의 절반이 이미 침식되고 썩어 버린 모험가가 되살아날 방도는 없을지도 모른다.

여기가 미궁이 아니라면.

상대도 인간이라면, 아니지. [인간+]이라면 되살아날 방도를 갖추고 있으리라.

아니라면?

본인 책임 아닐까?

애초에 미궁에서 적으로 만났는데, 군이 목숨을 붙여 줄 이유가 따로 있을까?

내가 그런 생각을 하고 있을 때였다.

"끄… 으윽……!"

분명 [빔]에 타 죽었을 터였던 아부 델 아지즈가 신음 소리와 함께 눈을 떴다.

나는 마무리 일격을 날릴 것인지, 아니면 대화를 시도해 볼 것인지 잠깐 고민했다.

그러나 그런 고민을 할 필요는 처음부터 없었다.

"그분이온다그분이온다그분이온다그분이온다그분이온다그분이온다그분이온다께히히히히힛!!"

―[불변의 정신+++]이 [위대한 지식]에 저항합니다.

—저항 성공!

"그분께서오신다아아아아!!"

평!

아부 델 아지즈는 폭발하며 형광색 분진을 흩날렸다.

자폭이었다.

그 폭발로 인해 방 안은 온통 형광색 분진으로 물들었고, 몇 초 지나지 않아 분진이 묻은 곳에서 형광색 촉수가 꿈틀거리며 기어 나오기 시작했다.

—[불변의 정신+++]이 [위대한 지식]에 저항합니다.

—저항 성공!

나는 반사적으로 [세계에게 편애받는] 능력을 사용해 무적이 되어서 무사했지만, 이 광경을 목격하는 것만으로 이미 상태 이상이 유발됐다.

"야이씨……!"

욕 나오네, 진짜.

나는 곧장 [신비한 폭발]을 사용해 주변을 정화하려고 시도해 보았다.

폭발로 촉수들은 모두 지워졌지만, 분진은 여전히 남아 그 자리에서 촉수가 다시 자라나기 시작했다.

"아오……!"

평! 평!

나는 몇 번 더 [신비한 폭발]을 사용해 분진까지 완전히 지웠다.

어째 진행이 수월하다 싶더니만, 마지막의 마지막에 미궁 바깥의 존재가 튀어나오다니.

게다가 이번에는 [우주에서 온 색채]도 아니고 [깊은 곳에서 온 것]도 아닌 낯선 존재다.

[이철호]: …모두 괜찮으십니까?

나는 공지로 물었다.

[유상태]: 아뇨, 별로 괜찮지는 않습니다.

뜬금없이 유상태에게서 답이 돌아왔다.

조장 지위는 가장 앞에 나서야 하는 탱커들 위주로 돌아갔기 때문에 원거리 저격수인 유상태가 나설 일은 별로 없었다.

그럼에도 불구하고 유상태가 나선 이유가 있었다.

[유상태]: 선생님의 전투 중계를 보던 사람들이 다 미쳐 버렸습니다. 일단 저희 조는 제가 [모발 부적++]으로 해결했습니다만……

하… 직접 목격한 것도 아니고 커뮤니티 중계 기능을 통해 간접적으로 본 것만으로도 미쳐 버렸다고?

[깊은 곳에서 온 것]의 일부 같은 것들은 이렇게까지 지독하지 않았다.

[우주에서 온 색채]는… 애초에 색채에 닿으면 끝이니 이런 걱정을 할 필요 자체가 없었고.

그럼에도 불구하고 내가 안이했다는 자책이 느껴지지 않는 것은 아니다.

[이철호]: 다른 조는 어떻습니까? 필요하시면 즉각 유상태 어르신을 콜 하셔서 해결하시기 바라겠습니다.

대답이 돌아오지 않는다.

[이철호]: 조장들은… 다 당한 것 같으니 다른 분이 좀 나서 주

시기 바랍니다.

[유상태]: 알겠습니다. 1조! 1조 중에 대답하실 수 있는 분!

유상태 말고는 다른 4서폿도 다 당하는 바람에 다소 혼선을 빚긴 했지만, 유상태가 나서서 어떻게 뒷수습은 되는 분위기다.

그러나 이 중계 하나로 부상자가 확 늘어 버렸다.

중계를 보고 미친 사람들이 난동을 부렸거든.

사실 죽을 뻔했던 사람도 여럿 있었는데, [인간+]의 능력과 조마다 채워 넣은 치유 능력자 덕에 어떻게든 살려 낸 것뿐이다.

어휴, 진짜.

왜 회귀 전에는 조용했던 미궁 바깥의 존재들이 이렇게 날뛰는지 모르겠다.

설마 나 때문인가?

성좌들의 말에 의하면 나 때문인 게 맞다.

성좌들은 미궁에 이렇게 풍요로운 '색' 이 가득 찬 것은 다 내 덕이라고 말했으니까.

미궁 바깥의 존재들도 이 '색' 을 노리고 더 격렬하게 습격해 온다고도 했었지.

하지만 내가 열심히 일해서 부자가 된 건데, 우리 집에 강도들이 쳐들어오는 게 내 탓인가?

아니지, 이건 강도들 탓이다.

치한을 만난 여성에게 '네가 예쁜 게 잘못' 이라고 말하는 거랑 뭐가 다른가?

20세기만 해도 진짜 그렇게 생각하던 놈들이 많긴 했지만, 나는 21세기의 문명인이다.

비록 지구 문명은 멸망했다지만.

그거야 뭐 어쨌든.

[이철호]: 중계 끄겠습니다.

내 탓은 아니고 강도들 탓이니, 이제부터 강도를 잡아 죽이러 가야겠다.

경찰도 없고, 판사도 없으니 내가 직접 나서야지, 뭐. 어쩌겠어?

*   *   *

나는 문을 열고 탑의 정상에 올랐다.

탑의 정상에 오르자마자, 나는 눈살을 찌푸릴 수밖에 없었다.

"끄어어어어……."

"으어어어어……."

출발조차 못 한 채 형광색 촉수에 사로잡힌 알제리인 모험가들이 탑 정상에 우글거리고 있었기 때문이다.

원래대로라면 저들과 싸워 이겨 승리를 쟁취하고 42층으로 올라야 하지만, 42층과 이어진 출구는 보이지 않았고 대신 형광색 분진만이 가득했다.

출구는 아마 분진에 가려져 있겠지.

"가르르르륵!"

"갸아아아악!"

그리고 촉수 괴물들은 나를 순순히 보내 줄 마음이 없어 보였다.

"그럼 이거 정당방위지?"

나는 탑의 정상 전체를 [신비한 세계]로 뒤덮었다.

그리고…….

"다 죽어라."

나는 빔이 되었다.

퍼퍼퍼퍼퍼펑!

[빔] 때문에 분진에 불이 붙어 분진 폭발이 일어나며, 탑 정상이 폭발에 휩싸였다.

나는 내게 허용된 시간 전부를 분진과 촉수 파괴에 투자했고, 그 보람이 있어 정상에 있던 모든 형광 물질을 파괴하는 데에 성공했다.

그러나 이걸로 끝날 리가 있나?

나는 인벤토리에 남겨 둔 [기사회생]의 재고를 확인하며 다음에 일어날 일에 대비했다.

아니나 다를까, 차원의 벽이 찢어지며 그 틈 사이로 무엇인가가 기어 나왔다.

온통 형광빛으로 번쩍이는 그것!

"아잇! 기껏 다 치웠더니!"

그저 촉수 끝을 뻗었음에도 불구하고 분진이 엄청나게 휘날리며 다시 주변을 잠식하기 시작했다.

괜히 미리 [신비한 세계]+[빔 인간]을 썼나?

[두려워 말라.]

그때였다.

마치 성좌의 그것과 같은 메시지가 내 머리를 파고들었다.

그리고 다음 순간, 나는 온통 분진이 가득한 세상에 있었다.

설원의 눈처럼 쌓인 형광빛 분진 속에서 촉수들이 꿈틀거려, 가라앉았던 분진이 허공에 다시 흩날리는 광경.

이러한 비현실적인 광경은 몇 번이고 겪어본 바가 있었다.

알현실.

아니, 이 경우는 처형실이라 해야 하려나.

[나는 네 죽음이니, 너를 평안케 하리라.]

나를 자신의 공간에 들였음에도 그것은 여전히 육성이 아닌 메시지로 내게 말을 걸었다.

거대한 그것에는 인간의 입은커녕 발성 기관처럼 보이는 것조차 없었다.

저 존재를 무엇으로 표현해야 할까?

[불변의 정신+++]을 가졌음에도, 나는 그것을 직시하기 힘들었다.

가장 특징적인 형광색의 촉수를 제외하면, 내가 알던 그 어떤 생물과도 비슷한 점조차 없어 비유로조차 설명할 수 없었다.

어디가 머리고 어디가 몸통인지조차 구분할 수 없었고, 사지의 구분은 당연히 무의미하며, 눈코입은 달려 있는지조차 의문이다.

그저 '나를 주시하고 있다'는 느낌이 들기에 어딘가엔 눈이 달려 있을지도 모른다는 생각이 들 뿐.

[정신을 놓아라. 그리하면 편해질지니…….]

그 순간, [불변의 정신+++]으로도 막기 힘들 정도로 농축된 광기가 치밀어 올랐다.

도망치고 싶었지만 도망칠 곳이 없었다.

애초에 여기는 그것의 공간이니.

나는 이대로 미쳐서 죽고 마는 것일까?

그러나 이 세상의 그 어느 것보다도 치명적인 마약이 나로 하여금 정신을 놓지 못하게 만들어주고 있었다.

그 마약의 이름은 바로 희망.

"오라! [피투성이 피바라기]!!!"

나는 31층에서 [아름다운 로맨스]의 알현실에 강제로 끌려갔던 것을 기억한다.

그리고 그 알현실에 내 혈액의 형태로 난입했던 [피투성이 피바라기]도…….

그렇다면 여기에도 난입할 수 있지 않을까?

그것이 바로 희망이었다.

"쿠학!"

그 순간, 나는 입에서 한 바가지의 피를 토해 냈다.

그 피 한 바가지가 꿈틀거리며 어떤 형상을 만들더니, 곧 내가 아는 김민수의 모습이 되었다.

그래, [피투성이 피바라기]였다.

"오, 이런……."

내가 믿던 희망, 성좌가 현현해서 가장 먼저 한 발언은 이것이었다.

"[위대한 잠보]께서 납시었군. 나 혼자선 힘들다."

그 희망이 절망적인 발언을 하셨다.

그러나 절망은 잠깐이었다.

"다른 놈들도 다 부르도록. 다구리를 치면 어떻게든 되겠지."

아, 그런 좋은 방법이.

나는 곧장 다른 성좌의 초환 권한도 사용해 총 일곱의 성좌를 현현시켰다.

[아름다운 로맨스].

[고대 엘프 사냥꾼].

[고대 드워프 광부].

[위대한 오크 투사].

[태생부터 강한 자].

[말과 돌고래 애호가].

그렇게 각각의 모습으로 나타난 성좌들을 [피투성이 피바라기]가 든든해하는 표정으로 맞았다.

"이렇게 모이는 건 오랜만 아닌가?"

"…이야기는 나중에 하자고."

레아의 모습을 취한 [아름다운 로맨스]가 미간을 있는 대로 찌푸리며 말했다.

"일단 저놈부터 패 죽이고."

거의 동시에 고개를 끄덕이는 모습을 보아하니 다들 같은 생각인 듯했다.

[아니, 잠깐… 이건 사기 아닌가?]

[위대한 잠보]께선 좀 당황하신 기색이셨다.

그리고… 폭행이 이어졌다.

"죽어! 죽어! 죽어! 죽어!"

퍽! 퍽! 퍽! 퍽!

[끄아아악! 이건 사기! 사기야!!]

그냥 둘러싸고 두들겨 패는 것이 전부인, 원시적인 폭행이.

＊　　　　＊　　　　＊

오늘의 교훈.

다구리엔 장사 없다.

[히든 퀘스트: 미궁 바깥의 성좌 처치]

[미궁의 힘을 노리는 미궁 바깥의 성좌를 처치하셨습니다. 대단하시네요. 어떻게 하신 건가요?]

[보상: [성좌의 파편] 15개]

그… 정확히는 제가 아니라 성좌들이 했습니다만.

내 권한으로 불러낸 성좌라 그런지 내가 퀘스트를 깬 걸로 되어 있었다.

─레벨 업!

─레벨 업!

─레벨…….

당연히 성좌를 죽인 경험치도 내 것이었고.

가만, 레벨이 왜 이렇게 많이 올라?

그러고 보니 나 미궁 바깥에 다녀왔는데… 내 레벨 한계는 어떻게 된 거지?

나는 아주 잠깐 궁금해했다.

잠깐이었던 이유는 답이 곧 나왔기 때문이다.

[이철호]

레벨: 290

하필이면 딱 290에서 멈춘 이유는 레벨 한계에 막혔기 때문이겠지.

내가 39층에 들어왔을 때 레벨이 275였고, 여기서 15 오른 거니까… 돌아왔을 때 기준으로 한 층당 +5로 계산하면 딱 맞는다.

이거 이득이네, 그냥 이득도 아니고 개이득이야.

속으로 흡족해하고 있으려니, [피투성이 피바라기]가 대단히 만족스러운 표정으로 내게 이렇게 말했다.

"아주 잘했다. 속이 다 시원하군."

처음 홀로 [위대한 잠보]를 마주했을 때 지은 표정과는 너무 달라 헛웃음이 나올 뻔했지만, 나는 허벅지를 꼬집어 가며 표정을 관리했다.

철호야, 참아라. 상대는 성좌다!

6장
—
제42층

애써 웃음을 참은 보람이 있었다.

"나를 불러내느라 소모한 권한을 환급해 주도록 하겠다. 이런 일로 불러내는 거라면 앞으로도 몇 번을 불러내도 상관없다."

[피투성이 피바라기]가 아주 근엄한 목소리로 이런 선언을 했기 때문이다. 소모한 권한이라는 건 물론 초환권을 뜻한다.

"아, 나도. 환급해 줘야지."

이미 숨이 끊겨 죽어 버린 [위대한 잠보]의 시체를 아직도 몇 번씩이나 짓밟고 있던 [아름다운 로맨스]가 환하게 웃으며 끼어들었다.

원조 레아 때를 포함해, [아름다운 로맨스]가 이렇게 예쁘게 보인 건 처음이었다.

사람… 은 아니지만 누굴 죽이고 나서 짓는 표정이 저렇게 예쁘다니, 이거 사기 아닌가?

다른 성좌들도 우르르 몰려와 권한을 환급해 줬다.

"이 정도 공을 세웠는데, 보상이 더 필요하지 않을까?"

"보상 점수 7점 정도면 어때? 그 정도면 되지 않을까?"

"찬성! 반대 있나?"

"반대, 없음."

그 후에 또 지들끼리 모여서 뭔가를 쑥덕거리더니 내가 보상 점수 7점을 주었다. 퀘스트가 아니라 그냥 준 거라서 두 배가 되진 않았지만, 아쉽지는 않았다.

"또 불러 줘!"

"다음에도 바깥 놈 같이 죽이자!!"

"아, 예."

나는 멍하니 고개를 끄덕였다.

뭔가 되게 기뻐하고 신나 해야 할 것 같은 분위기 아니었나?

하지만 이상하게 현실감이 없었다.

아니, 그렇다기보단…….

'…앞으로 더 예의 챙겨야지.'

무서웠다!

＊　　　　　　＊　　　　　　＊

아무튼 이로써 41층을 통과할 수 있게 되었다. 그렇다고 서둘러서 여길 떠날 필요는 없었다. 오히려 좀 천천히 진행해야 했다.

[이철호]: 자리에서 대기.

그렇게 모험가들에게 공지한 나는 오염된 41층 탑 정상을 완전히 청소했다.

그런 다음에야 사람들을 부른 후, 나는 캠프를 차리고 일반 기술을 단련하도록 했다.

나? 나는 따로 할 일이 있지.

당연히 비밀의 탐색이다. 30층대에선 세계가 너무 넓은 데다 아무리 뒤져도 뭐가 나오질 않아서 한동안 개점휴업 상태였던 [비밀 교환+++]이 다시 활약할 때가 됐다!

네 개조로 나뉘어 진행했던 4개 루트를 모조리 둘러보는 건 대단히 번거로운 일이었으나, 다행히 보람이 있었다.

[미궁 인장: 레벨 한계 상향 +1, 재사용 가능(1인당 1회)]

재사용이 가능한 인장이 발견됐기 때문이다.

평범한 비밀 문 너머에 있던 이 인장은 사실 나도 그 존재를 알고 있던 물건이다. 김민수도 이걸 확인해서 입수했기 때문이다.

그것도 하나만 찾은 게 아니라, 3개 루트에서 +1 인장이 하나씩 발견됐고 나머지 한 루트에서 +2 인장이 발견되었다.

4개를 다 찍으면 모든 팀원의 레벨 한계를 +5 해 줄 수 있었다.

그래서… 찍었다.

"으아아악!"

모험가 몸에 인장을 찍어 주니 비명을 지르며 미궁 바닥을 데굴데굴 굴러다니더라. 이런 다른 모험가의 반응을 보고서야, 나는 이 인장이 진짜 아픈 거라는 확신을 가질 수 있었다.

레벨도 이제 거의 다 200에 근접했고 [체력] 능력치도 낮을 리가 없는데 이런 반응이라니.

"자, 세 개 더 찍어야 해. 어디다 찍을래?"

"안, 안 찍으면 안 되나요?"

그런 꼬맹이의 반응에 나는 활짝 웃으며 대답했다.

여기서 꼬맹이란 당연히 이수아를 말한다.

"응, 안돼."

꾸욱.

"꺄아아아앙!"

데굴데굴데굴.

"씨이잉, 선생님한테도 찍어 드릴 거예요! 제가! 직접!!"

"하하, 그러든지."

지금 와서 두 번 말할 것도 없는 당연한 일이지만, 나는 [불꽃 초월] 덕에 인장 찍는 고통을 느끼지 않아도 됐다.

"자, 줄을 서시오!"

다들 그리 반기지 않은 반응이었으나, 그렇다고 레벨 한계를 5나 높여 주는 인장을 찍지 않고 넘어간다는 선택은 처음부터 존재하지도 않았다.

"끄으읍!"

그런데 모든 모험가가 다 인장 찍히고 데굴데굴 구르는 건 또 아니었다. 잘 버티는 모험가도 있었다.

대표적으로는 김명멸을 꼽을 수 있겠다.

"…너 엄살 부린 거였어?"

아직 인장을 찍지 않은 유상태가 이수아에게 물었다.

"아, 아니거든요?!"

그렇게 대답하는 이수아의 목소리는 떨리고 있었다.

"미친놈! 저거 완전 미친놈이야……!"

그 파들파들 떨리는 목소리가 가리키는 대상이 김명멸인 건 괜히 물어볼 필요도 없을 정도로 확실했다.

"잘 참네. 그럼 명멸아, 바로 하나 더 찍자."

"…살려 주십시오."

아, 참은 게 맞구나. 당연하다면 당연한 이야기지만 유상태도 인장 받고 데굴데굴 굴렀다.

그러나 당연하지 않은 점이 있다면, 구르던 도중에 벌떡 일어나 이렇게 외친 것이었다.

"아니, 이거 상태 이상이잖아?!"

정확히는 [작열의 고통]을 [모발 부적++]으로 뽑아 낸 순간에 이렇게 외치더라.

그 덕에 김이선은 [모발 부적++]으로 고통을 덜었고, 이수아는 땅을 치며 울었다.

"왜! 왜 나는!"

"수아야, 이선이 너보다 동생이야……."

하지만 이번만큼은 이 위로가 전혀 통하지 않았다.

진짜 아팠나 보네.

푸하하하.

*　　　　*　　　　*

42층은 새로운 탑이 반겼다.

이번에도 회귀 전에 김민수가 남긴 공략 영상과 그리 다를 바는 없었다.

다만, 이번에는 내가 좀 더 나섰다.

문을 열어야 하는 곳에는 내가 일일이 [콜] 받고 가서 직접 문고리 잡고 열었으니까.

이 방법을 고수하기엔 당연히 커뮤니티 점수가 많이 들었다.

하지만 이미 한 번 미궁 바깥의 존재가 부여한 광기로 인해 죽을 뻔했던 모험가들은 그 지출을 감수하기로 해 주었다.

그리고 그 결과.

"엥?"

42층에서는 적 팀을 만나지 않은 채 탑을 통과할 수 있었다.

[어쩌면 42층도 [위대한 잠보]의 영역이었던 게 아닐까, 하고 피투성이 피바라기가 추측합니다.]

[자신의 추측이 맞는다면 그놈이 죽음으로써 42층에 지배해 두었던 상대 팀 모험가도 지배에서 풀려남과 동시에 소멸했을 가능성이 크다고 피투성이 피바라기가 말합니다.]

[피투성이 피바라기]의 추측 외에 달리 다른 가설이 떠오르지 않았기 때문에, 나는 그냥 그 말이 맞는 것 같다고 고개를 끄덕이고 말았다.

[만약 미궁 일부를 미궁 바깥의 존재가 점거하고 있었다는 그 추측이 맞는다면, 이건 큰일이라고 아름다운 로맨스가 말합니다.]

확실히 그건 큰일이다.

그놈들이 아예 미궁 안에 들어앉아 있다면, 그것들은 더 이상 '미궁 바깥의 존재'가 아니게 되지 않는가?

그리고 미궁의 자원을 파먹으며 힘을 쌓는다면, 성좌 일곱이 모여 한 번에 공격한다 하더라도 승리를 보장할 수 없게 될지도 모른다.

"…조금 서두르는 편이 좋겠군요."

이미 어지간한 일반 기술 랭크는 다 올려 두었어도 꾸준한 단련으로 다음 랭크를 노리는 것이 사실 중요하긴 하다.

그러나 그 시간 동안 적도 성장하고 있다면 이야기가 달라진다.

다음 랭크에 확실히 오를 수 있다는 보장이 없는 이상, 시간을 까먹는 것보다 적의 시간을 빼앗는 쪽이 더욱 효율적일 테니까.

[내 말이 그 말이라고 아름다운 로맨스가 말합니다.]

"알겠습니다, 이번에는 바로 다음 층에 오르도록 하겠습니다."

42층의 비밀은 올라오는 도중에 회수했으므로 시간을 낭비할 것도 없어 좋았다.

[미궁 인장: 능력치 한계 상향 +1, 재사용 가능(1인당 1회)]

이게 3개, 그리고 +2가 1개 발견됐다.

그리고 유상태는 [작열의 고통] 상태 이상을 담은 머리카락을 대량으로 얻었다.

"좋네요!"

아무튼 행복해 보이니 다행이다.

이 미궁 인장 덕에 나는 290레벨인 채로 능력치 300을 찍을 수 있게 됐다.

그렇다고 능력치를 찍을 거냐고 묻는다면?

당연히 찍을 것이다.

일단 [행운]만.

그 결과.

[절대 행운: 모든 불운이 빗겨 간다. 그때마다 [행운]이 소모된

다. 이 능력은 비활성화시킬 수 있다.

아니나 다를까, [행운] 300 능력이 나타났다.

"이건 뭡니까?"

[무적 같은 거라고 이해하면 쉽다고 행운의 여신이 말합니다.]

"예? 무적이요?"

[세계에게 편애받는] 능력 같은 건가?

하지만 [세계에게 편애받는] 능력은 활성화 능력에 지속 시간에 한계가 있는데, 이 능력은 급이 더 높은 300 능력답게 더 좋다.

일단 능력을 유지하는 데에 소모가 없다.

그냥 켜 놓고 잊고 있어도 된다.

그리고 불운한 일이 생기면 바로 발동하고, 그때 [행운]을 소모하는 식이었다.

"좋네요."

[행운의 여신이 그렇다고 합니다.]

회귀 전의 김민수는 결국 300레벨을 찍지 못하고 갔기에, 사실은 나도 300 능력의 존재조차 몰랐다.

하지만 이 정도 결과물이라면 모험을 한 번 해 본 보람이 있다고 해야 할 것이다.

물론 모든 능력치에 300 능력이 붙어 있으리란 보장은 또 없지만 말이다.

나오면 좋고, 안 나오면 말고 식으로 접근하는 게 맞겠지.

* * *

43층.

42층과 마찬가지였다. 괜히 긴장하고 빨리 넘어왔나 싶을 정도로.

[이철호]: 그래도 마지막까지 긴장 풀지 마시고요.

설득력이 없는 건 알겠지만 그래도 해야 하는 말이기에 했다.

"옙! 잘 부탁드립니다!"

"이쪽입니다, 선생님!"

그래도 그동안 쌓아 온 인덕 덕인지 모험가들이 내 말에 잘 따라 줘서 다행이었다.

43층의 비밀은 랜덤한 능력치 하나가 랜덤하게 올라가는 주사위였다.

41층과 42층에서 얻었던 인장과 마찬가지로 한 명당 한 번씩 사용할 수 있는 조건이 붙어 있었다.

41층부터 43층까지는 팀전이 콘셉트다 보니, 이런 식으로 팀 전체가 강해지는 물건이 비밀로 배치된 듯했다.

만약 적 팀이 멀쩡하게 나왔고, 상대 팀에도 비밀을 찾아낼 수단이 있다면 이것도 경쟁 대상이 되었겠지.

하지만 적으로 나와야 할 팀의 모험가가 미궁 바깥의 존재에 의해 녹아 버린 지금은 그냥 일방적으로 우리가 독식하게 되었다.

내 주사위 눈은 6이 나왔으며 올라야 할 능력치는 [행운]이었으나, 이미 행운이 레벨 한계까지 찍혀 있었던 터라 미배분 능력치로 넘어갔다.

말할 것도 없이 최상의 결과였다.

역시 [행운]이야! 가차 없지!

*   *   *

44층.

41~43층과 달리, 여기서부터는 탑이 아니다.

모험가의 뒤는 차원의 벽이 가로막고 있고, 앞은 거대한 산맥이 가로막고 있었다.

여기 44층에서 모험가는 산맥을 넘어 다음 층으로 가야 했다.

거칠고 험난한 산맥을 넘는 방법 중 알려진 것은 단 하나, 여기 어딘가에 숨겨진 던전을 찾아 통과하는 거였다.

회귀 전, 김민수가 쓴 방법이기도 했다.

그러나 나는 그 방법만을 쓸 생각이 없었다.

산맥 너머에서 적 팀이 먼저 던전을 돌파해 습격해 올지도 모른다는 노이로제에 걸린 탓에, 회귀 전의 김민수는 다소 일을 서둘러야 했다.

그랬던 김민수와 달리 나는 정답을 알기에 그리 서두를 이유가 없었다.

알고 보니 44층~46층은 하나의 세계로 묶여 있고, 적 팀 또한 우리에겐 46층에 해당하는 44층의 던전을 돌파해야 한다.

만약 우리와 적 팀이 비슷한 속도로 던전을 돌파한다면, 필연적으로 충돌은 45층에서 일어나게 된다.

하지만 회귀 전과 달리, 이번에는 어쩌면 아예 적 팀과 충돌하는 일이 없을지도 모른다.

그 근거는 당연히 미궁 바깥의 존재다.

그렇기에 나는 비행으로 산맥을 넘어 먼저 45층으로 가 볼 생각이었다.

가는 것은 나 혼자다.

[하이퍼 파워 아머]를 가진 사람은 나뿐이니 당연한 판단이었다.

내가 정찰하는 동안, 다른 사람들은 던전 입구를 지키도록 지시해 두었다. 만약 내가 안에 들어가 있는 동안 적 팀 모험가가 던전을 돌파하면 우리 팀이 패배해 버리니까.

가능성이 그리 높다고 보이진 않지만, 그래도 당하고 나면 돌이킬 수 없는 결과로 이어지니 미리 대비해야 했다.

그렇다고 내가 정찰하는 동안 우리 팀 사람들은 던전을 돌파하도록 할 수도 없었다. 산맥을 넘을 정도로 고도를 높이면 콜의 유효 거리 바깥에나 있게 될 테니까.

그런 상황에서 던전에 들어갔다가 미궁 바깥의 존재에게 침식당한 적과 맞닥뜨린다면 날 부르지도 못하고 그 자리에서 전멸하게 될 것이다.

그건 안 된다. 이런 위험을 감수하면서까지 며칠 더 빨리 던전에 들어갈 이유가 없었다.

"뭐, 금방 올 겁니다."

나는 가벼운 말투로 유상태 어르신께 말씀을 올렸다.

"그래도 만약이라는 게 있으니, 1시간마다 메시지를 하나씩 보내겠습니다. 메시지도 끊겨 버린다면 제가 죽은 거니……."

"아니, 왜 그런 말씀을 하세요!?"

자리에 동석해 내 말을 듣던 김이선이 갑자기 버럭 화를 냈다.

"그야… 읍!"

나는 반론을 제기하려고 했으나, 이수아가 재빨리 달려들어 내 입을 막았다. 피하려면 얼마든지 피할 수 있었으나, 나는 굳이 피하지 않았다. 이유가 있겠지, 뭐.

대신 나는 내 입을 막은 이수아의 손바닥을 혀로 핥았다.

"으얍?!"

그러자 이수아가 이상한 소릴 내며 내게서 떨어졌다.

"뭐예요! 왜요!"

"그냥."

반응이 재밌어서 낄낄 웃고 있으려니, 갑작스러운 사태에 눈을 동그랗게 뜬 김이선은 몇 초 후에야 무슨 일이 일어난 건지 이해한 듯 이수아를 노려보기 시작했다.

"…왜 날 그런 눈으로 보니?"

"…그냥요?"

그러든지 말든지, 나는 손을 한 번 휘젓고 [하이퍼 슈퍼 아머]를 작동시키며 인사를 건넸다.

"아무튼 다녀올게."

"잘, 잘 다녀오세요!?"

김이선의 목소리가 뒤집어졌다.

왜 저러니, 쟤?

7장
一

제45층

산맥은 엄청나게 높았다. 이거 성층권 뚫은 거 아냐?

공기는 벌써 희박해지고, 온도도 훅 내려가 몸 여기저기가 얼어붙기 시작했다.

나는 미련하게 버틸까, 아니면 똑똑하게 [냉기 초월]을 살까 고민하기 시작했다.

판단은 스마트했다.

그간 쌓인 [욕망]을 활용해 [하이퍼 파워 아머]에 온도 조절 장치를 넣은 것이 그 판단이었다.

내친김에 산소 탱크와 압력 조절 장치도 추가한 나는 한결 쾌적한 기분으로 주변을 둘러볼 수 있게 됐다.

마침 끈질기게 내 시야를 막고 있던 산의 정상이 보였다.

저것만 넘으면 산맥 너머다.

"어휴, 높기도 하지."

하지만 이렇게까지 높은 산을 정복하고 나니 묘한 성취감이 느껴지는 것도 사실이었다.

"흐흐."

낮게 웃으며 정상에 발을 디딘 순간.

"오, 이런. 씨이이……!"

나는 욕설을 끝까지 내뱉지도 못했다.

정상 너머의 광경은 모조리 빛을 잃은 회색 천지였기 때문이다.

누구 짓인지는 말할 것도 없다.

"…[우주에서 온 색채]."

지금까지 날 가로막고 있던 이 거대한 산맥이 실은 [색채]의 침략을 막아 주는 든든한 성벽이나 다름없음을 깨닫는 순간이기도 했다.

그러나 이것도 얼마 길지 않을 것 같았다.

시커먼 하늘 너머에서 빛줄기 하나가 날아드는 것이 보였다.

30층대, 정확히는 36층에서 이미 몇 번이고 본 광경이었다.

[색채]의 운석.

그것이 마치 나를 노리기라도 한 듯 똑바로 날아들고 있었다.

"…일이 이렇게 됐다면 판단을 내리기도 쉽지."

나는 모든 미련을 버리고 미배분 능력치를 [신비]에다 밀어 넣었다.

[신비 300]

설령 새 능력을 얻지 못했더라도 그리 유감이진 않았을 것이다.

어차피 운석에 대항하려면 [신비] 능력치는 다다익선이었기에.

그러나 이런 경우에도 [행운]이 따르는지, 아니면 원래 이런 게 있었던 건지.

[신비한 시간]: 시간을 멈춘다. 멈춘 시간 속을 움직이기 위해서는 [신비]를 소모해야 한다.

[신비] 300 능력이 나타났다.

"오!"

그것도 심플하지만 강력하기 짝이 없는 능력.

"바로 써 볼까?"

고민은 길지 않았다.

[신비한 시간]!

쿵!

시간이 멈췄다.

그런데 문제가 있다.

'숨을 못 쉬어?!'

공기가 정지해서 호흡이 불가능했다.

'눈도 못 돌려!'

당연히 안구도 돌아가지 않았다.

'이, 이대론 죽는다!'

뭐, [신비]를 쓰면 될 일이지만.

그저 능력의 성질을 알아보기 위해, 일부러 [신비]를 소모하지 않은 채 시간만 멈춰 봤다.

'그럼 이제 움직여 볼까?'

나는 손가락 끝을 움직였다.

파들.

[신비 290/300]

그러자 이것만으로 [신비] 능력치가 10이나 소모되었다.

아니, 이거 칼이라도 휘두르면 그 자리에서 300을 다 쓰겠는데?!

이게 말이 되나?

말이 된다.

[신비한 세계]

"이렇게 쓰는 거였군."

일정 영역 속에서 [신비] 능력의 [신비] 소모를 0으로 바꿔 주는 능력인 [신비한 세계]를 써야, 비로소 [신비한 시간] 능력도 쓸 만해진다는 것을 알아냈다.

"[신비한 세계]의 [신비] 소모가 너무 격렬한 게 문제가 되긴 하지만… 뭐, 여차하면 죽어 버리면 되니까."

정확히는 죽어서 [기사회생]을 발동시키는 거지만, 그거나 저거나 뭐 별로 다르지도 않다.

아무튼… 좋다.

나는 허공에 멈춘 채 굳어 버린 [색채]의 운석을 향해 손가락을 가리켰다.

"[비이이이임!!!!]"

최대 출력의 빔이 멈춰진 하늘을 갈랐다.

"[비이이이이임!!!!]"

그리고 한 번 더.

"[비이이이이임!!!!]"

마지막으로 하나 더.

"후… 시간은 움직인다."

[신비한 시간]이 거둬지자, 3중첩의 최대 출력 [비이이이임!!!!]이 운석을 향해 쏟아져 갔고.

콰아앙!

운석은 폭발했다.

"더러운 불꽃놀이군."

운석이 파괴됨으로써 자동으로 [히든 퀘스트]가 클리어 되고 그 보상으로 인벤토리에 [성좌의 파편]이 들어왔다.

그뿐일까?

당연히 들어와야 하는 것도 들어왔다.

[이철호]

레벨: 300

그것은 바로 경험치였다.

여기서 내가 기어이 300레벨을 찍는구나.

역시 강해지는 게 최고야!

너무 좋아!

                    *   *   *

300레벨은 완전히 미지의 영역이다.

그래서 나는 내가 이 위업을 달성함으로써 무엇을 얻을지조차 몰랐다.

정확히는, 방금전까지 몰랐다는 소리다.

[인간★]

그리고 이게 지금 새로 알게 된 거다.

분명 200레벨 때 [인간++]이었는데, [인간+++]은 처음부터 없었던 것처럼 제치고 바로 [인간★]이 되어 버린 까닭은 나도 모른다.

미궁 마음이겠지, 뭐.

중요한 건 [인간★]이 되었다, 이것 하나뿐이다.

[인간★]이 됨으로써 당연히 종족 능력에도 ★이 붙었다.

원래 +였던 능력이 ★이 되어 버린 건 신경 쓸 게 못 된다.

주는 걸 싫다고 할 순 없잖은가?

아니, 밸런스 조정한답시고 빼앗으면 싫어할 거다.

[인간의 끈기★]: 생명력이 0이 되어도 당장 죽지 않고 움직일 수 있으며, 천천히 생명력을 회복한다.

[끈기+] 시절에 이것저것 붙어 있던 조건이 싹 다 사라져서 움직이고 있어도 생명력이 회복되는 걸로 바뀌었다.

1까지만 회복되는 제한도 사라져서 [체력]만 높으면 이것만으로 자력갱생을 노릴 수 있게 됐다.

[극한 상황의 괴력★]: 생명력이 10% 미만일 때, [근력]에 1000%의 추가 보너스를 얻는다. 이 능력은 5분간 지속된다.

[빈사] 조건이 사라져서 대충 생명력만 조절해도 효과를 얻을 수 있게 됐으며, 200%였던 근력 보너스가 1000%가 되어 버렸다.

뭐지? 미궁이 미쳐 버린 것인가?

하지만 300레벨쯤 되면 [근력]이 높아도 별 소용이 없다.

이런 걸 감안하자면 나름 밸런스가 맞는 걸로…

안 보인다.

역시 미궁이 미쳐 버린 것인가?

[인간의 가능성★]: 생명력이 0이 되어 사망 판정을 받아도 낮

은 확률로 부활할 가능성이 있다.

[즉사] 상태여도 부활 가능성이 생기는 특단의 조치가 취해졌다.

[빔] 같은 걸 맞고 마지막 세포까지 소멸당해도 확률만 뚫으면 부활할 수 있다는 소리다.

그게 말이 되는 소린가 싶지만, 뭐 여긴 미궁이니까. 여기선 말이 된다.

희박한 확률이 낮은 확률로 보정된 것도 주목할 만하다.

이제는 나 정도 [행운]이 없어도 [인간의 가능성★]만으로도 어느 정도 부활을 기대해 볼 수 있는 확률이 된 셈이다.

이야, [인간★] 좋다.

이 정도면 이제 슬슬 [하이 엘프★]나 [로우 드워프★] 부럽지 않은 스펙이다.

물론 능력들이 다 좀 수동적이거나 낮은 생명력을 요구하는 건 좀 그렇긴 하지만, 그래서 일반적인 상황에선 전투력이 떨어지긴 하지만.

그게 무슨 문제겠는가?

300레벨을 달성한 보람이 느껴진다.

그런데 이게 다가 아니다.

[불변의 정신★]: 외부의 정신적 상태 이상 발생 시도에 대해 초월적으로 완벽하게 저항할 수 있다.

고유 능력도 ★을 달았기 때문이다.

'훨씬 더'가 '초월적으로'로 바뀐 것을 제외하면, …어? '살아 있을 때만' 어디 갔어?

다시 보니 페널티도 없어졌네?

일단 당장 [우주에서 온 색채]와 맞붙을지도 모르는 상황이다 보니, [불변]에 ★을 단 건 반길만했다.

[비밀 교환★]: 비밀의 존재를 알아차릴 수 있다. 비밀을 지닌 대상에게서 원하는 비밀을 알아낼 수 있다. 그 대가로 본인의 비밀을 상대에게 지불해야 한다. (미리 지불한 비밀로도 교환은 성립한다.)

[비밀 교환★] 쪽도 많이 바뀌었다.

일단 냄새를 맡을 필요가 없어지고 그냥 비밀의 존재 여부를 바로 알아차릴 수 있게 됐다.

게다가 외상으로 할 수 있는 비밀의 숫자도 하나에서 무제한으로 바뀌었다.

사실 회귀 전의 김민수가 40층대에서 [비밀 교환++]을 자유자재로 활용하고 다녀서, 내가 이 능력을 활용할 여지는 많지 않았다.

하지만 녀석이 찾아내지 못한 비밀을 내가 찾아낼 가능성을 생각하면 이 상향점은 결코 아쉽지 않았다.

"이래저래 강해지긴 했네."

내 고유 능력이 전투력에 반영되는 게 아니라는 점은 조금 아쉽지만, 아무튼 존재 그 자체가 강해졌다는 것에 대해서는 이견이 없으리라.

"아니, 강해진 게 좋긴 한데."

나는 혀를 찼다.

"이걸 어쩌지?"

상태창에서 눈을 떼고 산맥 너머의 회색빛 세계를 바라보자, 자동으로 혀가 끌끌 차졌다.

하기야 광경이 광경이다.

[우주에서 온 색채]로 인해 [색]을 다 빼앗긴 세계였으니 말이다.

이런 광경을 30층대에서 몇 번 본 적이 있긴 하다.

하지만 그때도 이 정도는 아니었다.

45층의 세계는 너무 오래 끓인 라면 면발처럼 연약해져 있었다.

사람이 들어가서 발만 디뎌도 푹 꺼질 정도로.

당연히 지반 침하가 일어났고, 산사태도 실시간으로 일어나는 중이었다.

[색채]가 색이란 색은 한 방울도 남김없이 다 빨아먹고 나면 이런 세계가 되는 모양이다.

뭐, 어차피 지나가고 나면 다시 볼 일 없는 세계가 무너지든 말든 내 알 바가 아니긴 하다.

그러나 문제는 던전을 돌파해서 45층을 향한 모험가들이 저 자연재해에 휘말려 다 죽어 버릴지도 모른다는 점이었다.

"저거 어떻게 할 방법 없습니까?"

나는 질문했다.

누구에게 질문한 건지는 좀 애매하지만, 듣고 있는 성좌가 있다면 누구라도 대답해 주겠지.

[위대한 오크 투사가 [우주에서 온 색채]를 파괴하면 된다고 합니다.]

아니나 다를까, 대답이 돌아왔다.

그런데 참… 참 얼척 없는 대답이다.

"어떻게요?"

나는 적절한 지적을 해 주었다.

그러자 아나나 다를까, [위대한 오크 투사]로부터 대답은 돌아오지 않았다.

튀어 버린 것이리라.

하이고, 참.

그런데 그때였다.

또 한 발의 운석이 이쪽을 향해 날아들었다.

당연히 [색채]의 운석이었다.

다만 저번 걸 파괴당한 걸 염두에 둔 건지, 이번 운석은 이전보다 훨씬 크고 더욱 기괴한 색채가 마치 살아있는 것처럼 꿈틀거리고 있었다.

게다가 날아드는 궤도가 딱 봐도 정확하게 나를 노리고 날아들고 있다는 걸 알 수 있는, 참 정직한 궤도였다.

하지만 방금 전의 운석을 분쇄하느라 [신비]를 다 써 버린 나로선 어쩔 도리가 없는 공격이었다.

"하는 수 없군."

나는 마음을 비웠다.

"여기서 한 번 죽어야지."

어차피 [기사회생]을 몇 개 사둔 터였다.

죽는 건 죽을 정도로 아프지만, 여기선 죽고 되살아나는 게 가장 빠르고 확실한 방법이니 잠깐 아픈 건 참아야지.

나는 이를 악물고 곧 느껴질 충격과 고통에 대비했다.

3. 2. 1.

"쾅."

…은 없었다.

대신 나는 정신이 나갈 것 같은 다채로운 색채로 가득한 공간에 와 있었다.

　―[불변의 정신★]이 [위대한 색채]에 저항합니다!

　―저항 성공!

　―[불변의 정신★]이 [위대한 색채]에 저항합니다!

　―저항 성공!

　―[불변의 정신★]이 [위대한 색채]에 저항합니다!

　―저항 성공!

　상태 메시지는 또 난리가 났고.

　이것도 두번째다 보니 처음보다는 좀 덜 놀란 게 다행이라면 다행일까.

　나는 굳이 미궁 바깥의 성좌와 말 섞을 것도 없이, 곧장 일곱 성좌 초환 권한을 사용했다.

　"불렀느냐?"

　"불렀구나!"

　"캬하! 다구리다! 축제다!"

　성좌들은 희희낙락하며 나타났다.

　그런데 그 직후의 반응이 조금 이상했다.

　다들 그 자리에서 굳어 버리는 게 아닌가?

　나는 그동안 일부러 직시하지 않은 미궁 바깥의 성좌, [우주에서 온 색채]를 바라보았다.

　―[불변의 정신★]이 [위대한 색채]에 저항합니다!

　―저항 성공!

　당연히 또 상태 메시지는 한층 더 격렬하게 난리를 피워 댔지만, 상황을 파악해야 뭘 어떻게 하지 않겠는가?

그래서 본 [우주에서 온 색채]는 일단 컸다.

아니, 눈앞에 달이 떴다니까?

정신 나갈 것같이 색채로 버무려진 달이라는 게 문제지만.

실제로 [불변의 정신★]이 없었더라면 이 자리에서 정신이 나갔겠지.

300레벨 찍고 납치당해서 다행일 뿐이다.

"…뭐야, 너 괜찮네?"

그때, 김민수… 가 아니라 [피투성이 피바라기]가 내게 말을 걸었다.

"그렇다면 이야기가 다르지."

부웅!

무슨 일이 일어난 건지 순간 알아차리지 못했지만, 깨달음은 곧 찾아왔다.

[피투성이 피바라기]가 인간의, 김민수의 모습을 집어던지고 본래 모습을 취한 거였다.

거대한 붉은 별이 그 자리에 나타났다. 아니, 별이셨어요?

"오, 그럼 나도."

[아름다운 로맨스]도 그 자리에서 별이 됐다.

"음."

[말과 돌고래 애호가]도 별이 됐다.

이게 비유였다면 좋겠는데… 문자 그대로네.

"우린 그거 안 되는데!"

"어쩔 수 없죠."

[고대 드워프 광부]와 [고대 엘프 사냥꾼]은 손을 내젓더니, 그대로 거대한 드워프와 엘프의 모습이 되었다.

그런데 드워프도 그냥 드워프가 아니라 암석과 금속으로 된 거인 모습이었고, 엘프는 나무와 숲과 짐승이 뒤섞인 거인이었다.

"아! 나도야 간다!"

[위대한 오크 투사]도 크게 함성을 지르며 본 모습을 드러냈다.

그 본 모습이란?!

그냥 오크였다.

문자 그대로 거대한 오크였다.

헐벗은… 오크.

음, 그, 덜렁덜렁… 을 좀 가려 주시면 안 될까요?

나는 입 밖에 내서 말하진 못했다.

이 분위기에서 어떻게 말해?

[태생부터 강한 자]는 뭔가 사슴과 말이 뒤섞인 것 같은 켄타우로스 비슷한 것이 됐다.

참고로 [위대한 오크 투사]보다 컸다.

뭐가?

말할 수 없다. 정확히는 말하고 싶지 않다.

아니, 솔직히 인지하고 싶지도 않았다.

보자마자 잊고 싶어질 정도였다.

당장 내 뇌에서 꺼져!

*　　　　　*　　　　　*

―[불변의 정신★]이 [숨겨진 진실]에 저항합니다!

―저항 성공!

성좌 하나하나가 본래 모습을 되찾을 때마다 상태 메시지에 난리가 났다.

저것도 잘못 보면 정신이 나가나 보네.

하긴 그럴 만한 광경이었지.

당장… 내 뇌에서… 나가……!

나는 고통스러워했지만, 사람의 삶은 그리 쉽게 끝나지 않고 고통 또한 마찬가지다.

저런 걸 봤음에도, 불행하게도 우리는 계속해서 살아가야 한다.

아무튼 훨씬 스케일이 크고 복잡하며 이해하기 힘들지만 본질적으로는 41층에서의 싸움과 같은 장면이 연출됐다.

비록 인간 형태의 성좌들이 [우주에서 온 색채]를 넘어뜨리고 다 같이 발로 마구 밟지는 않았지만, 둘러싸고 일방적으로 패고 있는 건 마찬가지라는 소리다.

거대한 [우주에서 온 색채]의 달이 [피투성이 피바라기]의 붉은 별에 접근해 뭔가 색을 빼앗으려고 시도했지만, 그 뒤를 [아름다운 로맨스]의 흰 별이 기습해 여러 번 번쩍거리기 시작했다.

어느새 하늘로 둥실 뜬 [말과 돌고래 애호가]의 푸른 별이 위에서부터 떨어져 [우주에서 온 색채]를 바닥에 처박았고, 다른 네 성좌가 그제야 나서서 [색채]를 그냥 짓밟기 시작했다.

단순하지만 그렇기에 더더욱 극복하기 어려운 숫자의 폭력.

이 순수한 폭력 앞에서는 [우주에서 온 색채]도 어쩔 도리가 없었다.

듣기만 해도 정신이 나갈 것 같은 비명을 내지르며, [우주에서 온 색채]는 그 자리에서 쓰러졌다.

*   *   *

[이철호]

레벨: 310

레벨이 올랐다.

뭐, 그리 중요한 현상은 아니다.

300레벨을 찍었을 때에 비하면 그 파급력이 약하기도 하고. 그 냥 레벨 오르고 끝이었으니까.

하지만 레벨이 별로 중요하지 않다고 한 건, 더 중요한 게 있기 때문이다.

[성좌의 파편]: 157개

아, 파편도 받았다.

당연하지만 중요하다는 게 이걸 말한 건 아니다.

중요한 것은 [우주에서 온 색채]가 파괴되고, 무너져 내리기 직 전이었던 45층이 원래의 색을 되찾으며 새로이 구축되었다는 거 였다.

거대한 달 모양의 [우주에서 온 색채]가 부서지며, 그 표면에 마 구잡이로 뒤섞여 있던 색이 풀려나는 광경은 죽을 때까지 잊지 못할 것이다.

왜냐면 진짜 악몽 같았거든.

끔찍했다.

그것은 마치 시원한 얼음과 깨끗한 물을 끼얹기 전의 아이스 아메리카노와 같았다.

에스프레소를 좋아하는 사람에게는 미안한 비유가 되겠지만, 진리는 아아인 걸 어쩌란 말인가?

그리고 응축되어 있던 색이 풀려나 세계를 채색하는 광경은 아름답다 못해 어딘가 감동적인 구석마저 느껴질 정도였다.

그렇게 45층 전체를 색칠하고도 남은 색은 저 산맥 너머로 날아갔다.

"우리 아이들의 세계에도 빠졌던 색이 다시금 칠해지겠지."

어느새 레아의 모습으로 되돌아온 [아름다운 로맨스]가 감격스러운 듯 말했다.

"이것은 네 덕이다. 네가 큰 역할을 했다."

"그래, 맞아."

김민수의 모습으로 되돌아온 [피투성이 피바라기]도 크게 고개를 끄덕였다.

"너는 정말… 최고의 미끼다."

예? 뭐라고요?

"잠깐! 하필 지금 그런 식으로 말할 건 없잖아!"

"내가 틀린 말했나? 얘한테 낚여서 홀랑 넘어온 미궁 바깥의 존재가 벌써 둘인데! 우리가 아무리 함정을 파고 미끼를 흔들어도 안 오던 놈들이야!"

[피투성이 피바라기]와 [아름다운 로맨스]가 갑자기 부부 싸움을 시작했다.

…그러고 보니 이 둘은 부부가 아니었지?

그럼… 둘이 외도하는 건가?

나는 이상한 생각을 했다.

물론 현실 도피를 위해서다.

"미끼… 내가 미끼… 하하."

부정할 수가 없어!

미궁 바깥의 존재에게는 내가 그렇게 먹음직스러워 보이나 보지?

하긴 성좌도 아닌데 뭐 가진 것도 많고 모험가 집단을 이끌고 오기까지 하니 그렇게도 보이겠지!

그래서 한입에 삼키려고 알현실로 끌고 오니 일곱 성좌가 스스슥 나타나 집단 폭행으로 죽여 버린 게 벌써 두 번째다.

결과가 이렇다 보니, 도저히 [피투성이 피바라기]의 말을 부정할 수가 없었다.

"너무 상처받지 마라."

드워프 모습으로 돌아온 [고대 드워프 광부]가 나를 위로했다.

아니, 이 성좌가 웬일로…….

"솔직히 너도 먹은 거 많잖아. 이거 진짜 짭짤한데, 몇 번만 더 해 보지 않을래?"

…그럼 그렇지. 기대한 내가 바보지.

"크하하하! 우리가 굳이 등 떠밀면서 하라고 할 필요가 있을까? 의도하고 뿌린 미끼도 아닌데 족족 낚여 오잖아!"

[위대한 오크 투사]는 시종일관 즐거워 보였다.

그런데 그 말이… 맞다.

난 그냥 미궁을 공략하고 있는 것뿐이다.

의도적으로 낚으려고 한 적 없다.

그렇다면… 낚인 놈들이 바보 아닐까?

"이거 몇 번 더했으면 좋겠다는 것에는 나도 동의한다. 그런 의미에서 일단 내 초환권을 리필해 주도록 하지."

[태생부터 강한 자] 성좌가 말했다.

"오, 그렇지! 그렇지!"

"그거 리필해 줘야지!"

다른 성좌들도 우르르 몰려와 초환권을 재발급해 주었다.

감사… 합니다?

"그리고 뭔가 더 얹어 주도록 하지… 뭘 더 얹어 주지?"

"그냥 지난번처럼 보상 점수 1점씩 더 주면 되지 않을까?"

"1점씩은 너무 적고 다 합쳐서 10점이면 되겠군."

성좌들은 와자지껄 소릴 높이며 내 추가 보상에 대해 논의했다.

거 되게들 신나 보이시네요!

*   *   *

성좌들의 논의 결과, 보상 점수는 다 합쳐서 43점이 되었다.

그러니까 이번에는 10점을 받은 셈이다.

"보아하니 46층까지는 안전할 것 같군."

"그렇다면 문제는 47층인가."

"네가 엉덩이 붙이고 기술 단련하는 걸 좋아한다는 건 이미 알고 있지만……."

"이번에도 서두르는 편이 낫겠어."

성좌들은 와글와글 떠들었다.

"알겠습니다. 그렇게 하겠습니다."

"그래, 좋은 판단이야."

"또 보자고. 또 이런 식으로 봤으면 좋겠어."

"힘내라고! 하핫!"

내 대답을 듣고 흡족했는지 성좌들은 웃으며 인사말을 남기며 하나씩 사라졌다.

"후!"

혼자 남은 나는 심호흡을 잠깐 했다.

사실 [우주에서 온 색채]는 내 손으로 죽이고픈 마음이 없지 않았다.

놈에게는 쌀의 원한이 있기 때문이다.

물론 미궁 바깥에서 본 양혼장의 광경도 아직 잊히지 않았지만, 그건 [우주에서 온 색채] 혼자 꾸민 일이 아니니 일단 두자.

"…복수도 힘이 없으면 못하는군."

하지만 남의 힘을 빌려서 한 복수도 복수인 건 맞지 않을까?

애초에 성좌 간의 싸움에 끼어들어봤자 고래 싸움에 등 터지는 새우 꼴이 날 텐데.

이런 이성적인 논리만으로는 설득할 수 없는 감성만의 무언가가 있긴 했다.

그래도 뭐 어쩌겠는가?

[우주에서 온 색채]는 이미 죽었다.

"…텁텁하네."

속이 시원하긴 한데, 반만 시원한 걸 보니 미지근한 콜라라도 마신 것 같다.

뭐, 어쨌든.

[우주에서 온 색채]가 파괴됨으로써 45층이 본래 모습을 되찾았고 우리는 다시 미궁에 오를 수 있게 됐다.

이거면 된 거 아닐까?

애초에 나는 복수에만 목숨을 걸고 있었던 게 아니다.

내 목적은 미궁의 정복, 그리고 지구 문명의 회복이니.

"자, 다시 미궁을 오르자고."

그런 혼잣말로 의욕을 고취시킨 나는 커뮤니티 창을 열었다.

그리고 공지로 외쳤다.

[이철호]: 진행시켜!

*   *   *

[이철호]: 실례했습니다. 던전 진행하셔도 될 것 같습니다.

이제 슬슬 커뮤니티에서도 반말 까도 될 것 같지만 그럼에도 공지에서만큼은 높임말을 계속 쓰는 이유는 당연히 유상태 때문이다.

상태가 나보다 어리다는 건 비밀이니까.

상태는 나를 위해 계속해서 어르신으로 남아 있어야 한다.

아, 이러면 안 되지.

상태 어르신, 상태 어르신, 상태 어르신.

나는 속으로 '상태 어르신'을 세 번 속삭여 호칭을 재정립했다.

혼자 있다고 상태, 상태 그러다가 나중에 입버릇 돼서 다른 사람 앞에서 실수했다간 큰일이니까.

무례를 용서하십시오, 어르신!

그거야 뭐 아무튼, 4개 팀으로 나눠진 우리 팀 모험가들은 각기 움직이기 시작했다.

이미 [우주에서 온 색채]를 처치한 터라 위험은 없다고 생각되지만, 그럼에도 불구하고 나는 문을 열 때만큼은 [콜]을 받았다.

혹시나 아직 소멸하지 않은 [색채]의 하수인이 나올 가능성을 배제할 수 없거니와, …이렇게 함께 다니며 [비밀]을 발견하는 게 훨씬 편하기 때문이다.

아무래도 후자에 비중에 높게 주어지는 건 어쩔 수 없는 일이다.

어쩔 수 없는 거 맞지?

그래, 잘하자.

*   *   *

그래서 이번에 내가 찾은 비밀은 다음과 같았다.

[미궁 장침: [체력] +5. 재사용 가능(1인당 1회)]

이번에도 역시 아군 전체를 강화할 수 있는 아이템이 등장했다.

사용법은 그냥 몸 아무 곳에나 푹 찌르면 그만.

한의사들이 봤다면 그거 그렇게 하는 거 아니라고 소리를 질렀을 법한 아이템이지만…

어쩌겠는가. 여긴 미궁이다.

장침에 찔려도 딱히 아프지는 않았다. 나만 안 아픈 게 아니라, 다른 사람도 마찬가지였다.

"인장이 안 나오는 게 좀 아쉽긴 하네요."

아무도 안 아파하는 걸 보고 있던 유상태의 입에서 문득 새어 나온 인성 터진 혼잣말은 못 들은 척하기로 했다.

어르신이잖아, 존중해 드려야지.

*　　　　　　*　　　　　　*

44층의 던전은 생각했던 것보다 난이도가 높았다.

뭐, 내 입장에서 볼 때는 그래 봤자 하는 느낌이긴 하지만 다른 모험가 입장은 또 다르겠지.

좋은 거냐, 나쁜 거냐를 따지자면 당연히 좋은 거다.

나오는 몬스터 수준이 높다 보니 상대하는 모험가 레벨도 쭉쭉 올랐거든.

그래서 200레벨을 찍은 모험가도 속속 나오는 중이다.

[인간++]를 달고 종족 능력을 강화하는 것은 물론, 개인차는 있었으나 상당수의 모험가가 고유 능력 또한 강화받았다고 한다.

마음 같아서는 또 한 번 상담 쫙 돌리고 싶지만, 시간이 없어서 참는다.

그런데 어느새 나랑 일반 모험가 사이의 레벨 차가 100레벨 수준까지 벌어졌었네.

41~43층 탑에서 나오는 몬스터 수준이 낮아서 안정적으로 레벨을 올리지 못한 탓도 있겠지만, 나 혼자 미궁 바깥에 다녀온 게

결정적이었으리라.

혼자 100레벨 더 높은 내가 여기 섞여 있어서 던전의 난이도가 확 올랐긴 했겠지만, 죄책감 따위는 느껴지지 않았다.

앞서 말했듯, 레벨 빨리 오르면 좋은 거니까.

내 탓? 아니지. 내 덕이다.

아니, 누구 하나라도 죽어야 죄책감 비슷한 거라도 느낄 텐데… 그런 것도 아니잖아?

어느새 다들 정예가 되어서 팔 하나둘쯤 잘려도 눈 깜빡 안 하고 싸우더라.

팔 잘린 정도야 당연히 회복 가능한 범주 안에 속한 상처기도 하고, 실제로 후방의 힐러들 힐 받고 다 재생됐다.

이렇게 뒤에서 팀 돌아가는 걸 보고 있으려니 좀 흐뭇하기도 하다.

좋아! 좀 더 굴러라!!

나는 동료들을 응원했다.

물론 속으로만.

              *   *   *

45층과 46층은 아무 일도 없이 넘어갔다.

아, 아무 일도 없이 넘어갔다는 건 내 기준이다.

45층은 44층보다 어려웠고 46층은 45층보다 어려웠던 탓에 다른 모험가들은 구르고 또 굴러야 했지만, 이건 그리 나쁜 일이 아니었다.

구른 만큼 더 강해졌으니까.

좋은 일이다.

흐뭇함마저 느껴진다.

당연하지만 그 흐뭇함을 내색하지는 않았다.

"자, 다음 가죠!"

이제 47층이다.

탑과 던전에 이어, 이번에 뚫고 가야 할 곳은 계단이다.

일직선으로 쭉 뻗은 계단을 오를 뿐인 구성.

그러나 계단은 좁아서 두세 명이 간신히 오를 수 있는데, 계단의 양옆은 확 트여 있어 한 발자국이라도 잘못 디디면 그대로 추락한다.

거기에 몬스터들이 계속해서 계단을 내려와 습격하며, 하늘에서도 비행 몬스터들이 날아든다.

그리고 놈들도 지능이 있기에 굳이 어려운 방법을 쓰려고 들지 않는다.

사냥감이 어느 정도 계단을 올라온 후에 밀어서 떨어뜨리면 추락사할 텐데, 뭐하러 힘들게 맞서 싸우겠는가?

그래서 이 계단을 오르는 것은 결코 쉽지 않다.

회귀 전의 김민수도 여기서 인형을 몇 기나 잃었는지 모른다.

그만큼 어렵다는 소리다.

하지만 회귀 전과 지금은 상황이 다르다.

모험가들은 충분히 강해졌고, 무엇보다 [하이퍼 파워 아머]라는 확실한 비행 수단을 갖춘 내가 여기 있다.

비행 몬스터는 별로 문제가 되지 않는다.

여차하면 내가 먼저 처치해 버려도 되고, 설령 습격을 허용해 추락하는 모험가가 생겨도 내가 건져 올리면 되니까.

진짜 문제는 47층이 미궁 바깥의 존재에 의해 점령당했을 가능성에서 온다.

가능성이라고 말했지만, 이 정도쯤 되면 그냥 확실하다고 봐도 되겠지.

따라서 나는 47층으로 통하는 문을 가장 먼저 통과했다.

[이철호]: 제가 따로 신호할 때까지 대기해 주시기를 바랍니다.

커뮤니티를 통해 이런 공지를 남긴 채.

그건 잘한 일이었다.

그것도 아주.

8장
—
제47층

본래 미궁 47층이어야 하는 이 공간에 계단 같은 것은 없었다.

마치 미궁 바깥과도 같은 황량한 공간이 무한히 펼쳐져 있었다.

그리고 그냥 보기만 해도 미쳐 버릴 것 같은 존재들이 잔뜩 도사리고 있었다.

달처럼 둥글고 표면에 눈이 잔뜩 난 고깃덩어리, 코끼리와 사람과 문어를 성의 없이 대충 뭉쳐 놓은 것 같은 존재, 팔다리와 머리가 다 잘려 나간 몸뚱이 같은 것……

누가 설명해 주지 않아도 알 것 같았다.

이것들은 다 미궁 바깥의 존재들이었다.

돌아가는 상황을 보아하니, 아무래도 이번에 함정에 빠진 것은 내 쪽인 것 같았다.

문자 그대로 정신이 나갈 것 같았지만, 나는 이를 꽉 깨문 채

곧장 일곱 성좌의 초환권을 사용했다.

이번에도 왁자지껄 등장한 일곱 성좌지만, 그들이 조용해지는 데에는 그리 오랜 시간이 걸리지 않았다.

이제는 별말도 없이 즉각 본 모습을 취한 성좌들은 곧 미궁 바깥의 존재와 싸우기 시작했다.

그저 다수 대 하나의 싸움이었던 41층이나 44층에서의 싸움과 달리, 이번에는 다수 대 다수의 싸움이 된 탓인지 그리 유리하지만은 않아 보였다.

게다가 나도 그냥 지켜보고만 있을 수는 없었다.

왜냐하면 미궁 바깥의 존재에게서 뭔가가 툭툭 떨어지더니, 그것들이 나를 노리고 다가오기 시작했기 때문이다.

물론 나는 그것들을 손쉽게 해치웠다.

300레벨까지 찍어 놓으니 이 정도 하수인쯤은 별문제가 되지 않았다.

그러나 진짜 문제는 따로 있었다.

아무리 봐도 미궁 바깥의 존재들 편이 승기를 잡아 가는 것으로 보였다.

내가 아무리 하수인을 해치운다 하더라도, 본체에게 큰 타격을 줄 수는 없다.

게다가 하수인들은 또 기어 나오고 있었다.

어쩌면 무한히 만들어 낼 수 있는 걸지도.

그렇다면 저것들을 해치워도 별 의미가 없다.

코끼리와 사람과 문어를 성의 없이 대충 뭉쳐 놓은 것 같은 존재의 코끼리 코처럼 보이는 것에서 뿜어낸 이상한 물체를 맞은

[피투성이 피바라기]가 고통스러운 듯 물러났다.

게다가 표면의 색이 조금 변했다.

이제까지는 기세에서 밀리고 있었다면, 이제는 실제로 피해를 입고 밀려나고 있었다.

이대로면 진다.

내가 어떻게 해야 할까? 직접 성좌들 사이의 싸움에 끼어들어? 그건 너무 무모한 것 아닐까?

어쨌든 그 전에 해야 할 일은 해야 했다.

나는 적당히 하수인들의 공격을 피해 가며 그 자리에서 상태창을 조작했다.

시간을 멈추고 해도 상관은 없지만, 죽을 정도의 위기도 아닌데 벌써 [신비] 능력치를 낭비할 필요는 없어 보였기 때문이다.

일단 기본 능력치, 그러니까 [근력], [체력], [민첩], [솜씨]를 끝까지 끌어올려 310으로 만들었다.

그러자 자연히 [혈기] 또한 310이 되었다.

그에 따라 [혈기] 300 능력도 나타났지만, 그건 지금 당장 중요한 것은 아니었다.

[피투성이 피바라기가 고맙다고 말합니다!]

[피바라기] 성좌의 본체인 붉은 별이 약간이지만 확실하게 조금 전보다 더 커졌다.

내가 [혈기] 능력치를 끌어올린 덕택인 것 같았다.

그렇다면!

나는 [욕망], [폭주], [매력] 능력치를 차례차례 끌어올렸다.

미배분 능력치가 충분했던 게 다행이다.

[태생부터 강한 자가 힘이 솟아오른다고 외칩니다!]

[아름다운 로맨스가 더욱 아름다워졌다고 중얼거립니다.]

[고대 드워프 광부가 이런 거 필요 없다고 말합니다.]

[위대한 오크 투사가 나는 뭐 없냐고 물어봅니다.]

어… 그치만 [명예]는 미배분 능력치 투자로 올릴 수 없는걸?

오크, 미안!

아무튼 성좌들의 능력치를 끌어올림으로서 조금이나마 힘을 보탠 것만은 사실이다.

그러나 고작 이 정도로 전황을 완전히 뒤엎을 수는 없었다.

일단 나는 어느새 숫자가 꽤 쌓인 하수인들을 처치했다.

그렇게 여유를 벌고 난 후, 인벤토리를 뒤져 성상을 꺼내 들었다.

[세 번 위대한 이]의 성상이었다.

"듣고 계십니까? [세 번 위대한 이]여! 당신의 도움이 필요합니다!!"

치사하게 채널도 연결해 놓지 않은 성좌를 불러내기 위해, 이쪽에서부터 채널을 연결할 도구인 성상을 이용하기로 마음먹은 거였다.

[성좌 퀘스트: 성좌의 파편 쓰기]

[세 번 위대한 이는 당신이 행운의 여신에게 성좌의 파편을 다섯 개 거래하길 원합니다.]

[수락 시 보상: 세 번 위대한 이가 현현]

[성공 시 보상: 성좌의 파편 5개]

대답 대신 돌아온 것은 퀘스트였다.

아니, 치사하게!

그런데 다시 보니 별로 치사하지도 않았다.

파편 다섯 개 쓰고 나면 다시 돌려준다잖아?

게다가 [세계에게 사랑받는] 능력 덕에 두 배로 돌아올 거다.

안 받는 게 더 이상한 퀘스트다.

따라서 나는 바로 퀘스트를 수락했다.

그러자 이미 몇 번 봤던 [세 번 위대한 이]의 모습이 이 자리에 현현했다.

날개로 둘러싸인, 불가해한 모습.

이전보다 충격적이지 않은 건 익숙해진 탓도 있겠지만, 그보다는 [불멸의 정신★] 덕이겠지.

[세 번 위대한 이가 오랜만이라고 말합니다.]

…그런 인사말은 그냥 채널을 통해 말씀하셨어도 되지 않았나요?

태클을 걸고 싶은 마음은 굴뚝 같지만, 지금은 상황이 안 좋으니 참기로 한다.

"…성좌께서도 미궁의 성좌시니, 이 싸움에 한 손 보태 주셨으면 합니다."

당연히 도와주리라는 생각은 안 하고 있다.

이쪽에서 이쪽의 방편대로 불러냈으니, 무언가 대가를 요구할지도 모른다는 생각은 하고 있다.

그러나 내 부탁에 대한 [세 번 위대한 이]의 대응은 의외의 것이었다.

[세 번 위대한 이가 나만 나서는 건 억울하니, 너도 나서라고 합니다.]

아니, 억울할 것까지야?

나는 생각했지만, 뭐든 대가를 치르리란 건 이미 예상한 바다.

"알겠습니다. 제가 무엇을 하면 됩니까?"

[성좌 퀘스트: 성좌의 싸움 참가하기]

[세 번 위대한 이는 당신이 성좌의 파편을 소모해 성좌로서 현현해 외부의 적들에 맞서 함께 싸워 주길 바랍니다.]

[현현 시 보상: 소모한 성좌의 파편 절반]

[승리 시 보상: 소모한 성좌의 파편 절반]

아, 그런 방법이 있었지.

"알겠습니다."

나는 인벤토리 안에 쌓아 뒀던 [성좌의 파편]을 모조리 꺼내 들었다.

이걸 어떻게 써야 하는지에 대한 지식은 자동적으로 들어왔다.

손아귀의 [파편]을 꽉 쥐고 사용하겠다고 마음먹기만 하면 된다.

그래서 나는 그렇게 했다.

다음 순간, 나는 거대한 인간의 모습이 되어 있었다.

온몸에 신비로운 기운을 담은 거대한 인간.

이제까지 거대화 관련 능력을 여러 번 쓰긴 했지만, 그것과 지금의 것은 전혀 달랐다.

무엇이 다른가 하니, 격이 달랐다.

온갖 능력을 사용해 나 자신의 크기를 키워 봤자 그것은 거대해진 나, 거대한 인간일 뿐이었다.

그러나 지금의 나는 성좌였다.

"이거… 싸울 수 있겠어."

나는 나도 모르게 이렇게 혼잣말을 했다.

그러자 갑자기 성좌의 힘이 줄줄 새는 것 아닌가!

[세 번 위대한 이가 성좌의 모습으로 함부로 입을 열지 말라고 합니다.]

아, 이래서 성좌들이 육성을 잘 안 쓰는 거로군.

[그래도 이번엔 잘했다고 세 번 위대한 이가 칭찬합니다.]

무슨 소린가 했더니, 조금 전에 줄줄 새 나갔던 성좌의 힘이 내 몸에 깃들어 전투력을 향상시키고 있었다.

원인은 확실했다.

내가 육성으로 '싸울 수 있겠다'고 말했기 때문이다.

성좌가 함부로 입을 열어서는 안 되는 이유도 이것이리라.

성좌가 말을 하면 그대로 이뤄진다.

…까지는 아니더라도, 의지를 언어로 표현하는 순간 그것을 실현시키는 힘이 작용한다.

그 힘은 성좌의 힘이고 말이다.

성좌들이 자신, 혹은 다른 누군가의 알현실에서는 마음대로 말하는 걸 보면, 그런 데서는 이런 작용이 일어나지 않는 모양이다.

확신은 없지만 추측하자면 그렇다.

그거야 뭐 아무튼. 나는 성좌처럼 말해 보기로 했다.

[지구의 챔피언이 가세하겠다고 선언합니다.]

그런데 [지구의 챔피언]이 누구야?

설마 나야?

[멋진 칭호라고 세 번 위대한 이가 감탄합니다.]

그거 놀리는 거 맞죠?

…아닌가?

아니, 지금 중요한 건 이런 게 아니다.

앞에 적이 있으니 싸워 이겨야 했다.

나는 성좌로서의 몸을 움직여 보았다.

그 격이 다르다 한들 본질은 인간인지라, 움직이는 방법은 비슷했다.

사실 비슷하다기보다는 똑같다에 가깝지만, 완전히 똑같지는 않기에 미묘하게 헷갈리는 점이 있었다.

그렇더라도 발을 옮기는 것, 걷는 것, 뛰는 것까지는 아무 문제 없이 가능했다.

그래서 적절한 위치를 잡았다.

나처럼 사람 모양으로 싸우고 있는 [고대 엘프 사냥꾼]과 [고대 드워프 광부] 사이에 끼어드는 게 좋을 것 같았다.

부부 사이에 끼어든다고 하니 좀 오해의 소지가 있을 것 같은데, 그런 건 아니고 그냥 위치적으로 끼어드는 것일 뿐이다.

…별 쓸데없는 생각을 다 하는군.

나는 훅 뛰어올라 머리와 사지가 잘려 나간 몸뚱이 같은 미궁 바깥의 존재에게 킥을 갈겼다.

뻐어어억!

내게 걷어차인 몸뚱이가 마치 공처럼 포물선을 그리며 하늘에 떠올랐다가 바닥에 처박혔다.

[고대 엘프 사냥꾼이 놀랍니다.]

[고대 드워프 광부가 경악합니다.]

아니, 그렇게 놀라실 것까지야.

[고대 엘프 사냥꾼이 그렇게 하는 거 아니라고 합니다.]

[고대 드워프 광부가 신나게 웃습니다.]

…어, 놀란 게 다른 의미로 놀란 거였어?

그러나 내게 걷어차인 몸뚱이는 다시 일어나지 못했다.

[고대 엘프 사냥꾼이 경악합니다.]

[고대 드워프 광부가 놀랍니다.]

아니, 이번엔 또 왜?

아무튼 이 방법이 틀리지는 않은 모양이다.

그래서 나는 쓰러져서 움직이지 못하는 몸뚱이에게 다가가 마구 짓밟기 시작했다.

그러자 꿈틀거리던 몸뚱이는 곧 움찔거리지도 못하게 됐고, 그 자리에 축 늘어져 버리고 말았다.

놈의 죽음을 확인한 직후, 내게 힘이 솟아오르기 시작했다.

성좌의 힘이다.

내 발차기 한 방에 나가떨어졌어도 상대의 격 또한 성좌. 처치에 공헌함으로써 그 보상을 얻은 것이다.

[지구의 챔피언이 이런 식으로 하면 되냐고 묻습니다.]

[고대 엘프 사냥꾼이 마지못해 고개를 끄덕입니다.]

[고대 드워프 광부가 크게 웃습니다.]

[고대 엘프 사냥꾼이 왜 웃냐고 묻습니다.]

그렇게 또 부부 싸움은 시작되었다.

*　　　　*　　　　*

두 부부 성좌가 서로 싸우게 놔두고, 나는 눈을 돌렸다.

이쪽을 다 정리했으니, 이제 다른 쪽에 개입할 생각이었다.

결론부터 말하자면 그럴 필요는 없었다.

번쩍! 번쩍! 번쩍!

[세 번 위대한 이]의 눈에서 발사된 광선을 맞은 미궁 바깥의 존재가 마치 불에 지져진 개구리처럼 꿈틀거리더니 뻗어 버렸기 때문이다.

그리고 다른 성좌들이 바로 뻗은 존재를 밟아 죽였다.

[신비]가 미궁 바깥의 존재에게 잘 먹힌다더니, 가장 신비로운 존재인 [세 번 위대한 이]가 활약한 모양이다.

뭐야, 저렇게 잘 싸울 거면서 나한테는 뭐하러 끼어들라고 한 거야?

이런 생각이 드는 것도 어쩔 수 없다.

[세 번 위대한 이가 오랜만에 힘을 많이 썼더니 어깨가 뭉친다고 불평합니다.]

어… 어깨가 어느 부위인데요?

전부 눈 달린 날개로만 이뤄진 주제에 어깨니, 뭐니 하고 있으니 너무 어이가 없어 헛웃음조차 새어 나오질 않았다.

[세 번 위대한 이는 사위가 없었으면 졌을 수도 있었다며 당신을 칭찬합니다.]

예? 뭐가 없어요?

사… 위?

제가 여기서 4위입니까? 아닌 것 같은데?

이런 소릴 하며 딴청을 피웠더니, [세 번 위대한 이]는 이런 반응을 보였다.

[세 번 위대한 이는 당신의 겸허함을 마음에 들어 합니다.]

있는 힘껏 모르는 척을 해 봤지만, 나는 눈치채고 말았다.

저 날개 더미 아저씨가 나를 [행운의 여신], 그러니까 티케와 결혼시키려고 한다는 것을!

그래서 날 성좌로 만든 거였어!

날 속였어!

…이렇게 화를 낼 일은 또 아니긴 하다.

게다가 이게 확정적인 것도 아니니까.

[세 번 위대한 이]에게 다른 딸이 있을지도 모르지 않는가?

…저 날개 더미의 다른 딸이라…….

상상한 순간, 나는 그나마 [행운의 여신]이 천사라는 것을 알아챌 수 있었다.

외견이 꼬맹이, 그러니까 이수아인 건 좀 마이너스다만.

적어도 인간형의 모습을 취하고는 있지 않은가?

나는 성좌가 자기 모습을 바꿀 수 있다는 현실에서 눈을 돌렸다.

진실 따위 아무래도 좋았다.

아니, 그런데 왜 난 또 [세 번 위대한 이] 입에서 사위라는 단어 하나 나왔다고 이렇게 번뇌에 시달려야 하지?

저 성좌가 나와 계약한 성좌도 아닌데, 나더러 결혼하라고 강제할 수 있는 것도 아니지 않은가?

그렇게 생각하고 나니 갑자기 마음이 편해졌다.

이렇게 이성을 되찾고 나니, 조금 전까지의 나는 상태 이상에라도 걸려 있었던 것 같았다.

그런데 상태 메시지에는 아무 언급이 없었다.

…에이, 아무렴 어때.

나는 그냥 신경 끄기로 했다.

사실 이랬던 게 처음도 아니고.

내가 혼자 이상해지는 건 [불변의 정신]으로도 막을 수 없다는 건 ★을 달고도 달라지지 않은 모양이다.

[지구의 챔피언이 성좌는 어떻게 싸워야 하는 건지 모르겠다고 하소연합니다.]

[세 번 위대한 이가 그냥 하던 대로 하면 된다고 조언합니다.]

[고대 엘프 사냥꾼은 아니라고 하던데?

내가 뭐 잘못 싸우고 있나?

이런 내용을 말했더니, 이런 답이 돌아왔다.

[세 번 위대한 이가 너는 그래도 된다고 합니다.]

아… 그래요?

장인어른께서 그렇게 말씀하신다면야…….

아니, 내가 왜 [세 번 위대한 이]를 장인어른이라고 생각했지?

아무래도 번뇌가 완전히 없어진 것만은 아닌 모양이다.

9장
—
제48층

　미궁 바깥의 존재를 모두 처리하자, 47층은 본래의 모습으로 돌아왔다.

　나는 [세 번 위대한 이]를 비롯한 성좌들과 많은 이야기를 나누었다.

　물론 채널을 통해서다.

　성좌가 현현하는 것에도 많은 비용이 든다고 하니 당연하다면 당연한 선택이었다.

　그렇다고 내가 부담을 느낄 필요는 없었다.

　적 성좌를 처처함으로써 적지 않은 힘이 들어오는 걸 내가 몸으로 직접 느껴 보지 않았는가?

　비록 이번 전투는 조금 아슬아슬했지만, 그래도 모두들 꽤 많이 벌어 갔을 것이다.

그래서 그런지 일곱 성좌는 물론 [세 번 위대한 이]도 자신의 초환권을 공짜로 넘겨줌과 동시에 보상 점수도 주었다.

보상 점수: 60점.

그리고 [성좌의 파편]도 받았다.

아, [세 번 위대한 이]의 퀘스트 보상과는 별개로 받은 거였다.

여기에 내가 몸뚱이를 밟아 죽여서 얻은 성좌의 힘도 [파편]으로 변환됐다.

이게 꽤 많았다.

받은 거 다 합치니까 373개나 되더라.

이게 이렇게 쌓였나 싶을 정도다.

물론 이 정도로 성좌가 되는 건 무리였다.

아마 500개는 모여야 하지 않을까?

더 필요할 수도 있고.

회귀 전의 김민수는 성좌가 된 적이 없으니, 이런 건 다 추측일 뿐이다.

그러나 직감적으로 느껴지는 게 있었다.

…그냥 성좌들에게 물어볼까 싶었지만, 굳이 지금 물어볼 필요는 없을 것 같았다.

어차피 아직 멀었다는 건 확실한 데다, 진짜 성좌가 될 건지 말 건지조차 정하지 않았는데 이런 질문을 벌써 입 밖에 낼 이유가 없지.

그래서 성좌들과 한 이야기는 이런 주제와 전혀 관계가 없었다.

아, 물론 보상에 관한 건 이야기가 오갔고 다 잘 받았지만.

좀 더 중요하게 다뤄진 화제는 이것이었다.

[세 번 위대한 이가 미궁 47층부터 이런 상태라면, 그다음은 볼 것도 없다고 말합니다.]

[피투성이 피바라기가 왜 네가 회의를 주도하는 것처럼 말하냐고 묻습니다.]

[아름다운 로맨스가 47층이 이 정도면 48층도 미궁 바깥에 점령당했을 거라 추측합니다.]

[피투성이 피바라기가 아군이 더 필요하다고 말합니다.]

[세 번 위대한 이가 나 하나로는 성에 안 차냐고 묻습니다.]

[피투성이 피바라기가 아군이 더 필요하다고 말합니다.]

[세 번 위대한 이가 그런 식으로 노골적으로 무시하면 상처받는다고 말합니다.]

[피투성이 피바라기가 아군이 더 필요하다고 말합니다.]

성좌들과 오간 이야기는 이런 식이었다.

보고 있노라면 [피투성이 피바라기]가 좀 애처럼 보이겠지만 내 눈에도 그렇게 보이니까 괜찮다.

[말과 돌고래 애호가가 그러면 우리 형님은 어떠냐고 제안합니다.]

[피투성이 피바라기가 아군이 더 필요하다고 말합니다.]

[아름다운 로맨스가 끌어내려져 존경받는 왕 정도면 든든한 우군이라고 말합니다.]

[피투성이 피바라기가 반대합니다.]

[태생부터 강한 자가 찬성합니다.]

[아름다운 로맨스가 3:1로 다수결 통과를 선언합니다.]

[피투성이 피바라기가 이런 식으로 나올 거냐고 묻습니다.]

그런데 이런 이야기는 나 빼놓고도 할 수 있는 거 아닐까?

슬슬 이런 생각이 들 때쯤.

[말과 돌고래 애호가가 끌어내려져 존경받는 왕을 초대합니다.]

[끌어내려져 존경받는 왕이 입장합니다.]

[피투성이 피바라기가 인정할 수 없다고 외칩니다.]

[피투성이 피바라기가 위대한 아버지의 입장을 반긴다고 말합니다.]

[끌어내려져 존경받는 왕이 뭘 인정할 수 없냐고 묻습니다.]

[피투성이 피바라기가 위대한 아버지께서 이 회의의 주관자로 추천한다고 외칩니다.]

[끌어내려져 존경받는 왕이 기쁘게 추천을 받아들이겠다고 말합니다.]

아니, 이거 보고 있어도 괜찮을 거 같다.

재밌어. 흥미롭고.

아무튼 다른 성좌들도 [끌어내려져 존경받는 왕]이 회의의 주관자가 되는 것에 찬성했고, 잠시 현 상황에 대한 브리핑을 [피투성이 피바라기]가 주도했다.

그 브리핑을 다 들은 [끌어내려져 존경받는 왕]은 당연한 결정을 했다.

[끌어내려져 존경받는 왕은 그렇다면 나도 초환권을 내 신하에게 주겠노라고 선언합니다.]

이렇게 나는 아홉 성좌의 초환권을 손에 넣게 되었다.

그 후에는 몇 가지 잡다한 이야기가 오가고, 이대로 회의가 파장되는 분위기였다.

그런데… [행운의 여신]은 지금 뭘 하는 거지?

이번에도 친척 어른들 다 떠난 다음에나 고개를 빼꼼 내밀 건가?

그럴 수도 있겠다 싶다.

사람은 잘 변하지 않고, 성좌는 더더욱 그러니까.

뭐, 어차피 [행운의 여신]의 성상은 인벤토리 안에 잘 들어 있겠다, 필요하다 싶으면 부르면 되겠지.

사실 [행운의 여신]은 별로 센 거 같지도 않으니 굳이 부를 일이 있을까 싶긴 하지만…….

사람 일은 모르는 거니까.

회귀 전의 지식과 정보가 거의 도움이 안 되게 된 지금은 더더욱 가슴에 와닿게 느껴지는 관용구다.

          *   *   *

47층을 미궁 바깥의 존재들로부터 수복했고, 이제는 위험하지 않다는 성좌들의 확언도 받았다.

그래서 나는 46층에 남은 모험가들에게 연락해서 올라오도록 조치했다.

한데 그렇게 수복된 47층에는 사소한 문제가 있었다.

몬스터들이 존재하질 않았다.

계단에서 모험가를 가로막아야 하는 지상 몬스터는 물론이고 어디선가에서 날아와야 하는 비행 몬스터도 그림자조차 비추지 않았다.

상황이 이렇다 보니 적 팀이 등장하지 않는 건 당연하게까지 여겨졌다.

[행운의 여신이 미궁 바깥의 존재가 다 빨아먹었으리라고 추측합니다.]

그렇다고 한다.

아니, 진짜로 친척 어른들 다 가고 나니까 방문 열고 나오네.

우리 여신님… 이대로 괜찮은 걸까요?

뭐, 안 괜찮을 거야 없다.

"그런데 여신님, 거래 안 하실래요?"

그리고 보니 [세 번 위대한 이]의 퀘스트를 깨야 한다.

[행운의 여신]을 상대로 [성좌의 파편]을 다섯 개 거래해야 하는 퀘스트.

[행운의 여신이 뭐가 필요하냐고 묻습니다.]

글쎄요, 뭐가 필요할까요?

나는 나도 모르게 되물을 뻔했다가 입을 꼭 닫았다.

"[성검]이요. [성검] 있으시죠?"

순발력 좋았다, 나!

지금에야 생각난 거지만, [행운의 여신]으로부터 [성배]는 받았어도 [성검]은 받은 적이 없다.

그러니까 이번 기회에 사면……!

[행운의 여신이 당황합니다.]

앗, 이 반응은… 설마 성검이 없는 건가?

아니면 다른 사람 주기 꺼려질 정도로 부끄러운 물건인가?

어느 쪽이건 내가 잘못 건드린 것 같다.

"그, 그러면 초환권 주세요!"

그래서 나는 눈치 빠르게 [성검] 이야기를 집어넣고 더 만만한 초환권으로 요구사항을 변경했다.

[행운의 여신이 망설입니다.]

아니, 이 방구석 여신이……!

[행운의 여신이 아무도 없을 때 부를 거라고 약속하면 줄 수 있다고 말합니다.]

아니, 이 방구석 여신이……!!

"그럼 그냥 성검 주세요."

나는 극단의 조치를 취하기로 했다.

[행운의 여신이 당황합니다.]

                    *   *   *

결국 나는 [행운의 여신]으로부터 [행운의 여신의 청동 동전★★★★]과 초환권을 얻어 냈다.

성검이 처음부터 없는 건지, 보여 주기 부끄러운 건지는 모르겠다만 이야기를 나눠 볼수록 어째 후자 쪽에 무게가 실리더라.

없으면 그냥 아직 없다고 말하면 될 텐데, 끝까지 말을 돌리면서 차라리 초환권 주겠다고 하는 걸 보니 말이다.

어쨌든 예상했겠지만 [청동 동전★★★★]의 가격은 [파편] 4개였고, 초환권은 1개였다.

합계가 5개.

딱 [세 번 위대한 이]가 준 성좌 퀘스트를 깰 만큼 소모한 셈이다.

[행운의 여신의 청동 동전★★★★]: 충분한 가치의 물건을 청

동 동전과 교환할 수 있다. 교환한 물건은 청동 동전을 지불해 50배까지 다시 사들일 수 있다.

[행운] 능력치 1을 청동 동전 한 닢과 교환할 수 있다. 이렇게 소모된 [행운]은 시간이 지남에 따라 회복된다.

★이 하나 더 붙음으로써 바뀐 것은 두 가지다.

5개까지였던 재매입 수량 제한이 열 배로 늘어난 것.

소모된 행운의 회복 속도에 '천천히' 가 빠진 것.

둘 다 마음에 드는 변화다.

이걸로 오랜만에 [하이퍼 파워 아머]의 업그레이드나 단행해 볼까?

뭐, 그건 나중에나 생각하고.

초환권은 [행운의 여신]이 말한 것처럼 주위에 아무도 없을 때만 쓰는… 게 아니라!

아무 때나 쓸 수 있는 초환권이다.

이건 좋은 거다.

이제 친척 어른 무리 사이에 던져져 패닉 상태에 빠진 채 엉엉 우는 [행운의 여신]을 관찰할 수 있게 됐으니까.

상상하니까 조금 흥분된다.

꼭 써먹어야지.

*　　　　*　　　　*

몬스터가 없는 덕택에 모험가들은 수월하게 47층을 돌파할 수 있었다.

레벨을 전혀 올리지 못한 건 좀 신경 쓰이지만, 어쩔 수 없는 일 아니겠는가?

하지만 치명적이었던 건, 원래 47층에서 나와야 할 비밀조차 없어졌다는 거다.

원래 계단의 특정 부분을 몇 번 이상 밟으면 특별한 전리품을 주는 몬스터가 나오는 식이었는데…….

아무래도 그 몬스터까지 미궁 바깥의 존재가 빨아먹었나 보다.

…기대했었는데! 용서 못 해!

그래서 먼저 홀로 48층에 나간 나는 바로 성좌 초환부터 준비했다.

용서할 수 없다고만 했지, 반드시 내 손으로 패 죽이겠다고는 말하지 않았다!

"어라?"

그런데 이상했다.

"멀쩡하네?"

말 그대로다.

48층은 멀쩡했다.

겉보기에는.

[피투성이 피바라기가 이럴 리가 없다고 합니다.]

47층을 완전히 먹어 치워 탑 바깥처럼 만들어 둔 놈들이 48층은 그대로 남겨 둔다?

이런 예상을 한 성좌는 아무도 없었다.

"예, 저도 그렇다고 생각합니다."

나도 동의하는 바이고.

하지만 일단 눈앞에 펼쳐진 광경은 멀쩡했다.

그 광경이라 해 봤자 산맥이 시야를 가로막고 있어서 별 게 보이지도 않았지만, 회귀 전의 김민수가 보내 준 영상의 모습과 똑같았다.

48층은 이제까지 41층부터 47층까지 등장했던 모든 요소가 종합되어 나오는 종합 선물 세트와 같은 구성이었다.

던전을 돌파한 후 탑에 올라 정상에 놓인 계단을 오르면 다음 탑이 있고, 그 탑을 내려가 던전을 돌파하면 끝나니까.

순서는 조금 뒤섞였지만, 그게 뭐 그리 중요하겠는가?

만약 이 층이 정상이라면, 반대쪽 던전을 통해 적 팀이 한창 기어 오고 있을 터였다.

그걸 생각한다면 사람들을 불러와 이쪽에서도 얼른 48층을 돌파해 맞불을 놓는 것이 정석이지만…….

"흠."

이거 영 함정 같단 말이지.

"안 그렇습니까?"

[끌어내려져 존경받는 왕이 내 신하의 통찰력이 훌륭하지 않냐고 자랑합니다.]

[피투성이 피바라기가 실로 그 말씀 그대로라 그 왕에 그 신하라 찬탄합니다.]

…이런 반응을 원한 건 아니었는데.

재밌으니까 됐나!

그거야 뭐 아무튼, 이런 상황에서 섣불리 사람들을 불러올 수야 없다.

그렇다면 어떻게 해야 하는가?

당연히 선발대를 보내서 정찰해야 하지 않겠는가?

그래서 나는 선발대를 조직했다.

"선발대, 출동."

선발대의 구성은 한 명.

나 혼자다.

이젠 익숙해진 일이다.

　　　　　　*　　　　　　　*　　　　　　　*

　나는 홀로 던전을 돌파하고 탑을 올랐으며 계단을 답파했다.

　힘들지는 않았으나 대단히 귀찮고 성가신 일이었다.

　던전도 던전이지만 원래는 4개 팀으로 나뉘어 공략해야 하는 탑이 가장 성가셨다.

　그리고 나는 어떤 결론에 이르렀다.

　"뭔가 이상하다."

　뭐가 이상하냐고?

　비밀이 없다.

　원래 48층에는 41층부터 47층을 다 합친 것보다 더 많은 비밀이 나온다.

　그 대부분이 몬스터를 소환시켜 싸워 이기고 보상을 얻는 형태인 건 좀 아쉽지만, 어쨌든 보상만 모아 놓고 보면 꽤 짭짤하니 간이 맞다.

　회귀 전의 김민수가 보상들만 쭉 늘어놓고 내게 자랑하는 영상을 따로 하나 찍을 정도였으니 말 다 했지.

그런데 그 보상이 없는 것은 물론, 몬스터도 나오질 않는다.

만약 내게 회귀 지식이 없었더라면 이상함을 느끼지 못했겠지.

비밀 몬스터만 안 나오지, 일반 몬스터는 잘 나와서 나를 한층 더 귀찮게 만들고 있었으니까.

그 정도로 잘 만들어진, 정교한 구성이다.

하지만 먹어야 할 보상을 못 먹은 나는 이상함을 느끼는 것으로도 모자라 분노마저 느끼고 있었다.

"나를 속였어! 용서 못 해!"

이 일을 꾸민 배후는 책임을 져야 한다.

기대에 가득 차 두근대며 홀로 계단에서 탭 댄스를 췄던 나에게 모욕감을 줬다.

절대 용서할 수 없다.

좌우지간 여기가 제대로 된 48층이 아니라는 건 알아챘다.

그럼… 이제부터 어떻게 해야 하지?

[세 번 위대한 이가 신비한 폭발을 써 보라고 합니다.]

"아, 예."

펑.

촤아악.

폭발이 일어났다.

파직.

그리고 세계가 잠시 찢겼다.

깜박, 깜박.

폭발로 인해 잠깐 미궁 바깥과 비슷한 상태가 되었지만, 두어 번쯤 깜박인 후에 다시 원래 48층의 상태(로 되돌아왔다.

아니, 이건 '원래' 라고 할 수 없지.

이건…….

[세 번 위대한 이가 웃습니다.]

뭐야, 갑자기 왜 웃어. 무섭게.

[세 번 위대한 이가 폐하, 폐하의 신하가 거짓을 찢어 내고 진실을 밝혔나이다,라고 말합니다.]

여기서 폐하가 누구를 가리키는 건지는 명백했다.

[끌어내려져 존경받는 왕이 기꺼워합니다.]

[왕]이겠지.

[세 번 위대한 이가 당신에게 무료 초환권을 제공합니다.]

[세 번 위대한 이가 부르라고 합니다.]

나는 즉각 초환권을 사용했다.

그러자 보기만 해도 꿈에 나올 것 같은 형상의 [세 번 위대한 이]가 현현했다.

그와 동시에, [신비]의 빛이 번뜩였다.

그제야 세계는 완전히 찢겨나가고, 본 모습을 드러내었다.

이미 미궁 바깥의 존재에 의해 포식당해, 미궁으로써의 역할을 하지 못하게 된 48층의 모습이.

＊　　　　＊　　　　＊

스산한 검은 하늘에는 별빛이 반짝이지만, 저 하나하나의 별은 결코 상서롭지 않았다.

오히려 요요하게 빛났다.

[세 번 위대한 이가 폐하, 명령을 바랍니다,라고 말합니다.]

[끝어내려져 존경받는 왕이 고개를 끄덕입니다.]

나는 눈치 빠르게 다른 성좌들의 초환권도 사용했다.

아홉의 성좌가 이 자리에 나타났다.

—■■—! —■■—!

멀리서 무언가의 비명 소리가 들렸다.

아니, 저것을 비명이라 할 수 있을까?

그 이전에, '소리'이기나 할까?

—[불변의 정신★]이…….

—지지… 치직…….

상태 메시지가 라디오 꺼지듯 꺼져 없어졌다.

상태창도 켜지지 않고 인벤토리도 열리지 않는 것을 보아, 환경 자체가 완전히 미궁 바깥이 되어 버린 모양이다.

나는 [아공간 금]을 이용해 인벤토리에서 [성좌의 파편]을 꺼내 들었다.

직접 나설 생각은 별로 없었지만, 어디까지나 만약을 위해서였다.

기껏 초환되어 온 성좌들은 아무 말도 없었다.

다만 본 모습을 드러낸 탓에 표정을 확인하기는 힘들었지만, 긴장한 기색이 역력한 것은 알아챌 수 있었다.

—■■—! —■■—!

비명 소리가 가까워져 왔다.

이렇게 듣고 보니 내가 고막을 통해 이 소리를 듣고 있는 게 아님을 새삼스레 확신할 수 있었다.

역시 소리가 아니었다.

그리고… 비명 또한 아니었다.

—■■—!

그것은 기도였다.

찬송이었으며, 예배였다.

위대한 '것'에 바치는 경배.

—■■—!

그 외침과 함께, 온갖 혐오스러운 것들이 빛살 같은 속도로 이쪽을 향해 날아들고 있었다.

하나 저것들은 추종자에 지나지 않았다.

문제는 그 추종자 하나하나가 전부 성좌급이라는 것이지만…….

[끌어내려져 존경받는 이가 전투를 준비하라고 외칩니다.]

미궁 내부의 성좌도 쉬이 포기할 생각은 없어 보였다.

*   *   *

결과부터 말하겠다.

"크흑! 쿠헉!"

우리의 승리였다.

그럼 조금 전의 괴로운 기침 소리는 뭐냐고?

성좌에서 인간으로 돌아오는 게 좀 괴로워서 그랬다.

존재의 격이 쪼그라드는 게 아프더라고.

그래, 맞다. 나도 [성좌의 파편]을 사용해 성좌로서 참전했다.

그리고 흑자냐 적자냐만 따졌을 때는 큰 폭의 흑자를 보았다.

그야 이렇게 많은 성좌를 죽였으니 흑자가 안 나는 게 더 이상하지.

이거 이러다가 진짜 성좌가 되어 버리는 게 아닐까 싶기도 하다.

성좌로서 전투에 끼어들기 전에 비해 두 배 가까이 늘어난 [성좌의 파편] 수를 보며, 나는 쓴웃음을 지었다.

[끌어내려져 존경받는 왕이 상당히 잘 싸웠다고 당신을 치하합니다.]

"아, 감사합니다."

나는 꽤 활약했다.

사실 수가 많아서 그렇지, 전체적인 수준은 저열했기 때문이었다.

[성좌의 파편]으로 임시 성좌 자리에 오른, 그것도 이번에 두 번째라 성좌로서의 힘을 다루는 데에 미숙한 나한테도 얻어터질 정도니 말 다 했지.

하긴 딱히 그 때문만은 아닌 듯하지만.

[피투성이 피바라기가 두 번째 보는 건데도 신기하다고 찬탄합니다.]

성좌들은 물리 법칙대로 싸우지 않는다.

애초에 [피투성이 피바라기]의 본체가 행성 같은 데서 알겠지만, 뭔가 성좌의 힘으로 형이상학적인 싸움을 벌이는 모양이더라고.

하지만 나는 다르다.

그냥 두들겨 패고, 발로 짓밟고 하는 공격이 대부분이다.

앞서 [고대 엘프 사냥꾼]이 지적했듯, 이것은 제대로 된 공격 수단이 될 수 없는 모양이다.

그런데… 나는 됐네?

[세 번 위대한 이가 역시 사위라며 흐뭇해합니다.]

아니, 그러니까 그것 좀 그만하시면 안 될까요?

[세 번 위대한 이는 별로 놀라지 않는 것을 볼 때, 내가 이렇게 싸우리라고도 짐작했고 이 싸움 방법이 통하리라는 것도 알고 있었던 모양이다.

뭐, 자세히는 모르겠지만 물어봐도 제대로 대답해 줄 리 만무하니 그냥 질문은 꿀꺽 삼켜 놓았다.

아마도 [신비] 덕이겠지.

내가 [행운]과 [지식] 다음으로 얻은 능력치가 바로 [신비]이며, 나는 거의 전투가 일어날 때마다 [신비]를 활용해 왔다.

그리고 미궁 바깥의 적들 상대로는 [신비]가 아주 잘 통했다는 사실을 상기해 볼 때, 이게 어떻게 돼서 그렇게 됐… 다는 것을 추측해 볼 수 있다.

뭐가 어떻게 되고 그렇게 된 건지는 모르겠다만.

언젠가는 알 수 있겠지.

아니면 나중에라도 물어보든가.

그렇지만 지금은 물어볼 타이밍이 아닌 것 같았다.

[세 번 위대한 이가 아무래도 '놈' 은 49층에 도사리고 있는 것 같다고 합니다.]

상황이 심상치 않거든.

48층은 원래 상태로 돌아가고 있었다.

여길 점령하고 있던 미궁 바깥의 존재가 배제됐다는 의미다.

물론 내가 막 입장했을 때 상태를 생각해 보면 이조차도 기만

일 가능성을 배제할 순 없겠다.

그러나 그 가설은 금방 부정됐다.

[신비한 폭발]을 써도 아무렇지도 않았거든.

[세 번 위대한 이]도 그건 아니라고 장담했으니, 안심하고 대기 중인 모험가들을 데려와도 될 것 같았다.

문제는 49층이다.

애초에 성좌들이 긴장한 것은 '놈'이 여기에 있을 수도 있다는 가능성 때문이었다.

결과적으로 '놈'은 없고 그 추종자들만 그득그득 몰려와, 긴장한 것치고는 쉽게 전투가 끝나 버렸지만…….

그저 있을 가능성만으로 성좌들조차 이토록 긴장하게 만드는 존재가 다음 층에 도사리고 있다는데, 어떻게 걱정을 안 할 수 있겠는가?

[세 번 위대한 이가 미리 대비할 필요가 있다고 말합니다.]

[끌어내려져 존경받는 왕이 무겁게 고개를 끄덕입니다.]

그런데 '놈'은 또 누구지?

나는 홀로 궁금해했다.

성좌들의 회의가 끝나고 나면 [세 번 위대한 이]에게 채널을 연결해 슬쩍 물어봐야겠다.

[끌어내려져 존경받는 왕이 당신을 부릅니다.]

"아, 예!"

잠깐 다른 생각을 하고 있는 새, 성좌들의 시선이 나를 향하고 있음을 뒤늦게 깨달았다.

설마 욕먹는 건가, 싶을 때.

[끌어내려져 존경받는 왕은 너야말로 희망이며 새로운 구심점이 될 것이라고 선언합니다.]

어… 예? 뭐라고요?

[피투성이 피바라기가 박수를 치며 크게 환호합니다.]

[아름다운 로맨스가 동의를 표합니다.]

[태생부터 강한 자가……]

뭐지?

뭔데!?

*   *   *

[끌어내려져 존경받는 왕의 제안은 다음과 같았다.

"제가 모험가들의 대표가 되라고요?"

[정확히는 아버지가 되라고 끌어내려져 존경받는 왕이 정정해 줍니다.]

그것은 바로 나를 정식 성좌로 올리겠다는 거였다.

그것도 보통 성좌가 아니라 자신의 추종자를 지니는 성좌로.

엘프를 추종자로 지니는 [고대 엘프 사냥꾼]이나 드워프를 추종자로 지니는 [고대 드워프 광부] 같은, 그런 성좌 말이다.

"그치만… 그러면 다시 모험가로 돌아오지 못하게 되지 않습니까?"

[끌어내려져 존경받는 왕이 그렇다고 합니다.]

"그건 좀……."

[끌어내려져 존경받는 왕이 왜 그러느냐고 묻습니다.]

왕 성좌의 메시지에 적지 않은 인내심이 함유되어 있다는 사실을 눈치챈 나는 그냥 사실대로 말하기로 했다.

"미궁을 정복하고 지구 문명을 재생한다는 소원을 이루기 위해서입니다."

그러자 잠깐 침묵이 오갔다.

[끌어내려져 존경받는 왕이 '미궁이 소원을 들어준다'는 소린 어디서 누구한테 들었느냐고 묻습니다.]

…앗.

"소문을 들었습니다."

나는 곧이곧대로 말했다.

그저 소문이 돌았고, 우리는 그것을 믿었다는 것을.

달리 근거도 없고 믿을 만한 출처도 없음에도 그것을 믿어 버렸다는 것만으로 비웃음을 사고도 남을 만한 일이었다.

그러나 놀랍게도 [왕] 성좌를 비롯한 다른 성좌들은 내 말을 비웃지 않았다.

[끌어내려져 존경받는 왕이 미궁의 헛짓거리라고 말합니다.]

[세 번 위대한 이가 미궁에 끌려오기 직전 모험가들의 심층 의식에 새겨진 암시일 가능성이 크다고 추측합니다.]

"아……."

나는 잠깐 멍해졌지만, 곧 성좌들의 말을 알아듣고 고개를 끄덕였다.

[불변의 정신]은 결코 만능이 아니다.

지금은 ★을 달아서 미궁 바깥의 존재를 직시할 수 있지만, + 하나 달지 못했던 시절의 나는 [비의 계승자가 뱉은 침에도 데굴데굴 굴러야 했다.

더욱이 성좌들이 말하는 '암시'란 고유 능력을 받기 전에 이미 새겨져 있던 걸로 보인다.

그렇다면 [불변의 정신]으로 '암시'에 저항한다는 건 앞뒤가 맞지 않는다.

애초에 저항조차 못 했을 테니까.

미궁 탐사가 시작되기도 전에 모험가 모두에게 걸린 암시라…….

근거도 출처도 없는 소문을 모험가 모두가 동시에 의심 없이 믿어 버린 이유가 이거라면 납득할 수밖에 없다.

"그럼 소원은……."

[끌어내려져 존경받는 왕이 소원이 뭐냐고 묻습니다.]

…뭐, 굳이 이런 것까지 숨길 필요는 없겠지.

"지구 문명의 재생입니다."

그러자 이것도 비밀로 판정되긴 한 모양인지, [비밀 교환★]이 반응했다.

뭐, 어차피 ★ 달려서 외상으로도 비밀 교환이 가능한데 상관있냐 싶긴 하지만, 그래도 미리 아이콘 달아 두면 좋긴 하지.

[끌어내려져 존경받는 왕이 미궁의 힘으로 그 소원을 이루는 건 무리라고 합니다.]

"어, 예? …진짜로요?"

딴생각하느라 반응이 조금 늦었다.

[끌어내려져 존경받는 왕이 그렇다고 단언합니다.]

왕 성좌의 대답을 듣고 난 내 얼굴이 그렇게 똥 씹은 표정이

된 건가, 피바라기 성좌가 곧이어 이렇게 말했다.

[피투성이 피바라기가 다른 소원이라면 미궁이 들어줄 수도 있었다고 합니다.]

[그러나 지구는 힘들다고 말합니다.]

"어, 어째서……."

[태생부터 강한 자가 너는 이미 지구를 보았다고 말합니다.]

"예?!"

설마… 미궁 바깥의 모습이 지구였다는 소린가?

그거라면 확실히 납득이 간다.

애초에 미궁 바깥의 존재가 미궁에 마수를 뻗치는 것조차 제대로 대응하지 못해, 나를 비롯한 미궁 내부의 성좌들이 나서게 만들고 있지 않은가?

그런데 미궁 바깥의 그 땅이 지구의 대지였다면, 미궁의 힘만으로 바깥을 정화하고 사람이 살 만한 땅으로 만드는 건 확실히 불가능해 보였다.

능력이 안 된다.

[태생부터 강한 자가 눈치챘냐고 묻습니다.]

"네, 네……."

아니, 잠깐.

혹시 내가 잘못 알았을 수도 있잖아?

괜히 애매한 표현으로 혼자 착각했다가 나만 손해 볼 수는 없지.

여기선 확실히 짚고 넘어가자.

"미궁 바깥 말씀이시죠?"

[태생부터 강한 자가 그렇다고 대답합니다.]

[태생부터 강한 자가 역시 눈치가 빠르다고 기꺼워합니다.]

아… 솔직히 아니길 바랐는데.

이럴 줄 알았으면 그냥 여지를 남겨 둘걸.

후회해 봤자 이미 늦었다.

"그럼 역시 제 소원은 이뤄지지 못하는 거로군요."

[끌어내려져 존경받는 왕이 그렇지 않다고 말합니다.]

"예?"

[세 번 위대한 이가 미궁에게 꿈을 맡기지 말고 너 스스로 꿈을 이룰 수 있도록 위대해지라 말합니다.]

"그 말씀은……."

[소년이여, 신화가 되어라! …고 아름다운 로맨스가 외칩니다.]

…아니, 저 소년이라 불릴 나이는 아닙니다만.

이 말은 입 밖에 꺼내지 않았다.

다들 나보다 연장자일 게 뻔하니까.

그것도 수백 살, 어쩌면 수천 살 단위로 말이다.

아무튼 결론은 나더러 신화가… 아니라, 성좌가 되라는 거로군.

하지만 사람이란 게 신기하다.

이 성좌들에게서 많은 도움을 받았다.

함께 싸우기도 했고, 싸우는 것을 지켜보기도 했다.

그렇기에 이 성좌들은 내게 있어서 좋은 후원자인 동시에 전우이기도 했다.

아군, 같은 편이라고 생각한다.

그러나 그것은 이제까지 나와 성좌들의 이해가 일치했기 때문이다.

그런데 만약, 나와 성좌들의 이해가 일치하지 않는 사안 앞에서도 우리는 같은 편인 채로 있을 수 있을까?

물론 있을 수 있다.

어느 한 편이 희생한다면.

아니면… 모르는 채로 희생당하든가.

이런 경우에는 정보의 불균형이 한쪽을 호구로 만들 수밖에 없도록 되어 있다. 그리고 지금 이 상황, 나는 명백히 정보량에 있어 열세에 놓여 있다.

그렇다면… 이 불균형, 열세를 해소할 방법은 하나.

[비밀 교환★]

과연 내 눈앞의 이 성좌들이 내 고유 능력, [비밀 교환★]의 존재를 인지하고 있을까?

가능성은 크다고 생각한다.

왜냐하면 이 능력의 존재를 아는 성좌가 있으니까.

[행운의 여신]에게 이 능력을 사용할 때, 능력의 존재를 밝힘으로써 [비밀 교환]을 성립시켰으니.

여신이 아버지인 [세 번 위대한 이]에게 내 고유 능력을 밝혔을 가능성을 떠올리지 않을 수 없다.

게다가 미궁을 통과하면서 이 능력을 좀 남용하기도 했고.

그러나 내가 능력의 사용을 선언하지 않은 채 사용했을 때, 발동한 사실을 알아차릴 수 있을까?

이건 모른다.

왜냐하면 아직 들킨 적이 없으니까.

애초에 [비밀 교환]에 ++를 달기 이전까지는 상대에게 비밀을 말해야 했으니, 이것 자체가 능력 사용의 방아쇠처럼 작용했다.

하지만 ★을 단 지금은 딱히 비밀을 말할 필요도 없다.

일일이 아이콘을 누를 필요도 없고, 원거리에서 생각하는 것만으로 발동할 수 있다.

더욱이 지금은 이 자리의 모든 성좌에게 내 꿈의 내용을 말함으로써 능력 발동의 조건을 이미 달성시켜 둔 상황.

상식적으로는 들키지 않으리라고 예상할 수 있다.

문제는 여기가 상식적이지 않은 환경, 즉 미궁이고, 상대도 상식적이지 않은 대상, 즉 성좌라는 점이다.

사람이면 누구라도 비밀을 들키면 화가 난다.

그리고 성좌들은 묘하게 사람 같은 면모가 있다.

그렇다면 자신들의 비밀을 읽었다는 사실을 들키면 이 성좌들 또한 화를 내겠지. 이들의 분노를 살 위험을 감수하면서까지, 비밀을 알 가치가 있을까?

나는 고민했다.

고민은 길지 않았다. 가치? 당연히 있지.

인간임을 포기하고 완전히 다른 존재가 되는 건데, 아무것도 모른 채 다른 존재의 말만 듣고 결정할 수는 없다.

따라서 나는 능력을 발동했다.

10장
—
제49층

성좌들을 상대로 [비밀 교환★]을 사용한 결과.

'아, 안 들킨 거 맞지?'

일단 아무도 모르는 것 같다.

아무도 모르는 거 맞나?

그냥 모르는 척해 주는 것일지도 모르겠지만…….

아무튼 정보는 땄다!

결론부터 말하자면 성좌들의 의도에 악의는 없었다.

거짓말한 것도 없었고.

있다고 한다면 일말의 걱정?

어쩌면 내게 자신들을 섬기는 아이들의 신앙을 빼앗길 수도 있다는 우려가 없지 않았다.

그래서 내게 성좌가 되자마자 모험가들을 지정해서 아이들로

삼으라는 거였고.

그렇게 미리 정해 놓으면 아이들의 지지를 빼앗길 가능성이 확 줄어드니까. 이 정도면 나쁜 의도 축에는 들어가지 않고, 그냥 좀 우려하는 수준이라고 봐야 했다.

그런데… 성좌들이 이렇게 나오면 근거도 없이 의심한 나머지 능력까지 써 버린 내가 쓰레기 같잖아!

나는 파도처럼 밀려오는 자괴감을 내색하지 않기 위해 노력했다.

괜찮아! 이 정도면 견딜 만해!

아무튼 충분한 정보를 손에 넣은 나는 드디어 제대로 된 판단을 내릴 수 있었다.

"하겠습니다."

성좌가 되리라, 고.

다만 모험가들의 성좌가 될 생각은 없었다.

"저는 지구인의 성좌가 되겠습니다."

모험가는 모두 지구인이며, 31~40층의 세계는 지구가 아니다.

그러니 모험가들을 이끄는 것은 여전하지만, 동시에 성좌들의 우려를 불식시킬 수 있는 한 수다.

물론 그 의도만 있는 것은 아니다.

[세 번 위대한 이가 너는 꿈을 포기할 생각이 없는 것 같다고 말합니다.]

그 말에, 나는 고개를 끄덕였다.

"그렇습니다."

지구 문명을 되찾는다는 꿈을, 여기서 포기할 생각 따위는 없었다.

그렇기에 나는 다른 인류가 아닌, 지구인을 위한 성좌가 되겠다.

지금 살아 있는 모험가만이 아닌, 앞으로 태어날 지구인들까지도 포용하는.

[끌어내려져 존경받는 왕이 그 의기를 높이 삽니다.]

그리고 성좌들은 이러한 내 선택을 기꺼이 지지해 주었다.

자괴감이 다시금 고개를 슬쩍 들었지만, 나는 그걸 다시 콱 밟았다.

"감사합니다."

                    *   *   *

그렇게 결정을 내리긴 했지만, 바로 성좌가 되기로 한 건 또 아니었다.

[세 번 위대한 이가 정식으로 성좌가 되는 건 49층에서 '놈' 과 맞닥뜨린 순간으로 하자고 제안합니다.]

[끌어내려져 존경받는 왕이 적을 기만하기에 적절한 술책이라고 평가합니다.]

[위대한 오크 투사는 적이 갑자기 예상치 못한 적수와 마주하게 되는 기습 효과를 누릴 수 있겠다고 즐거워합니다.]

나 또한 동의했다.

만만한 필멸자라 여기며 방심하고 다가와 입을 쩌억 벌린 미궁 바깥의 존재 앞에서 갑자기 성좌가 된다면?

그림도 좋고 기습 효과도 있고. 반대할 이유가 없었다.

그래서 나는 사람으로서 48층 미궁을 클리어했다.

아무리 '놈'의 하수인들을 모조리 쳐 죽여 미궁의 모습이 돌아왔다지만, 원래 미궁에 배치됐던 몬스터까지 돌아온 것은 아니었다.

그 덕에 미궁을 공략하는 건 수월했지만, 모험가들이 레벨을 못 올리는 건 매우 아쉬웠다.

당연히 내 비밀 몬스터도 마찬가지로 돌아오지 않았다.

몬스터가 나오지 않으니 보상도 안 나왔고 말이다.

나쁜 놈들! 나쁜 놈들!

나는 49층에서 꼭 '놈'을 쳐 죽이고 잡아먹어야겠다고 다시금 결의했다.

그리하여 49층까지 문 하나만 남겨 둔 상태.

"제가 먼저 들어가겠습니다. 이제는 뭐… 익숙하시죠?"

4서폿에게 성좌가 될 거라고 미리 말을 해 줘야 하나 고민하던 나는 결국 그러지 않기로 결정을 내렸다.

굳이?

이걸로 헤어지는 것도 아닐뿐더러, 영원히 못 만나는 것도 아닌데…….

그런 생각을 하며 다음 층으로 향하는 문고리를 잡았을 때였다.

"선생님."

이수아가 나를 불렀다.

"왜?"

또 무슨 소릴 하려고? 하는 말이 생략된 되물음이었다.

"다녀오세요."

되게 의외였다.

아니, 이게 왜 의외지?

헛웃음이 나왔다.

"…아니, 안 돌아올 건데?"

이런 헛소릴 한 건 나 자신도 모를 기이한 충동 때문이었다.

"내가 왜 48층에 돌아와? 49층에서 볼 생각을 해야지."

이렇게 이어 붙이긴 했지만, 솔직히 이런 생각으로 한 소린 아니었다.

이 문을 연 다음, 나는 다시 인간으로 돌아오지 않을 것이고 성좌로서 너희 위에 설 거라고 말할 순 없지 않은가?

사실 말할 수는 있었다.

그러고 싶지 않을 뿐이었지.

"그건 그러네요."

내 말에 숨은 뜻을 알아차릴 리 없는 이수아가 뒷머리를 긁으며 겸연쩍은 듯 말했다.

"…오빠."

그때, 김이선이 입을 열었다.

"어, 어디 가요?"

녀석답지 않게 말을 더듬었다.

"어디 가긴, 49층 가지."

"아, 아니. 이게 아니라……."

녀석 본인도 스스로가 왜 이러는지 모르는 듯하면서도, 김이선은 창백한 얼굴로 내게 말했다.

"왜… 안 돌아올 것처럼… 말해요?"

"그야 안 돌아올 거니까?"

"…우리 곁에요."

그 순간, 나는 할 말을 잃었다.

사실 이번 생애에 나와 4서폿이 함께한 시간은 많지 않다.

미궁에서 보낸 모든 시간을 통틀어, 홀로 움직일 때가 훨씬 많았다.

오히려 4서폿과 보낸 시간이 스쳐 지나간 것에 훨씬 더 가까웠다.

그러나, 그럼에도 불구하고 정이라는 건 스치는 만큼 쌓이는 건가 보다.

한 번 헤어지더라도 언젠가는 다시 만날 수 있으리라는 믿음이 있었던 때와 …지금은 다르다.

물론 다시 만날 수야 있다.

성좌로서.

그러나 한 번 성좌로서 피어나고 나면 다시 지금과 같은 인간의 육신으로 돌아오지 못할 것이다.

다른 성좌들이 그랬듯이, 나 또한 챔피언의 육신을 빌려 현현해야 하리라.

그것을 재회라고 하기엔… 다시 만날 수 있을 거라 단언하기엔 너무 기만적인 게 아닐까?

"괜찮습니다."

내가 입을 다물어 찾아온 무거운 침묵을 깬 것은 의외로 김명멸이었다.

"말씀하지 않으셔도 됩니다."

김명멸의 표정은 담담했다.

"성좌가 되시면 제 몸을 쓰셔도 됩니다."

와, 얘네 다 알고 있었구나.

아니, 그냥 김명멸만 먼저 눈치챈 건가?

어느 쪽이건 상관이야 없다.

이미 이 말이 뱉어진 이상, 모두가 다 알게 되었으니까.

그러나 김명멸을 책할 마음은 들지 않았다.

녀석의 입에서 나온 말에 충격을 받거나 동요하지도 않았다.

녀석이 너무 담담했던 탓일까?

아니면 내 마음속 어딘가에선 이미 이 상황을 예상하고 있던 탓일까.

"아, 그거 치사한 거 아니야?"

"그렇지만 어르신의 몸에는⋯ 불치병이 깃들어 있지 않습니까?"

"⋯아⋯⋯."

유상태와 김명멸의 소소한 말싸움이 무거운 분위기를 가볍게 만들어 주었다.

⋯가볍게 만든 거 맞지?

상태 어르신 표정이 너무 무거운데, 그거 그냥 꽁트 연기죠?

"안돼요! 싫어요!"

그러나 기껏 그렇게 조성된 분위기를 부순 것은 김이선이었다.

"이럴 순⋯ 이렇게 보낼 순 없어!"

김이선은 내게 달려들었다.

공격은 아니었다.

그저 날 껴안았을 뿐이었다.

다만 전력으로 힘을 쏜 탓에, 내가 아니었다면 갈비뼈가 다 부러졌을지도 모른다는 점을 제외하면.

⋯그럼 이거 공격 맞지 않나?

내가 가벼운 고민에 빠졌을 때였다.

"어허, 쓥. 그러면 안 돼."

이수아가 끼어들어 김이선을 내게서 벗겨 내려고 시도했다.

하지만 그 시도는 실패로 돌아갔다.

김이선의 힘이 더 센 탓이었다.

"그치만… 그치만……!"

이거 하는 수 없구만.

나는 그냥 여기서 사정을 털어놓기로 했다.

49층에서 일어날 싸움은 성좌들이 모조리 달려들어도 승리를 보장받기 힘들 것이며, 내가 정식 성좌에 올라 기습하는 것이 그나마 승률을 올리는 몇 안 되는 방법임을.

"그치만……!"

쫘아악.

결론부터 말해서 내 말은 소용없었다.

오히려 내 옷자락을 붙든 김이선의 손아귀 힘이 더 강력해지기만 했다.

"얘! 아빠 일하러 가야 해!"

결국 4서풋 중 3서풋이 달려들어 힘으로 떼어내야 했다.

"으아아아앙! 으어어어어엉!!"

그러자 간신히 떼어낸 김이선이 부친의 출근을 용납 못 하는 3세 딸아이처럼 울어 대기 시작했다.

"이걸… 어째야 하나……."

[어쩌긴 뭘 어째, 그냥 버리고 오라고 행운의 여신이 말합니다.]

그때, 여신님이 나타났다.

아니, 여기서 여신님이?

"…여신님도 이번엔 싸우실 거죠?"

그러자 여신님께선 조용해지셨다.

아니, 이 여신이?!

*   *   *

김이선은 세 시간을 울고 나서야 조용해졌다.

[체력] 능력치가 높아서 울다 지쳐 잠들지도 않더라.

어느 정도 진정한 뒤에도 녀석의 눈에서는 눈물은 그치지 않고 주룩주룩 흐르고 있었다.

그렇게 울면서 한 말의 첫마디가 이거였다.

"…이렇게 될 건 알고 있었어요. 언젠가 차이고 말 거란 건……."

응? 그게 무슨 소리지?

…라고 하기엔 너무 염치가 없다.

여기까지 와서도 김이선의 연심을 눈치채지 못했다는 건 말이 안 되지.

"…미안."

"사과하지 마세요."

김이선은 여전히 눈물이 줄줄 흐르는 눈을 닦지도 않은 채 말했다.

"레아가 차인 걸 보고도 깨닫지 못한 제가 잘못이죠. 미련이 너무 컸어요."

응? 여기서 레아가 왜 나와?

…라고 하기에도 염치가 없는 소리겠지.

"이거 하나만 말씀해 주세요."

"뭐지?"

"선생님께서는… 인류의 성좌가 되시는 거죠?"

오빠라는 호칭이 선생님으로 바뀐 것은 군이 짚지 말도록 하자.

나는 그냥 질문에나 대답했다.

"지구인의 성좌가 될 셈이다."

대답을 들은 김이선은 처연하게 웃었다.

"그나마 낫네요."

응? 뭐가?

아니, 이건 진짜 모르겠다.

*   *   *

뭘 더 자세히 설명할 필요는 없을 것 같았다.

어차피 49층에 오면 다들 알게 될 일이니.

인간으로서의 나는 곧 없어질 테지만, 그렇다고 내가 없어지는
건 아니기도 하고.

어쨌든 다시 만나게 될 것이다.

그 만남의 형태는 다소… 아니, 많이 다르더라도.

그래서 나는 49층으로 향하는 문을 열었다.

운명의 문을.

"…다녀오마."

누구에게 하는 건지도 모를, 그것도 몇 시간 전에 내가 잘못된 인사말이라고 했던 말을 건네며.

*   *   *

그리하여 나는 49층에 홀로 먼저 도착했다.

48층 같은 기만을 두 번 할 생각은 없다는 것일까, 이제는 익숙하기까지 한 미궁 바깥의 광경이 문 너머에 펼쳐져 있었다.

그리고 '놈'이 그곳에 있었다.

목격하는 것만으로도 정신이 나가 미쳐 버릴 것 같음에도, 그 외견은 마치 평범한 인간 같았다.

그것도 드레스 셔츠에 정장을 입고 구두를 갖춰 신은 것은 물론 넥타이까지 맨, 마치 지구 문명의 20세기 말에서 21세기 초에 자주 보일 회사원 모습이었다.

서울 시내에서 지나치면 바로 그 존재조차 기억하지 못할 평범한 외견이었으나, 안타깝게도 지금 우리는 미궁 바깥에 있다.

"오셨군요."

게다가 육성으로 나를 불렀다.

높지도 낮지도 않은, 힘을 준 것도 아니고 그렇다고 기운이 떨어진 것 같지도 않은 평범하고 일상적인 목소리였으나, 그 육성에도 능히 정신을 바수어 흩어 내릴 힘이 깃들어 있었다.

"…이게 뭐하자는 짓이지?"

물론 나는 멀쩡했다.

어느새 상태 메시지도 기능을 멈춰 아무 정보도 전달되지 않고 있으나, [불변의 정신★]이 나를 보호하고 있기에 멀쩡할 수 있다는 것은 안 보고도 알 일이다.

"그야 물론 대화를 하기 위해서지요."

그렇다고 이런 개짓거리가 용납되는 건 아니다.

"대화? 내가 평범한 인간이었다면 벌써 벌레처럼 짓눌러져 있었을 거다. 그런데 대화라고?"

"그렇습니다."

'놈'이 말했다.

"그야 당신은 평범한 인간이 아니잖습니까?"

정곡이었다.

"그러니 대화 정도는 가능하리라고 봤고, 제 예상대로 실제로 가능할 것처럼 보이는군요. 어떻습니까? 아직도 광기가 당신을 잠식하고 있습니까?"

아니긴 하지.

그렇게 동조하는 순간, 의미 모를 위기감이 내달렸다.

"아니, 대화는 불가능하다."

나는 검을 뽑아 들었다.

"별로 현명한 선택은 아니로군요."

"너는 미궁을 원하고, 나는 미궁을 내어 줄 생각이 없다. 대화는 평행선이다. 이뤄질 리 없어."

"당신은 오해하고 있습니다."

'놈'은 의자를 내어 앉았다.

어디서 갑자기 의자가 생겼냐는 의문은 촌스러운 것일 테지.

뭐 인벤토리에서라도 꺼냈을 것이다.

"저희가 원하는 건 미궁이 아닙니다."

"그럼 이제까지 걸어온 수작들은 뭐지?"

"저희는 지구의 지배자로서 잡초를 뽑으려고 한 것뿐입니다."

순간적으로 사고가 정지했다.

"…뭐? 지구의 지배자?"

"아, 모르셨습니까? 저희가 바로 지구의 정당한 지배자입니다."

'놈'은 무해해 보이는 표정으로 말했다.

"1만하고도 2천 년 전부터 저희가 지구를 지배하고 있었죠."

얼빠진 소릴.

"누가 그걸 인정하는데?"

"하하하, 선생님. 뭔가 오해하시는가 본데, 지배에는 누구의 인정 따위는 필요 없습니다. 그저 지배하고 군림하면 그것이 지배자인 것이죠."

마치 프랑스 절대 왕정 시대의 루이 14세처럼 말하고 있군.

배알이 꼴리는데?

"더군다나 저희의 지배를 받는 이들도 저희에게 유감 따위는 없습니다. 인정받고 있다는 증거죠."

"…정신이 무너져 자의식을 잃은 채 미쳐 버린 자들이 너희를 인정한다고?"

"예, 뭐 아무 반항도 없으니 인정하는 거 아니겠습니까?"

너무나 당연한 사실을 뭐하러 입에 내야 하는지 진심으로 의문인 기색으로, '놈'은 친절하게 내게 설명해 주었다.

마치 물을 가리키며 '이게 물이야'라고 가르쳐 주는 것처럼.

"반항은 내가 하고 있는데?"

"아, 예. 그건 그렇죠. 그래서 말씀드렸잖습니까? 잡초를 뽑으러 왔다고."

"잡초?"

"예, 당신들이 미궁이라 부르는 것이죠."

여전히 무해해 보이는 표정으로, '놈' 은 말했다.

*   *   *

미궁? 미궁이 잡초라고?

"다른 잡초는 쉽게 뽑혀 나갔습니다만, 당신의 잡초만은 쉬이 뽑히지 않더군요."

게다가 이 녀석은 마치 내가 미궁의 주인인 것처럼 말하고 있었다.

틀린 말은 아닌가?

아니, 역시 틀리다.

"그래서 제가 직접 이야기를 하러 오게 된 겁니다."

"이야기를 하면, 뭐가 좀 달라지나?"

"그럼요."

'놈' 은 미소 지었다.

불길하기 짝이 없는 미소였다.

"만약 당신들이 받아들이기만 한다면 저는 당신들을 '전투 초목' 으로 등록할 겁니다. 더이상 잡초가 아니게 되는 거죠. 당연히 제초 대상에서도 벗어나게 될 겁니다."

아주 큰 아량을 베풀기라도 하는 듯, 녀석은 이렇게 말했다.

"거래도 하죠. 일자리도 드리겠습니다. 당신들은 저희에게 인정받는 존재로서 그 전투력을 유감없이 발휘할 수 있게 될 겁니다."

이거 듣다 보니 어디서 많이 들어 본 이야기다.

"우릴 용병으로 쓰겠다는 거로군."

제국 시대 영국 놈들이 구르카 용병을 저런 식으로 고용해 써먹었지.

"오, 어떻게 아셨죠? 아니, 선생님이라면 알아차리실 줄 알았습니다. 역시 선생님이십니다."

어느 쪽이냐 하면 나쁜 제안은 아니다.

싸움을 강요받긴 하겠지만 일단 생존을 보장받고 재산도 모을 수 있을 테니까. 여기서 재산은 성좌로서의 힘을 가리키지만, 뭐 어느 쪽이건 그게 그거 아니겠는가?

미궁 안의 30층대 세계도 생존을 보장받을 수 있을 테고, 모험가들도 살아남을 것이다.

저 말이 사실이라면 말이다. 그러나 사람을 잡초라고 부르는 놈들 말을 얼마나 믿을 수 있을까?

게다가 설령 나쁜 제안이 아니라 하더라도 기분 나쁜 제안인 건 맞았다. 이미 지구 문명이 멸망했는데, 그 침략자의 앞잡이가 되어 다른 곳의 침략 전쟁에 동원된다니……

아무리 이득이더라도 막상 닥치면 이갈리는 일이 아닐 수 없을 것이다.

"왜 나한테 이런 제안을 들고 왔지? 나 말고 성좌들이 있었을 텐데."

"멍청한 질문이로군요."

'놈'이 나를 비웃었다.

용서 못 해!

아니, 이게 아니라.

"왜 이게 멍청한 질문이지?"

"그야… 당신이 [지구의 챔피언]이기 때문입니다."

'놈'은 한숨까지 쉬어가며 가르치듯 말했다.

"당신이야말로 지구의 잡초 대표란 뜻이죠."

그놈의 잡초 이야기는 아주 질리지도 않나 보다.

그러나 심리적으로 좋은 전술이라는 점을 부정할 수는 없다.

저런 말투 때문에 '놈' 입장에서는 이 조약이 맺어지든 말든 상관없는 것처럼 느끼게 만들고 있기 때문이다.

그것은 이쪽 입장에서 벼랑 끝 전술을 쓰기 꺼려지게 만드는 효과를 발휘했다.

그런데 그게 무슨 상관인가?

어차피 조약 안 맺을 건데. 이 녀석이 뭘 착각한 건지 모르겠지만, 나는 애초에 결정권자도 아니다.

"하하! 멍청한 건 너다."

그래서 나는 똑같은 전술을 쓰기로 했다.

"예? 제가 왜……."

"왜냐하면 멍청하기 때문이다!"

"무례한 말씀 그만두시죠. 그보다……."

"하하! 넌 멍청하다!!"

'놈'이 입을 다물었다.

어? 이렇게 하는 게 아니었나?

똑같이 따라했는데 '놈' 입장에선 아니었나 보다.

아니면 그건가?

지는 해도 되지만 난 하면 안 된다는, 그런 거?

"멍청멍청맨."

그래도 계속할 거지롱!

"…대화를 하실 생각이 없다면 이쯤에서 그만두겠습니다."

"하하! 멍청한!"

다음 순간, 나는 즉각 아홉 성좌의 초환권을 발동했다.

분위기상 '놈'이 말 대신 다른 방법을 쓸 타이밍 같아서 선수를 친 거였다.

"죽어라, 멍청한 놈!"

그러자 거의 동시에 놈도 본 모습을 드러내기 시작했다.

머리가 있어야 할 자리에 대신 거대한 촉수가 달렸고, 팔다리처럼 보였던 것은 의태한 촉수였다.

"어리석은! 멍청한 건 너다! 죽는 것도……"

다음 순간, 나는 손에 쥔 [성좌의 파편]을 모두 사용해 임시 성좌의 위에 올랐다.

그리고 동시에, 그동안 아껴 둔 보상 점수를 모두 소모해 일곱 성좌에게서 지원을 받았다.

그 결과, 나는 정식 성좌에 올랐다.

[지구의 챔피언].

이것이 나다.

[지구의 챔피언이 아니, 역시 죽는 건 너라고 선언합니다.]

나는 '놈'에게 주먹을 내질렀다.

쾅!

그저 주먹을 뻗은 것임에도 그 여파만으로 폭발음이 날 정도였다.

이미 임시 성좌는 여러 번 되어 보았지만, 정식 성좌는 또 완전히 다른 차원에 놓인 존재라는 걸 실감하게 되는 순간이기도 했다.

"끄어억!"

놈은 자신이 만들어 낸 의자와 함께 쿠당탕 넘어져 굴렀다.

그리고 다시 일어나지 않게 됐다.

"…어?"

이게 '놈'이라고?

나는 내가 일을 너무 쉽게 생각했음을 깨달았다.

갓 성좌가 된 내 주먹 한 방에 뻗는 게 '놈'일 리 없다.

그렇다면 이건 함정……?

[피투성이 피바라기가 '놈'이 함정을 간파했다고 말합니다.]

아, 내가 함정에 걸린 게 아니라 우리가 함정을 친 걸 알아채고 빠져나간 거네.

그래도 아쉬운 건 마찬가지다.

쉽게 갈 수도 있었던 일을 어렵게 가게 생겼으니.

아니… 쉽게 갈 수나 있었을지 모르겠다.

[피투성이 피바라기가 준비하라고 말합니다.]

무엇을?

그것은 당연히 싸움이었다.

[피투성이 피바라기가 '놈'이 온다고 합니다.]

수없이 많은 촉수들이 마치 한 몸처럼 일사불란하게 이쪽을 향해 기어 오고 있었다.

그래, '놈'이다.

'놈'들이 아니라… '놈'.

저 기어 오는 수많은 촉수가 모두 '놈'의 일부다.

내가 죽여 없앤 놈도 '놈'의 일부였을 뿐이다.

[피투성이 피바라기가 전쟁을 시작하자고 외칩니다.]

원래 모습으로 돌아간 성좌가 전쟁 함성을 내질렀다.

그렇게 전투가 시작되었다.

아니, 전쟁이.

　　　　　　*　　　　　　　*　　　　　　　*

나는 이제까지 성좌들의 싸움을 너무 단순화시켜서 생각하고 있었다.

당연하다면 당연한 것이, 이제껏 내가 보아 온 게 그런 싸움이었기 때문이다.

처음에는 일곱 성좌가 한 놈을 다구리 까서 죽여 버렸고, 두 번째 때는 본 모습을 드러내서 다구리 까 죽여 버렸다.

본 모습을 드러낸 다음에는 팔다리를 휘둘러 때리진 않았으나, 그냥 뭔가 어떤 수단을 활용해 두들겨 패서 죽인 것은 같았다.

나 자신조차 48층에선 그냥 몸뚱이 성좌를 두들겨 패서 죽였으니 이런 생각을 하게 되는 것도 무리는 아니었다.

그래서 나는 성좌가 되고 나면 이전까지 소중하게 키워 왔던 인간 시절의 '능력'은 소용이 없어지는 줄 알았다.

그러나 딱히 그렇지는 않았다.

[벼락 강림]

번쩍! 쿵!!

이전의 경험으로 박혀 있던 고정 관념에도 불구하고 능력을 사용한 건 그저 반사적인 행동이었을 따름이다.

[벼락 강림]의 순간 이동 옵션을 이용해 위기를 탈피하고 거리를 재조정하려던 의도였다.

만약 정말로 성좌가 되기 이전의 능력들이 무의미한 것으로 뒤바뀌었다면 나는 위기에 처했을지도 모르겠다.

그러나 능력은 정상적으로 활용되었고, 나는 위기에서 탈출했으며 보다 유리한 위치를 선점하기까지 했다.

"아니?!"

나는 나도 모르게 육성을 냈다가 힘이 새어 나가는 걸 깨닫고 입을 꾹 다물었다.

미궁의 인터페이스가 지원되지 않는 바깥인지라 상태창을 열 수 없었기에, 성좌 상태에서 [위엄] 능력치가 얼마나 소모됐는지는 감으로 파악해야 했다.

뭐, 인간이었던 시절에 질리도록 했던 짓이니 자신이 없지는 않다.

한창 전투 중일 때 한가롭게 상태창을 열어 본 적이 더 드무니 말이다.

어차피 능력은 다 감으로 쓰는 거다.

인간을 그만둔 지 몇 분 지나지도 않았는데 그 감이 벌써 없어졌을 리가 없었다.

아무튼… 알겠다.

능력을 사용한 전투라면 내가 전문가다.

이제부터는 좀 활약해야 했다, 고 자신감에 찬 그 순간이었다.

[행운의 여신이 그거 그렇게 하는 거 아니라고 합니다.]

그런데 그때, [행운의 여신]으로부터 메시지가 들려왔다.

아니, 지난번에도 [고대 엘프 사냥꾼]이 태클 걸더니, 이번에는 [행운의 여신]이?

물론 [고대 엘프 사냥꾼]은 내가 발로 걷어차 몸뚱이를 죽이는 걸 보고 난 후부터는 태클을 걸지 않지만…….

이번에는 조금 핀트가 다르긴 하다.

성좌로서 능력을 쓰는 방식과 일개 모험가로서의 그것에 차이가 있을지도 모르니까.

어쩌면 내가 비효율적으로 능력을 소모하고 있는 것일지도 모르니, 이야기는 한번 들어 볼 가치가 있을 법했다.

[지구의 챔피언이 뭐가 잘못됐냐고 묻습니다.]

[행운의 여신이 조용히 하라고 합니다.]

지적은 지적대로 해 놓고 질문은 안 받는다고?

아니, 여신은 이럴 여신이 아니다.

[행운의 여신이 작은 목소리로 말하라고 합니다.]

다른 어른 성좌들이 자기 목소리를 들을까 봐 저러는 거였다.

하이고… 뭐, 됐다. 이런 성좌인 걸 몰랐던 것도 아니고.

나는 나름 노력해 보기로 했다.

[지구의 챔피언이 뭐가 잘못됐냐고 묻습니다.]

오, 된다. 안 될 줄 알았는데.

뭐가 된 거냐면 '성좌의 메시지로 작게 말하기'였다.

이것도 목소리 조절이 될 줄이야.

[행운의 여신이 잘했다고 칭찬합니다.]

아니, 지금 막 적이랑 싸우는 중인데 이런 게 중요한 게 아니라고.

확 초환해 버릴까 보다.

[너는 지금 성좌지만 여전히 모험가의 방식대로 싸우고 있다고 합니다.]

이런 내 내심을 알아차리기라도 한듯, 여신은 다급하게 설명했다.

[능력을 하나 사용하더라도 성좌의 방식대로 사용하는 법을 익혀야 한다고 말합니다.]

그러니까 그걸 어떻게 하냐고요.

[너는 완전히 다른 존재가 되었으니, 인간의 육신에 걸려 있던 제한에 얽매일 필요가 없다고 합니다.]

[그러니 능력을 사용하되, 모험가 시절의 한계에 구애받지 말라고 합니다.]

…듣다 보니 왠지 감이 좀 오는 것도 같다.

[행운의 여신이 위험하다고 합니다.]

'놈'의 촉수가 이쪽을 향해 징그럽게 뻗어오는 것이 보였다.

[벼락 강림]

쫘릉!

벼락이 촉수를 까맣게 태워 버렸다.

[지구의 챔피언이 이제 알았다고 합니다.]

모험가 상태의 상태창에 얽매여, '나는 [위엄]이 300밖에 안 되니까 [벼락 강림]은 세 번 밖에 못 써.'라고 할 필요가 없다.

아니, 애초에 능력을 쓰기 위해 굳이 능력치를 소모할 필요가 없다.

그저 성좌의 힘을 휘두르기만 하면 그만이다.

물론 이런 식으로 능력을 사용할 때마다 성좌의 힘이 소모되지만, 어떤 식으로 싸우든 어차피 소모될 힘이다.

때와 상황에 따라 가장 적절하고 효율적인 방식으로 적을 쓰러뜨리면 그만이다.

다만 성좌의 성질과 지나치게 동떨어진 방식으로 힘을 사용하면 효율이 떨어지는 문제점이 있지만… 내 경우는 괜찮다.

나는 [지구의 챔피언]이니까.

지구와 지구인을 위해 싸우기만 하면 된다.

[행운의 여신이 흡족해합니다.]

여신은 아주 작은 목소리로 말했다.

저러는 걸 보니 여신을 작은 방에서 끌어내서 친척 어른들에게 인사시키고 싶은 파괴적인 충동이 일지만, 그러면 싫어하겠지.

엄청나게 싫어할 거다.

어쩌면 가출할지도 모른다.

그러니까… 참자.

아무튼 제대로 된 능력의 사용법을 알게 되었으니, 이전보다 더욱 적극적으로 싸울 수 있게 된 것 같다.

[심판]

그냥 팔다리만 움직여서 이런 짓은 못 하니까.

파지지지직!

쏟아지듯 뻗어진 번개가 대량의 촉수를 거의 동시에 감전시켰다.

그러자 촉수들은 익어 가는 오징어 다리처럼 오그라들기 시작했다.

매우 효과적이다!

[피투성이 피바라기가 잘했다고 칭찬합니다.]

[피바라기] 성좌가 가까이 오자 [행운의 여신]의 기적이 완전히 사라졌다.

하여간 진짜.

[피투성이 피바라기가 이대로만 하자고 말합니다.]

[피바라기] 성좌도 이렇게 말하는 걸 보니 내가 잘못 싸우고 있는 건 아닌 것 같다.

그렇다면야…….

[지구의 챔피언이 고개를 끄덕입니다.]

전쟁이다!

*   *   *

끝이 없다.

아무리 많은 촉수를 쓰러뜨려도 그보다 더 많은 촉수가 기어오고 있었다.

끝도 없는 웨이브.

다른 아홉 성좌가 괜히 나를 성좌로 만드는 데에 동의한 게 아닌 것 같았다.

성좌 손이 모자라 사람 손이라도 빌려야 할 정도니 말이다.

만약 '놈'이 그 모습을 바라보기만 해도 미쳐 버리는 성질을 갖고 있지 않았더라면 진짜로 모험가들이라도 불러와서 막고 싶은 심정이다.

뭐, 물론 실제로 그럴 일은 없지만. 평범한 모험가는 미궁 바깥의 환경에서 버텨 낼 수조차 없으니까.

물론 200레벨을 넘기고, 기본 능력치 전부를 200 이상으로 올리면 버틸 수 있긴 한데…….

버티기만 하면 뭐 하나, 싸워야 하는데.

하도 지겹다 보니 쓸데없는 생각까지 하게 된다.

퍽! 퍽!

지겹다, 지겹다!

지겹다는 소릴 육성으로 낼 수 없는 게 답답하다.

괜히 성좌됐나?

그거야 뭐 아무튼, 아무리 그래도 '놈'의 힘이 무한하진 않을 테니, 이쪽이 페이스 관리를 잘하면서 버티면 언젠가는 끝을 볼 수 있을 것이다.

그렇게 믿고 계속해서 버티고는 있다만…….

문제는 적도 그걸 모를 리 없다는 것이다.

아니나 다를까.

하나하나가 모두 드래곤보다도 큰 촉수들이 어느 지점에 이르러 자기들끼리 뭉치더니, 어떤 형체를 만들어 내기 시작했다.

*　　　　*　　　　*

거인처럼 보이지만 결코 인간이 아닌, 기괴한 형태의… 생명체조차 아닌 '존재'.

'놈'이 위압적인 존재감을 흩뿌리며 대지에 일어섰다.

이건 어디서 본 패턴인데… 아, 2페이즈로군.

일단 1페이즈를 마쳤다는 것에 의의를 두자.

적어도 지겹지는 않지 않은가?

그러나 나는 곧 차라리 지겨운 게 좋다고 느끼게 된다.

촉수 하나하나로 나뉘어 있을 때는 비교적 간편하게 막거나 피하거나 차단하는 게 가능했지만, 하나로 뭉쳐 인간 비슷한 형태가 되자 그것이 불가능해졌기 때문이다.

재미는 없지만 언젠가는 끝나겠지, 라는 느낌의 승산이 보였던 이전과 달리 스릴 넘치지만 승산이 안 보이는 느낌의 싸움이 되어 버렸다.

펑!

[위대한 오크 투사가 비명을 지릅니다.]

보라, [위대한 오크 투사가 펀치 한 방 맞고 저 멀리 날아가는 꼴을.

와, 비명도 성좌 메시지로 지르네.

저게 프로 성좌인가.

아무리 그래도 성좌가 저걸로 죽지는 않겠지만, 이대로 피해가 누적되면 뭐가 어떻게 될지 모르는 판국이다.

[끌어내려져 존경받는 왕이 퍼져서 공격하라고 합니다.]

[피투성이 피바라기가 내가 등을 맡겠다고 합니다.]

[아름다운 로맨스가 그런데 등이 어디냐고 묻습니다.]

펑!

[피투성이 피바라기가 비명을 지릅니다.]

…사실 꽤 위기상황인데 저러고들 있으니 긴장감이 안 드네.

그나마 촉수의 절대적 개수는 줄어든 덕택에, 한 명이 맞는 동안 다른 성좌들이 두들겨 패고 있긴 했다.

그런데 문제는 그렇게 때리고는 있어도, 제대로 피해가 들어가고 있다는 느낌이 도저히 들질 않는다는 점이었다.

그래도 촉수 하나하나는 번개로 지져 주면 오그라드는 맛이 있었는데, 하나로 합쳐지고 나니 그런 맛도 사라진 탓이다.

[끌어내려져 존경받는 왕이 이대로면 진다고 합니다.]

[왕] 성좌가 한 대 크게 얻어맞고 멀리 날아가며 비명 대신 저런 말을 했다.

저게 맞고 내지른 엄살이었다면 좋으련만, 유감스럽게도 내 직감도 같은 결론을 도출하고 있었다.

이대로면 진다.

이렇게 강 대 강의 싸움이 되고 나니 엄혹한 현실과 마주할 수밖에 없게 되었다.

어이없게도 우리 열 명의 성좌보다 저놈 하나가 더 강했다.

뭔가 수를 쓰긴 써야 했다.

그럼 역시 [행운의 여신] 초환인가?

내가 심각하게 마지막 히든 카드를 뽑을까 말까 고민하고 있을 때였다.

[아름다운 로맨스가 나는 원래 이런 막 싸움은 잘 못 한다고 외칩니다.]

또 하나의 성좌가 멀리멀리 날아갔다.

그러고 보니 그렇네.

그런데 왜 다들 그냥 모여서 두들겨 패고만 있는 거지?

[시산혈해]

이런 버프 능력을 쓰는 성좌가 하나도 없었다.

이제까지는 뭔가 이유가 있겠지, 라고 생각하고 나도 안 쓰고 있었지만 이젠 상황이 달라졌다.

지금은 동원할 수 있는 수단은 뭐라도 써야 할 정도로 내몰렸으니, 안 쓸 이유가 더 적다.

그리고 결과.

"…윽!"

나는 나도 모르게 신음 소리를 육성으로 내고 말았다.

왜냐하면 성좌 하나에 버프가 걸릴 때마다 성좌의 힘이 숭덩숭덩 썰려져 나갔기 때문이다.

버프 대상이 성좌인 것만으로도 이렇게 연비가 나빠지다니!

왜 성좌들이 버프 능력을 안 쓰는지 몸으로 깨닫게 되었다.

[피투성이 피바라기가 당신의 희생에 감동합니다.]

[아름다운 로맨스가 당신의 헌신에 감사합니다.]

하지만 버프 효과는 좋았다.

버프가 안 걸리는 건 아닌 듯, 버프를 받은 성좌들은 이전보다 훨씬 강해진 힘으로 적을 두들겨 패기 시작했다.

퍽! 퍽!

그리고 뚫리지 않던 '놈'의 방어도 슬슬 깨져 나가기 시작했다.

내 희생은 헛되지 않았다는 것만으로도 보람이 느껴진다.

그건 그렇다 쳐도 성좌의 힘이 너무 많이 빠져나갔다.

성좌가 성좌의 힘을 소실하면 어떻게 되는 거지?

혹시 이대로 죽는 거 아닐까?

그런 위기감마저 느낀 순간.

내 내면의 가장 깊은 곳에서부터 힘이 솟구치기 시작했다.

뭐지? 죽기 직전이라 힘이 솟는 건가?

이걸 뭐라고 하더라, 회광… 반조였나?

[행운의 여신이 그건 네 아이들이 네게 보내는 성원의 힘이라고 작은 목소리로 속닥거립니다.]

[당연히 그 힘은 무한하지 않으니 아껴 쓰라고 조언합니다.]

아, 이게… 과연, 그렇군.

아무튼 이대로 안 죽는다는 걸 알게 되었으니, 나도 싸움에 나서야겠다.

당연히 [시산혈해]의 효과는 내게도 걸려 있으므로 전투력은 크게 오른 상태였다.

여기서 상처를 많이 입으면 그만큼 더 강해지겠지만 그렇다고 일부러 자해를 할 필요는 없다.

그런 짓 안 해도 어차피 적이 알아서 상처를 내줄 테니까.

뻑!

나는 놈의 라이트 스트레이트를 정타로 맞고 날려졌다.

매우 아프다!

그냥 아픈 게 아니라 갈비뼈 두 개가 부러진 것도 아니고 체내에서 가루가 되어 버렸다.

그러나 능력을 쓸 수 있다는 걸 알고 있는 이상, 이런 상처 정도에 쫄 리 없다.

나는 즉각 [뼈★★]의 능력을 사용해 피해를 없었던 걸로 되돌렸다.

어, 그리고 보니 [뼈★★]는 다른 성좌의 성검인데도 잘 먹히네.

지난 수십 년간 내 능력처럼 써먹고 있던 터라 쓰고 난 후에나 이상한 걸 느꼈다.

[위대한 오크 투사가 당신의 결정에 엄지를 치켜올립니다.]

나한테 [뼈★★]를 준 당사자인 [위대한 오크 투사] 성좌가 저러는 걸 보니 아무래도 로열티 같은 게 지급되는 모양이지.

[지구의 챔피언이 엄지를 치켜올립니다.]

…앞으론 좀 아껴 써야겠다.

행동과는 달리, 나는 속으로는 다른 생각을 했다.

아무튼 입은 피해가 컸으므로 [시산혈해]의 효과도 한층 더 커졌다.

더욱 강해져서 돌아온 나는 전장에 복귀하자마자 날아차기 한 방부터 날리고 시작했다.

빠악!

[말발굽★★]은 착용하지 않은 채였지만 그래도 그 효과를 정상적으로 써먹을 수 있었다.

그 덕인지 몰라도 내지른 킥이 놈의 방어를 뚫고 정통으로 박혔다.

―■■!

그러자 놈이 48층에서 질리도록 들었던 기성을 내지르며 촉수를 확 휘둘렀다.

채찍 같은 궤도지만 담긴 에너지가 초월적이었던지라 차원을 찢듯 날아든 공격은 내 몸을 반으로 찢어 버렸다.

사람이었다면 육체도 함께 갈기갈기 찢겨 그 자리에서 즉사했을 터이나 놀랍게도 내 목숨은 붙어 있는 채였다.

나는 불과 몇 초 전에 안 쓰기로 맹세했던 [뼈★★]를 써 버리는, 초속 손바닥 뒤집기를 시전했다.

결과, 나는 다시 원래의 몸을 되찾았고 [시산혈해]의 효과로 훨씬 더 강력한 전투력을 얻게 되었다.

그렇다면 이 전투력으로 할 일은?

[벼락 강림]

꽈릉!

[말발굽★★]도 여전하다는 걸 알았는데 이 능력 조합을 안 쓸 이유가 없었다.

놈에게도 내 공격이 위협적이었던지, 놈은 몇 개 없는 대형 촉수로 즉각 반격을 날렸다.

그러나 한 번 당한 공격을 두 번 당할 필요가 있을까?

[벼락 강림]

꽈릉!

잘 처맞는 걸 보니 놈한테는 그럴 필요가 있었나 보다.

하기야 [벼락 강림]의 순간 이동 옵션으로 반격을 회피하고 카운터로 집어넣었는데 이걸 피할 수 있을 거라고는 생각도 안 했다.

픽! 픽! 픽!

그와 동시에 내가 놈의 주의를 끌고 있는 동안 다른 아홉 성좌가 반격을 가했다.

좋아, 승기가 보인다.

버프 능력 하나로 이렇게 전황이 뒤집어질 줄은 몰랐다.

덕택에 힘을 너무 써서 순간 죽는 줄 알았지만… 뭐, 안 죽었으니 된 거 아니겠는가?

다음에도 같은 선택을 하느니 그냥 [행운의 여신]을 불러 버리겠다는 마음이 들긴 하지만, 어쨌든 결과가 좋아서 다행이다.

—■■! —■■!

외계의 불경한 기도문을 비명처럼 내지르며, 놈은 두꺼운 촉수를 사방팔방으로 휘둘러 댔다.

그럴 때마다 성좌들은 촉수에 맞고 뜯어져 나가거나 반 토막 나거나 찢어지거나 했지만, 괜히 성좌가 아닌 듯 금방 회복했다.

그들에게도 [시산혈해]는 걸려 있으니, 당연히 더 강해지기도 했고 말이다.

비록 크게 얻어맞을 때마다 좀 끔찍한 장면이 연출되긴 했지만, 어쨌든 이런 선순환의 반복이었다.

한때는 절망마저 느꼈던 전투였지만, 결말은 평소와 같았다.

나를 포함한 열의 성좌가 놈을 둘러싸고 짓밟았다.

그림만 보자면 우리가 괴롭히는 것 같지만, 아무튼 정정당당한 전투였다.

그렇게 마무리되나 싶을 때쯤.

펑!

한 차례 큰 폭발이 일었다.

[태생부터 강한 자가 놈이 도망간다고 외칩니다!]

[강자] 성좌의 말대로, '놈'은 다시 수천수만의 촉수로 변해 사방으로 흩어지고 있었다.

나는 놈을 일일이 쫓지 않았다.

[고대 엘프 사냥꾼의 활과 화살★]

대신 저격할 뿐이다.

이 정도 수준의 상대에게 [신비한 화살]이 잘 먹힐 리 없지만, 미궁 바깥의 존재가 흔히 그렇듯 [신비]를 먹인 일격에 잠시나마 움찔하는 건 같았다.

그걸로 충분했다.

다른 성좌들이 득달같이 달려들어 숨통을 끊어 놓으니까.

게다가 [활과 화살★]까지 꺼내든 [신비한 화살]의 장점은 물량이었다.

적이 수천수만? 이쪽의 화살도 수천수만이다.

내가 이러는 걸 본 [고대 엘프 사냥꾼]도 함께 [활과 화살]을 꺼내 들어 쏘기 시작했으므로, 역할 분담도 확실했다.

이렇게 철저히 사냥했음에도, 마지막 촉수 한 마리까지 전부 추살했는지에 대해서는 확신이 없다.

적어도 마지막으로 보이는 촉수의 숨통을 끊어 놓았을 때, 미궁이 원래 모습을 되찾는 것을 보니 아마 다 죽이긴 했겠지.

이것마저도 놈의 기만이라면 그냥 속아 넘어갈 수밖에 없었다.

마침 49층은 회귀 전의 김민수도 와 본 적이 없어서 나도 진짜와 가짜를 구별 못 하니 말이다.

그렇게 생각하던 때였다.

갑자기 몸 구석에서부터 힘이 차오르기 시작했다.

성좌의 힘이다.

힘이 차오르는 것을 느끼며 잠깐 눈을 감았다가 뜬 순간, 나는 이전보다 더욱 강력한 존재가 되어 있음을 깨달았다.

그리고 왜 성좌들이 내게 초환권까지 배부해 주며 미궁 바깥의 성좌와 싸우려 했는지도 이해했다.

한 놈을 죽여서 이만큼의 힘을 얻을 수 있다면, 설령 거의 소멸 직전까지의 힘을 썼어도 틀림없이 흑자니까.

물론 내가 갓 성좌가 된 애송이라서 이렇게 느끼는 것일 수도 있지만, 아무튼 이번 전투로 나는 엄청난 흑자를 봤다.

굳이 비유하자면 매출보다도 영업 이익이 높다고 하면 되려나.

스스로도 성좌로서의 격이 한 단계 올랐다고 체감할 정도니, 대단한 이득이지.

좌우지간 이렇게 힘이 차오르는 것을 보니, '놈'을 죽이긴 죽인 모양이다.

그런데… 결국 '놈'은 뭐였던 거지?

다른 성좌들도 이름을 부르려고 하지 않고 '놈'도 자기소개를 하지 않아서 결국 마지막까지 성좌명을 모른 채 떠나보냈다.

뭐, 아무렴 어때라.

성좌명을 알려 주지 않은 건 다 이유가 있겠지.

어쩌면 성좌명을 아는 것만으로 정신적인 타격을 받거나, 놈이 강해진다거나 하는 조건이 걸려 있을지도 모른다.

사실 별로 알고 싶지도 않다.

어쨌든 이로써 고비 하나를 넘겼다.

"후."

나는 어깨에 들어간 힘을 빼고 한숨을 내쉬었다.

그랬더니 놀라운 일이 벌어졌다.

"어?"

내가 인간으로 돌아와 있었다.

정확히는 인간 형태라고 해야 할 것이다.

성좌의 힘이 없어진 건 아니었으니까.

놀라서 얼른 확인해 봤더니만, 성좌의 힘은 물론이고 성좌 형태로 돌아갈 수도 있겠다는 확신이 들었다.

그럼 지금 내 상태는 무언가?

"제가 어떻게 된 겁니까?"

[피투성이 피바라기가 나도 모른다고 합니다.]

아니, 성좌도 몰라?

[끌어내려져 존경받는 왕이 너는 지금 아바타 형태로 현현한 거라고 합니다.]

아, 높으신 성좌님께선 알고 계시는구나.

[끌어내려져 존경받는 왕이 성좌가 되기 전에 쓰던 육신은 미리 보존해 뒀다가 언제든 꺼내 쓸 수 있다고 말합니다.]

[피투성이 피바라기는 몰랐다고 합니다.]

[끌어내려져 존경받는 왕이 너처럼 죽어서 성좌가 됐으면 모를 만도 하다고 말합니다.]

[오직 살아서 성좌가 된 이만 누리는 혜택이라고 부연 설명 합니다.]

그래서 그런 거였군.

그런데 잠깐.

나 49층 올라오기 전에… 마치 다시는 인간의 모습으로 만날 수 없을 것처럼 신파극 찍고 왔는데?

이 모습으로 4서폿을 다시 만나게 되면 그 뻘쭘함은 어떻게 감당하지?

"왜, 왜 미리 말씀해 주시지 않으셨습니까?"

[끌어내려져 존경받는 왕이 그런 것도 다 추억이라고 말합니다.]

아니?!

11장

제50층

"어뜨케 된 고예여?!"

얼굴을 마주하자마자 꼬맹이 입에서 나온 말이 이거였다.

아, 죽이고 싶다.

죽이면 안 된다는 걸 잘 알지만 그래도 죽이고 싶다.

마음 같아선 미궁 금화를 선물해 주고 [기사회생]을 사라고 한 다음 한 번 죽이고 싶지만, 아쉽게도 미궁 금화는 거래 불가 아이템이다.

아! 아쉽다!!

내가 그렇게 아쉬움을 감출 때였다.

"이게 어뜨케 된고난 말이에여?!"

꼬맹이가 2절을 쳤다.

역시 죽이자.

굳이 되살릴 필요 있겠어?

그냥 죽이면 되지!

"죽, 죽이시면 안 됩니다."

갑자기 김명멸이 끼어들어 날 말렸다.

아니, 어떻게 알았지?

"…그건 그렇고, 이선이가 안 보이네?"

나는 화제를 돌릴 겸 주변을 두리번거렸다.

"이선이 여기 있습니다."

상태 어르신께서 푸근하게 웃으시며 말씀하셨다.

그 등 뒤에 홀쩍 큰 김이선의 모습이 보였다.

사실 그 전부터 보였다.

저 몸이 숨겨질 거라고 생각한 건가?

쭈뼛거리며 상태 어르신의 그림자에서 나온 김이선은 이렇게 말했다.

"오, 오랜, 오랜만, 만입, 입……."

저게 사람 말인가?

얼굴은 새빨갛고 눈물까지 똑똑 떨구면서 뭔가 말을 하려고는 하는데 잘 안 되는 것 같다.

"됐다. 무리해서 말할 필요 없다."

나는 사정을 설명했다.

대충 아바타가 있어서 가끔 인간 형태로 돌아올 수 있다는 식으로.

그랬더니 한다는 말이 이거였다.

"네! 알고 있었습니다!"

아, 이건 이수아의 대답이었다.

"알고 있었다고?!"

"넹, 헤헤."

"그걸 왜 미리 안 말씀해 주셨어요, 언니?!"

김이선이 이수아에게 잡아먹을 듯 달려들며 드물게도 빠른 어투로 질문, 아니지. 저건 추궁이다.

"…그런 것도 다 추억이니까?"

그런데 나온 대답이 이 모양 이 꼴이다.

그나마 본인도 찔리는지 시선을 피하긴 하는데…….

무슨 상관이지?

역시 죽이자!

"안 됩니다! 안 됩니다!"

"어허, 이선아! 참아, 참아!!"

말리는 김명멸 덕에 흥분을 좀 식히고 보니, 저쪽에서 흥분을 미처 식히지 못한 김이선이 계속해서 이수아에게 달려들려는 모습이 보였다.

우와, 나는 저러지 말아야지.

나는 아무런 부끄러움도, 죄책감도 없이 이런 생각을 했다.

데헷!

"그런데 그걸 네가 어떻게 알았어?"

김이선의 살의가 조금 걷혔을 때쯤, 나는 틈을 노려 이수아를 추궁했다.

"그야 전 [신선 기사] 성좌의 챔피언이니까요?"

"다른 성좌들은 모르던데?"

정확히는 [왕] 성좌는 알고 있었지만, 다른 성좌들은 다 모르고 있었더라.

"태생부터 신이었던 성좌들은 몰랐을 수밖에 없다고 하시더라고요. 하지만 제 성좌는 신선에서 성좌가 되신 거니까."

아, 그런 차이가.

"아바타를 가지려면 살아서 성좌가 돼야 한다더라고요. 선생님처럼요."

그런데 지금은 [유유자적한 신선 기사] 성좌도 아바타를 잃어버렸다고 한다.

"아바타인 상태로 죽으면 끝이래요."

세월을 버티지 못하고 늙어 죽었다나?

뭐, 어차피 미궁에서 모험가는 신체 나이를 먹지 않으니 나랑은 관계없는 이야기다.

하지만 언젠가 지구 문명을 되찾고 나면 이야기가 조금 달라질지도 모르겠다.

그게 언제가 될지 모르겠지만 말이다.

*　　　　　*　　　　　*

"49층에 대해서 알려드릴 수 있는 정보는 전혀 없습니다. 회귀전의 지식은 48층까지로 제한된 까닭입니다."

회귀 전 김민수는 여기서 죽었다.

커뮤니티로 유언 한 마디 못 남기고 간 것을 보면 비명횡사였으리라.

추측이야 가능할지 몰라도 확실한 건 없다.

"그러니 쉽지 않으시겠지만, 여기서부터는 모험가 여러분께서 자력으로 헤쳐 나가야 합니다."

이런 말을 해야 하는 것에 조금 미안함이 느껴졌지만, 곧 나는 내가 미안함을 느껴야 할 이유가 없음을 곧 깨달았다.

미궁은 본래 자력으로 헤쳐 나가는 거였다.

물론 진짜로 자력으로 헤쳐 나갔다면 7층도 안 돼서 모험가 숫자가 1% 미만으로 줄었겠지만.

그리고 그랬다면 나도 모험가들을 내 종족으로 삼아 성좌에 등극하지 못했겠지.

세상사, 다 돌고 도는 법이다.

그거야 뭐 아무튼.

"물론 지식과 정보가 없는 대신, 지금 여러분에게는 제가 있긴 합니다."

나는 씨익 웃으며 이런 말을 덧붙였다.

"오오오오!"

"이철호! 이철호!"

"우윳빛깔 이철호!"

지금 우윳빛깔 외친 거 누구야!?

아, 상태 어르신이구나.

상태 어르신이라면 어쩔 수 없지.

"하지만 제가 개입하면 경험치 손해에 더불어 혹시 있을지 모르는 퀘스트에 기여도 손해까지 날 수 있음을 알려드립니다."

이것이 내가 개입을 최소한도로 하려는 이유였다.

뭐… 생각해 보니 이건 원래 그랬긴 했다.

"그러니 가능한 한 자력으로 모험하시길 추천드리고… 그래도 목숨이 위험할 땐 바로 [콜] 하시길 바랍니다."

"와아아아아!"

그러자 모험가들은 환호성으로 대답했다.

"그럼 출발!"

49층의 모험이 시작되었다.

나만 빼고.

*　　　　*　　　　*

멋도 모르고 저런 연설까지 해 버렸다.

쉽지 않을 것이다, 자기 힘으로 헤쳐 나가야 한다, 위험하면 구해 주겠다…….

그런 소릴 잘도 했다.

나는 낯이 달아오르는 것을 느꼈다.

왜냐하면 49층에는 도저히 죽을 구석이 보이지 않았기 때문이다.

물론 어렵긴 하다. 어렵긴 하지만…….

상향 평준화 된 지금 수준의 모험가가 비명횡사할 거라 여겨지는 구간은 단 한 곳도 존재하지 않았다.

실제로 몇 번의 위기를 거치긴 했지만, 모험가들은 한 명도 죽지 않고 49층을 돌파해 냈다.

사소한 실수로 죽을 뻔했던 모험가 몇 명을 내가 살린 덕이긴 했다.

반대로 말하자면, 그 사소한 실수가 없었더라면 별로 위험하지도 않았다는 소리다.

회귀 전의 김민수는 49층에서 대체 어떻게, 왜 죽은 거지?

그런 의문을 품은 순간, 마치 번뜩임과 같은 깨달음이 뇌리를 달렸다.

'미궁 바깥의 존재 짓이었구나!'

회귀 전 미궁에선 41층부터 48층까지 손끝조차 보이지 않던 미궁 바깥의 존재다.

그러나 49층에서도 똑같을 거라는 보장은 없었다.

49층에서 기습적으로 나타난 미궁 바깥의 존재가 아니라면, 회귀 전 김민수라는 미궁 최고 모험가의 비명횡사를 설명할 수 없다.

이게 이렇게 이어지는구나.

뭐, 회귀 전은 회귀 전이고 지금은 지금이라지만.

내 입장에서는 미궁 바깥의 존재를 쳐 죽여야 할 또 하나의 이유를 발견한 느낌이다.

"후우……."

나는 긴 한숨을 뱉어 냈다.

이제 50층.

저 문의 너머에 뭐가 있을지는 열어 봐야 안다.

그러나 하나 분명한 건, 싸움을 피할 수 없다는 것이리라.

나는 이를 꽉 깨물었다.

그리고 문고리에 손을 뻗었다.

                    *   *   *

뭐, 이렇게 됐을 줄은 알고 있었다.

50층은 아주 당연히 미궁 바깥의 풍경이었다.

원래 50층이 어떤 구조였는지는 몰라도, 이렇게 황량하기만 하지는 않았으리라.

그러니까 이제까지 경험한 바대로, 50층 또한 미궁 바깥의 존재에 의해 점령당한 상태리란 걸 익히 짐작할 수 있었다.

문제는 이전과 달리 미궁 바깥의 존재가 안 보인다는 것이었다.

미궁과 똑같은 구조로 속여 넘기려고 한 적은 있어도, 아무런 함정도, 기만도 없거니와 내 앞에 아무것도 나타나지 않은 것은 처음이다.

일단 정찰을 좀 해 볼까.

나는 황량한 풍경을 거닐었다.

며칠 전까지만 해도 내 몸이었던 아바타의 레벨과 능력치가 충분한 덕에, 가혹한 미궁 바깥의 환경도 아랑곳하지 않을 수 있었다.

아무리 둘러봐도 뭐가 보이질 않아서, 나중에는 [하이퍼 파워 아머]를 입고 고속 비행을 통해 주변을 둘러봐도 똑같았다.

뭐지?

진짜 미궁 바깥에는 적들의 전초 기지와 양혼장 따위의 시설물이라도 있었는데, 여긴 정말 아무것도 없다.

이러면 어떻게 해야 하는 거지?

성좌들에게 물어보려고 해도, 채널이 끊긴 상태라 대답을 들을 수가 없었다.

미궁 49층으로 돌아가야 하나?

그런데 어떻게 해야 돌아갈 수 있지?

[행운의 여신이 진정하라고 합니다.]

나는 진정했다.

"아, 아직 계셨군요."

처음 미궁 바깥으로 나왔을 때, [행운의 여신]이 오프라인용으로 나한테 슬쩍 달아 뒀던 여신의 일부가 남아 있었던 모양이다.

[행운의 여신이 너무 갑자기 진정하지 말라고 합니다.]

이랬다가 저랬다가… 아니, 뭐. 이것도 여신님의 매력이겠지.

"그런데 여기가 어딘지 알고 계십니까?"

[행운의 여신이 모른다고 대답합니다.]

이것 참… 이런 대답을 당당하게, 활기차게 할 수 있는 것도 역시 여신이기에 가능한 것이겠지.

나는 감탄했다.

[행운의 여신이 왠지 반응이 마음에 안 든다고 합니다.]

어쩌라고?

[행운의 여신이 힌트라도 얻으려면 성좌가 되어 보라고 말합니다.]

아, 내가 그 생각을 못 했네.

아바타 상태로 볼 수 있는 것과 성좌 상태로 볼 수 있는 것에는 차이가 있을 수밖에 없다.

나는 즉각 아바타의 몸을 벗어던지고 성좌로 우화했다.

그러자 확실히 보이는 것이 달라졌다.

이 세상은 빛바래져 있었다.

이 표현이 과연 적절한 것일까?

비슷하지만 다른 표현을 동원하자면… 해상도가 낮다, 어딘가 현실적이지 않다, 정도이려나.

현실이라기엔 무언가가 부족하다.

그런데 그 무언가가 무엇인지 나는 모른다.

[행운의 여신이 이제야 확실히 알겠다고 말합니다.]

나와 시야를 공유한 여신의 일부가 답을 알고 있는 모양이다.

나는 잠자코 여신의 말이 이어지길 기다렸다.

[여기는 꿈속이라고 말합니다.]

꿈?

[행운의 여신이 그렇다고 대답합니다.]

꿈이라니… 그럼 난 잠든 거란 말인가?

[행운의 여신이 잠든 것은 당신이 아니라고 말합니다.]

[잠든 것은 미궁 바깥의 존재라고 합니다.]

[그 존재가 당신을 자신의 꿈속으로 빨아들인 것 같다고 합니다.]

[아니면 그 반대일지도……]

반대라… 반대라면 내가 꿈속으로 들어온 셈이 되는 건가.

그런 생각이나 태연히 하고 있을 때였다.

[행운의 여신이 큰일 났다고 합니다.]

갑자기 여신이 호들갑을 떨었다.

[이대로면 꿈속에서 영원히 빠져나가지 못할 수도 있겠다고 합니다.]

아니, 호들갑이 아니었네.

이건 진짜 큰일이다.

[지구의 챔피언이 어떻게 해야 이 꿈에서 빠져나갈 수 있을지 묻습니다.]

[행운의 여신이 이 꿈의 주인이 잠에서 깨어나야 빠져나갈 수 있다고 합니다.]

그럼 그냥 기다리기만 하면 되는 거 아닌가?

나는 안이하게 생각했다.

[행운의 여신이 이 꿈의 주인이 내가 생각하는 그 존재가 맞다면, 이 꿈에서 빠져나가는 건 수천 년 후가 될 수도 있다고 말합니다.]

안이하게 생각할 때가 아니었다.

[지구의 챔피언이 어떻게 해야 하냐고 묻습니다.]

[행운의 여신이 고민합니다.]

[행운의 여신이 망설입니다.]

[행운의 여신이 결심합니다.]

결심? 무슨 결심?

[행운의 여신이 지금 필요한 건 행운이라고 합니다.]

행운? 그렇다면…….

[행운의 여신이 자신을 초환하라고 합니다.]

나는 조금 감동했다.

답이라고는 행운에 기대는 것밖에 없는 절망 속인데, 그 절망을 함께 나누겠다니.

이런 걸 보고 뭐라고 해야 할까?

숭고한 희생?

이 황량하고 아무것도 없는 곳에서 홀로 수천 년이라는 시간을 보내고 싶지 않았던 나는 [행운의 여신]의 마음이 바뀌기 전에 얼른 초환하기로 했다.

[지구의 챔피언이 행운의 여신을 초환합니다.]

[행운의 여신]이 나타났다!

그렇게 나타난 여신의 모습은 마치 여신 같았다.

아니, 이상한 소리란 건 안다.

여신이 여신 모습이지, 그럼 뭐겠느냔 말이다.

하지만 진짜로 보자마자 '여신 같다'는 생각이 가장 먼저 들었다.

마치 내 머릿속의 '여신'이라는 이미지를 그대로 구현해 놓은 것 같은 인상이다.

[아름다운 로맨스]나 [고대 엘프 사냥꾼] 등, 여성 성좌를 초환했을 때와는 전혀 다른 인상이다.

하긴 그 성좌들도 '여신'은 아니었나.

내가 아는 '여신'이라곤 여신뿐이니.

그거야 뭐 여하튼, 내게 불려 나온 여신은 커다란 눈동자를 두어 번 깜박깜박거리더니 나를 보았다.

그러길 2초? 3초?

"철호!"

여신이 육성으로 외쳤다.

"드디어 둘만 남았구나! 이젠 아무도 우리 사이에 못 끼어들어! 여기서 우리 둘이서 천년만년 살자!"

갑자기?

[지구의 챔피언이 그게 무슨 소리냐고 묻습니다.]

"우리 둘 사이에 그렇게 말하기 있어? 목소리로 말하기! 하나, 둘, 셋! 시~작!"

"아니, 그게 무슨."

"좋아! 잘했어요! 좋아요, 철호! 좋아해요!"

은근슬쩍 충격 발언 하지 않았나, 지금?

"한창때의 숫처녀가 고백했는데 그렇게 멀뚱히 보고만 있을 거야? 대답해 줘야지, 얼른!"

그게 고백 맞았던 거야?

…지금 이 상황에 고백을 한다고?

"아니."

"아니 금지!"

"그게."

"그게 금지!"

"무슨."

"무슨 금지!"

이 여신은 나를 벙어리로 만들 셈인가?

"대답은 뽀뽀로만 받을 거예요! 우웅~!"

벙어리로 만들 셈인 게 맞았구나.

그보다 여신의 입술이 가까워져 오고 있다.

그와 함께 번뇌도 드리워져 오고 있다.

…키스도 아니고 뽀뽀 한 번 정도라면 뭐 괜찮지 않을까?

이런 생각을 하는 나는 분명 머리가 이상해지고 만 것이리라.

하긴 뭐 주변에는 아무도 없고, 앞으로도 몇천 년 동안 갇혀 있을 거라는데 조금쯤 이상해지는 게 뭐 어때?

번뇌에서 빠져나와 깨달음을 얻은 내가 여신의 허리에 손을 슥 올릴락 말락 했을 때였다.

파창!

하늘이 깨졌다.

그리고 깨진 하늘의 균열 사이에 끔찍한 형상이 나타났다.

[세 번 위대한 이가 괜찮냐고 묻습니다!]

"히익?! 끼아아아아!!"

[행운의 여신]이 마치 태양 빛을 마주한 흡혈귀처럼 울부짖으며 사라졌다.

*   *   *

나는 나도 모르게 바닥을 쓸었다.

[행운의 여신]이 남긴 재 같은 건 없었다.

흡혈귀는 아니었구나.

그럼 일장춘몽이었을까?

[세 번 위대한 이가 타이밍을 잘못 맞춘 것 같다고 말합니다.]

깨진 하늘 위에서 끔찍한 형상의 [세 번 위대한 이]가 내려오면서 멋쩍은 듯 말했다.

깨져나간 하늘은 그 깨진 부분이 넓어지더니 하늘 전체에 균열이 번지며 소리 없이 박살 났다.

저렇게 어마어마한 규모의 파열임에도 아무 소리도 안 들리는 건 어딘가 현실감이 없었다.

[세 번 위대한 이가 방금 현상은 '놈의 꿈'에서 빠져나왔다는 방증이라고 합니다.]

아, 그럼 지금 '꿈'에서 빠져나온 거구나.

오.

…왜 약간 아쉽지?

[행운의 여신이 꿈에서 빠져나오기 위해 연기한 거라고 다급하게 외칩니다!]

[행운의 여신이 그건 연기였다고 울부짖습니다!]

[세 번 위대한 이가 이해한다고 말합니다.]

[행운의 여신이 그런 이해는 필요 없다고 외칩니다!]

과정이야 어찌 됐든 결과적으로 여신 덕에 빠져나온 건 맞는 것 같으니 감사의 말은 해야 할 것 같았다.

그래서, 했다.

[지구의 챔피언이 행운의 여신에게 감사합니다.]

그러자, 반응이 이랬다.

[행운의 여신이 삐칩니다.]

아니, 왜?

*　　　　　*　　　　　*

[세 번 위대한 이가 '놈'이 잠에서 깨어난 덕에 그 꿈에 갇혔던 당신이 풀려난 거라고 말합니다.]

아, 역시. 그럴 것 같았어.

[지구의 챔피언이 '놈'이 대체 누구냐고 묻습니다.]

[세 번 위대한 이가 '놈'은 이름이 불릴수록 강력해지기에 대답해 줄 수 없다고 말합니다.]

어디 나온 누구 이야기 같군.

원조는 따로 있다지만, 아무튼 대충 알았다.

아니, 그런데 잠깐.

[지구의 챔피언이 그러면 49층에 나온 '놈'이 건재한 거냐고 묻습니다.]

[세 번 위대한 이가 그 '놈'과 저 '놈'은 다르다고 말합니다.]

[세 번 위대한 이가 오히려 이 '놈'이 그 '놈'의 주인에 가깝다고 말합니다.]

이놈, 저놈, 그놈 하는 게 좀 헷갈리긴 하지만 49층 놈의 주인이 50층 놈이라는 건 알겠다.

[세 번 위대한 이가 '놈'이 잠들면 수만 년은 너끈히 잠드는데, 이번에 깨어 꿈에서 빠져나올 수 있었던 것은 순전히 운이 좋은 거였다고 말합니다.]

[세 번 위대한 이가 하긴 곁에 누가 붙어 있는데 운이 나쁘겠냐고 말합니다.]

[행운의 여신]은 묵비권을 행사하기로 한 건지 아무 말도 하지 않았다.

현명한 결정 같다.

[세 번 위대한 이가 어쩌면 '놈'도 너희가 꽁냥대는 꼴을 보기 싫어서 깨어난 걸지도 모르겠다고 말합니다.]

[행운의 여신은 꽁냥대지 않았다고 합니다.]

아… 그냥 묵비권 행사하는 게 좋을 텐데.

[세 번 위대한 이가 뽀—뽀 정도는 꿍냥대는 게 아니라는 건 이번에 처음 알았다고 합니다.]

[행운의 여신은 꿍냥대지 않았다고 합니다…….]

저렇게 될 줄 알았다.

이대로 두면 계속 자기 무덤만 팔 것 같으니, 슬슬 개입해서 구해 줘야겠다.

[지구의 챔피언이 그럼 놈은 어떻게 해치우냐고 묻습니다.]

[세 번 위대한 이는 눈멀고 어리석은 우둔한 '놈'이 할 수 있는 건 꿈꾸는 것뿐이니 굳이 해치울 필요가 없다고 말합니다.]

[세 번 위대한 이는 오히려 자극하지 말고 잠든 채 놔두어 상관하지 않는 것이 상책이라고 말합니다.]

그거 해치울 힘이 모자라다는 뜻으로 받아들여도 되는 거지?

하긴 49층의 '놈'도 간신히 쓰러뜨렸는데, 그 주인이라면 더 셀 테니 지금 전력으로 이기긴 힘들 거다.

납득한 나는 고개를 끄덕였다.

사실 '놈'을 처치하러 나설 필요는 희박하긴 했다.

어느새 50층이 미궁의 환경으로 되돌아가고 있었기 때문이다.

원래 50층이 어땠는지는 당연히 모르지만, 회귀 전의 지식 없이도 여기가 미궁이라는 것은 알 수 있었다.

아까부터 채널을 통해 [세 번 위대한 이]와 대화하고 있는 것이 그 방증이었다.

그뿐일까, 상태창도 열리고, 인벤토리도 열리고, 커뮤니티도 열린다.

달리 더 증거가 필요하겠는가?

미궁의 시스템이 돌아가고 있다면 여기는 미궁이 맞다.

물론 48층에서의 경험 때문에 좀 의심이 가긴 하지만, 48층과 같은 방법으로 확인해 봐도 별로 걸리는 게 없기도 하다.

그때보다 훨씬 강력한 '놈'이 점거하고 있었던 만큼, 이 검증 방법으로도 검증이 안 됐을 가능성이 여전히 남아 있긴 하다만……

뭐, 의심하면 끝이 없지.

나는 대충 이쯤에서 의혹을 잘라 내기로 했다.

그 대신 주변을 둘러보았다.

회귀 전의 김민수도 확실히 찾아오지 못한, 완전한 미답의 영역인 50층의 풍경을.

50층의 풍경은 미궁 바깥과 같았다.

아니, 여긴 틀림없이 미궁 바깥이다.

아까까지 여기가 미궁임이 틀림없다고 말한 것과는 상반된 증언이지만, 이것도 사실이고, 저것도 사실이니 어쩔 수 없다.

무슨 소리냐면, 여긴 미궁 안인 동시에 미궁 바깥이라는 뜻이다.

이걸 어떻게 설명해야 하나… 그래, 굳이 건물에 비유하자면 건물 옥상을 댈 수 있겠다.

옥상은 건물 안인가, 밖인가?

애매하지 않은가?

50층이 딱 그랬다.

미궁의 시스템은 살아 있으나 그 풍경과 환경은 바깥인 곳.

"…여기에 애들 불러와도 될지 모르겠네."

뭐, 이론상으론 그리 문제가 안 될 것이다.

다들 200레벨은 넘겼고, 기본 능력치도 받쳐 줄 테니 충분히 견딜 수 있겠지.

정 안 되면 버프라도 받으면 될 테고.

그러나 현실은 이론대로 돌아가지 않는 법이다.

"여기 보면 애들 다 멘붕 할 거 같은데."

아무리 주변을 둘러봐도 51층으로 올라갈 곳이 보이지 않는다.

그러니까… 여기가 미궁의 끝인 모양이다.

아닌가?

아니었으면 좋겠는데.

[행운의 여신이 여기가 미궁의 끝이라고 합니다.]

[세 번 위대한 이가 보증합니다.]

정말로?

태연한 척하고 있지만, 사실 나도 꽤 패닉을 느끼고 있다.

이 아무것도 없고 황량하기만 한 공간이 모험가의 최종 도착지라고?

소원은? 아, 소원은 안 이뤄 준다고 했지.

"하… 이거 참. 어째야 하나."

난감하기 짝이 없었다.

내가 이럴 정도면 다른 애들은 발광할 수도 있었다.

그저 미궁의 끝만 보고 달려온 사람들이 그 실체를 맞닥뜨렸을 때 어떤 감정을 느낄지, 나 자신도 그중 한 명이었기에 쉬이 상상할 수 있었다.

아니, 게다가. 앞으로 어쩐단 말인가?

이 논밭이 일궈질 것 같지도 않은 황량한 땅에 내던져진 모험가들은 앞으로 어떻게 살아가야 한단 말인가?

이건 너무 가혹했다.

이래선 안 됐다.

내가 말을 잃고 허공에 시선을 던진 채 망연히 있자, 더 두고 보지 못하겠다는 듯 여신이 입을 열었다.

[행운의 여신이 모험가들을 불러오라고 합니다.]

나는 여신의 속없는 말에 분노를 터트릴 뻔했다.

만약 그 뒤에 이어지는 말이 없었으면 정말로 화를 냈을 것이다.

[그들은 너 같은 성좌가 아니라 정식 모험가이니, 퀘스트든 무엇이든 받을 것이라 말합니다.]

아, 그럴 수도 있겠군.

내가 모험가가 아니라 성좌라는 소리에는 이상한 상실감을 느꼈지만, 사실대로 말한 것에 화를 낼 순 없다.

단지 잠깐 좀 시무룩해질 뿐.

*   *   *

나도 들은 이야기다.

[미궁 클리어!]

[파이널 퀘스트: 지구를 지켜라]

[축하합니다! 이로써 여러분은 미궁에서의 모험을 완수했습니다.

모험의 보상으로써 평범한 방법으로는 얻을 수 없는 힘과 능력, 그리고 인연을 얻었겠지요.

이로써 여러분은 머지않을 대전쟁에 활약할 수 있는 강력한 전사이자 능력자가 되었습니다.

여러분, 지구는 미증유의 위기에 놓여 있습니다.

이 땅을 본래부터 자신의 것이었다고 주장하는 바깥 세계의 침략자가 지척까지 다가와 있습니다.

힘들고 위험한 싸움인 것은 알고 있습니다만, 여러분 외에 나설 사람이 없습니다.

그렇기에 염치 불고하고 부탁드립니다.

부디 침략자를 물리치고 지구에 평화와 번영을 가져다 주십시오!]

[승리 시 보상: 평화와 번영]

모험가가 50층에 도달하자마자 상태 메시지 창에 이런 문구가 떴다고 한다.

…뭔가 이상한데?

지구는 망한 지 좀 됐다. 이쯤 되면 오래됐다고 표현해도 별로 이상하진 않을 것이다.

그런데 미궁이 출력한 문구는 아직 지구가 멸망하지 않은 것 같이 작성되어 있었다.

[세 번 위대한 이가 꽤 오래 전에 작성된 문구일 거라고 말합니다.]

아마도 지구가 멸망하기 전에 작성된 거겠지.

그렇다면… 그래.

아무래도 우리는 너무 늦어 버린 모양이다.

하하.

"아니, ■■!"

아바타가 돼도 미궁에선 욕설이 ■■ 처리되네.

뭐, 이게 중요한 게 아니지.

"그, 그럼 저희 이제부터 어떻게 해요?"

그건 나도 모르는데!

하지만 아무리 상대가 이수아라도 곧이곧대로 말할 순 없다.

꽤나 단단한 멘탈을 지닌 이수아가 이럴 정도면 다른 사람은 어떻겠는가?

게다가 지금은 모두가 내 입에 집중하고 있다.

선지자이자 선각자로서, 그리고 [지구의 챔피언]으로서 나는 이들을 이끌 의무가 있다.

…라고 생각하자.

이렇게라도 생각 안 하면 전부 다 내던지고 싶은 마음이 굴뚝같거든.

강제적으로 스스로에게 사명감을 부여한 후, 나는 조심스럽게 말했다.

"일단 밭부터 갈죠."

뜬금없이 무슨 소리냐는 말 듣기 딱 좋지만, 어쨌든 사람은 먹어야 산다.

먹으려면 먹을 게 필요하지.

당연한 소리긴 한데, 막상 먹을 게 없을 때 들으면 피눈물 나는 소리기도 하다.

그러니 늦기 전에 식량을 생산할 수단을 마련해 둬야 한다.

다행히 모험가들의 인벤토리에는 30층대의 세계에서 실어 놓은 식량이 많았다.

또 이들은 충분히 튼튼히 며칠 정도는 먹지도 마시지도 않고 버틸 수 있다.

시간이 아주 없지는 않다는 뜻이다.

문제는 이 땅이 개간에 적합하냐는 거다.

이 황무지가 쉬이 개척되리라고는 생각하기 힘들었다.

만약 부적합하다면 아무리 시간을 써도 소출을 기대하기 힘들 테니 시간 낭비만 하게 될 것이다.

그러나 우리에게는 치트 키가 있다.

"어르신."

"예, 선생님!"

치트 키, 김명멸이 나섰다.

"[물]을."

"예."

[축복받은 물]을 땅에 흩뿌리자, 치이이익 하는 소리와 함께 불길한 연기가 피어올랐다.

그리고 먼지와 같이 흩날리던 회색빛 땅이 색깔부터 바뀌기 시작했다.

…시커먼 색으로.

아니, 이건 더 불길한데?

"어, 선생님. 이거 흑토 아닌가요?"

그때, 김명멸이 내게 물었다.

흑토, 들은 적이 있다. 뜻이야 검은 흙이라는 의미지만 지금 중요한 건 그게 아니지.

한때 유럽의 빵 바구니라 불렸던 우크라이나의 흑토 지대가 뇌리를 스쳤다.

"그렇다면."

"예, 선생님. 일굴 수 있을 것 같습니다."

내가 자리를 비웠던 37층과 38층 구간에서, 김명멸을 비롯한 4서 폿은 [농사] 기술을 충분히 단련해 뒀다는 듯했다.

그것도 나보다도 더 높은 수준까지.

나야 기껏해야 2~3년 농사짓고 말았지만 이들은 무려 10년 이상 농사를 지었으니 당연하다면 당연한 결과긴 하다.

그런 농사 달인들이 하는 말이니만큼 믿을 수 있겠지.

"좋아요, 시작합시다."

땅을 갈아엎고, 충분한 양의 물과 [축복받은 소금]을 공급하고, 파종한 후…….

"자, 시작합니다. [바둑알★★]!"

차르르륵.

듣기 좋은 소리와 함께 이수아의 손에서 [바둑알★★]이 흘러내렸다.

아니, 수아야. ★ 두 개는 언제 달았니?

그 질문을 입 밖에 내기 전에 지금 막 씨를 뿌린 밀밭에 파릇파릇한 새싹이 올라오기 시작했다.

아니?!

어째 생각했던 것보다 [농사] 기술 랭크가 높더니만 이런 꼼수를 썼던 거냐!

비겁하다, 비겁해!

"선생님, 여긴 개간에 적합한 땅이 맞는 것 같아요!"

그런데 희망을 보고 환하게 웃는 이수아의 낯짝을 보고 있으려니 험한 말을 못… 할 정도는 아니지만.

참을 수 있다.

이게 어디냐.

"좋아. 그럼 인원을 배분해서 일단 살 곳과 개간할 토지 확보부터 시작합시다. 다 먹고 살자고 하는 짓인데, 먹고 사는 문제부터 해결해야죠."

사실은 나도 미래 청사진에 대한 기깔 나는 아이디어 따위는 생각이 안 나서 일단 되는대로 말한 것에 불과했다.

하지만 막상 모험가들은 막 50층에 올라와 미궁의 어이없는 파이널 퀘스트니 뭐니를 받아들었을 때보다는 훨씬 나은 표정들을 짓고 있었다.

먹힌 건가?

아니면 그냥 먹혀 준 건가.

모르겠다.

그래도 절망에 빠져 아무것도 안 하거나 난동을 부리는 것보다는 훨씬 낫다.

"시작!"

*　　　　　*　　　　　*

모험가들은 개간에 투입해 두고, 나는 정찰을 위해 [하이퍼 파워 아머]를 꺼내 들었다.

물론 아바타 상태다.

애초에 일반인이 성좌의 본체를 직접 목격하면 그것만으로 정신적인 타격을 크게 받는 모양이어서 사람들 앞에 나설 때는 무조건 아바타 상태로 나서야 한다.

게다가 성좌 상태로는 그냥 숨 쉬는 것만으로 성좌의 힘이 쭉쭉 빠져나간다.

아니, 사실 쭉쭉 빠져나가는 건 아니지만…….

아무튼 사람이 아무것도 안 하고 누워 있어도 때 되면 밥 먹어야 하는 거랑 똑같다.

그렇다면 그냥 밥으로 유지비가 해결되는 아바타 상태로 지내는 게 낫다고 판단했다.

[행운의 여신이 다들 그렇게 생각하지만 실제로는 못한다고 합니다.]

이유는? 아바타가 없으니까.

사실 만들려고 하면 만들 수는 있는데, 그게 쉬운 것도 아니고 비용도 많이 든다고 한다.

게다가 그렇게 기껏 만들어 봐야 결과물은 1레벨의 평범한 필멸자.

언제 어디서 죽어도 이상하지 않은 존재가 되어 버린다.

배보다 배꼽이 더 커질 수밖에 없는 구조니만큼 당연히 아무도 안 하겠지.

이수아의 담당 성좌인 [유유자적한 신선 기사]도 옛날옛적에 아바타를 잃어버렸다고 하니, 아바타의 간수가 어렵긴 어려운 모양이다.

그러느니 챔피언의 몸을 빌려 현현하는 게 훨씬 더 안전하고 쉽고 저렴하고… 아무튼 좋다니까.

챔피언 하니까 생각났는데, 김명멸이 은근슬쩍 자길 챔피언으로 임명해 주길 바라는 눈치다.

아직 챔피언을 지정하지 않긴 했는데, 글쎄… 생각을 좀 해 봐야겠다.

아바타가 있다 보니 딱히 다른 사람 몸 빌릴 생각이 안 드는 것도 사실이고.

생각이 자꾸 다른 데로 새네. 정찰해야 하는데.

나는 시야를 저 너머로 돌렸다.

[달의 지식] 마법인 [망원]을 써 버리는 게 쉽긴 할 텐데, 아바타 상태로는 [지식]에 의존해야 해서 그다지 쓰고 싶지 않다.

뭐, 안 그래도 300레벨 넘어가고 기본 능력치도 필요한 만큼 찍어 그냥 육안으로 봐도 시야가 그리 아쉽진 않다.

게다가 [망원] 마법을 대체할 수단이 없는 것도 아니니 말이다.

[하이퍼 파워 아머]의 투구 부분에 [망원 투시경]을 추가해 쓰면 그만이니까.

온갖 기능을 다 첨부하다 보니 [욕망]을 또 다 써 버렸지만, 그런 만큼 성능은 확실했다.

지상에서 지구가 둥글다는 걸 관측할 수 있을 정도니 말 다 했지.

"흐음……."

일단 주변 300㎞에 양혼장, 전초 기지 따위는 보이지 않는다.

당연히 미궁 바깥의 성좌들이나 시녀를 비롯한 다른 하수인도 마찬가지다.

그저 내가 지난번에 왔던 곳과 여기가 많이 떨어져 있으리라고 결론을 내리는 것은 간단하다.

하지만 그게 다가 아닌 것 같긴 하단 말이지.

"아, 당 떨어지네."

나는 아무 생각 없이 인벤토리에서 사탕 하나를 꺼내 먹다가 그 자리에서 굳었다.

지금… 인벤토리에서 사탕 꺼낸 거지?

[아공간 금]을 통해서가 아니라?

아니, 이것보다 확실한 방법이 있다.

"상태창!"

그러자 상태창이 열렸다.

"엇?!"

내가 왜 놀라냐고?

나는 지금 미궁 50층으로부터 100㎞ 떨어진 곳에 있다.

그럼에도 불구하고 미궁의 시스템이 작동한다는 건… 무엇을 뜻하겠는가?

"여기도 미궁이라고?"

이런 뜻이다.

물론 50층의 규모 때문에 놀란 것은 아니다.

39층 정도 되면 세계의 넓이가 수백㎞는 우스울 정도니까.

문제는 미궁이 '여기는 지구'라고 확실하게 증언했다는 것에 있다.

지구가 미궁이라고?

이건 이상하다.

"어떻게 된 겁니까?"

나는 [세 번 위대한 이]에게 연결된 채널을 켜서 물어보았다.

이것도 미궁의 시스템이 살아 있어서 가능한 거다.

하지만 대답은 즉시 돌아오지 않았다.

성좌들이 채널을 그렇게 근면하게 일일이 확인하지 않는다는
건 이미 알고 있던 바다.

"하는 수 없군."

나는 인벤토리에서 [세 번 위대한 이]의 성상을 꺼내 들었다.

역시 톡 안 볼 땐 전화하는 게 직빵이지.

                    *   *   *

[세 번 위대한 이가 그건 나도 모르는 일이라고 대답합니다.]

"왜요?"

[미궁 50층에 도달해 미궁 클리어까지 이루어 낸 것은 너희가
처음이기 때문이라고 말합니다.]

아, 그래요?

나는 어깨를 으쓱했다.

[그러니 앞으로 일어날 일은 미궁의 성좌들로서도 처음 겪는
일이라 조언을 해 줄 수 없다고 합니다.]

뭐, 이건 나도 마찬가지다.

그간 회귀자랍시고 콧대를 세우고 다녔지만, 49층부터는 가진
정보가 아예 없었으니.

내가 워낙 뛰어난 탓에 회귀 전의 정보가 쓸모없어진 지는 그보다 더 오래됐고.

"뭐, 아무튼 알겠습니다."

[세 번 위대한 이가 왜인지 네 태도로부터 불경함이 느껴진다고 말합니다.]

눈치 빠르시네.

뭐, 아무튼 근거지로부터 100㎞ 거리에서도 미궁의 시스템을 그대로 쓸 수 있는 건 호재다.

언제가 될지 모르겠지만, 모험가의 영역이 이전보다 더 넓어졌을 때도 인벤토리 등을 포기하지 않을 수 있다는 뜻이니까.

더 멀리 나가 보고 이것저것 확인도 하고픈 마음이 있긴 했지만, 아무리 그래도 너무 멀리 나갔다가 습격이라도 받으면 곤란하다.

적어도 [콜]을 받을 범위 안에는 있어야지.

그렇다고 되돌아가는 길에 [콜]을 받을 건 또 아니다.

커뮤니티 점수도 아껴야지. 앞으로 무슨 일이 생길지 모르는데.

*　　　　*　　　　*

근거지로 돌아가 봤더니 모험가들은 벌써 꽤 넓은 농지를 개발해 놓았고, 40층에서 받아 온 자재를 써서 건물까지도 올려 두었다.

내가 별로 오래 나가 있었던 것도 아닌데, 단시간만에 이 정도 발전을 해내다니.

역시 다들 모험가답게 능력이 좋다.

혼자 그렇게 감탄하고 있으려니, 이수아가 종종걸음으로 내게 다가와 말을 걸었다.

"아, 선생님! 잘 다녀오셨어요?"

"어, 별거 없더라."

사실 정찰 결과는 이미 커뮤니티를 통해 공유해 두었으므로, 이건 그냥 인사에 가까운 말이다.

"그렇군요! 그럼 술은 뭐부터 만들까요?"

어… 지나치게 능력이 좋은 것 같다.

"일단 곡식부터 저장하는 게 맞지 않을까?"

"아, 그럼 포도주부터 만들어야겠군요."

그게 그런 의미로 한 말이 아닌데.

하지만 뭐, 멘탈부터 챙겨야 하는 시기에 너무 빡빡하게 구는 것도 안 좋겠지.

솔직히 식량은 충분하니 말이다.

"그럼 증류소도 하나 세워야겠는데."

기왕이면 브랜디지!

*　　　　*　　　　*

첫 수확의 시기에 찾아올 때까지도 미궁 바깥의 존재가 침략해 오거나, 뭔가 큰 사건이 일어나거나 하는 일은 일어나지 않았다.

그저 노동, 노동만이 우리에게 남겨진 유일한 시련이었다.

"설마 이대로 번영하라는 소린가?"

"그것도 나쁘진 않은데."

"아니, 파이널 퀘스트가 남아 있잖아."

"퀘스트가 잘못됐을 수도 있지."

모험가들 사이에서는 이런 대화가 오고 갔다.

처음 뭘 해야 할지 몰라 울상이었던 모험가들의 면상은 천천히 펴졌고, 지금에 와서는 완전히 긍정적인 표정이 되었다.

노동이 사람을 구했다라고 하긴 좀 뻑적지근하긴 하다만 이게 또 그리 틀린 말이 아니라 난감할 정도다.

"포도주가 잘 익었어요, 선생님!"

그리고 그것은 이수아도 마찬가지였다.

다른 사람들은 밀밭이 빚어낸 황금빛 물결을 보고 가슴 벅차할 때, 얘는 술맛 보고 이러고 있다.

여전히 외견은 10대 중반인데 이래도 되는 걸까?

"그럼 이제 증류기에 넣고 돌려야지."

당연히 된다.

이래보여도 200살 넘은 앤데 아직도 애 취급을 하는 게 더 이상하지.

사실 이런 때 말고는 애 취급할 때가 더 많긴 하지만, 지금은 그런 게 중요한 게 아니다.

"그건 눈 감았다 뜨면 될 일이고요!"

나 없는 새 [양조] 기술을 얼마나 올려 둔 건지, 저렇게 자신만만하다.

브랜디 맛없기만 해 봐.

"맛있다!"

그리고 나는 패배했다.

아니, 그냥 브랜디도 아니고 [황금 브랜디] 앞에서 어떻게 버티냐고.

이건 내가 졌다.

애초에 질 수밖에 없는 싸움이었다.

"그죠?"

애초에 모험가는 잘 취하지도 않는데 이수아는 벌써 취하기라도 한 듯 생글생글 웃으며 말했다.

"그럼 축제를 벌여도 되겠네요!"

오늘도 술 마실 핑계를 찾아내셨군요.

"진행시켜!"

하지만 좋아.

그렇게 미궁 클리어 후 첫 수확제 개최가 결정되었다.

*　　　　*　　　　*

"음, 안 쳐들어오는군."

뭔가 잘 풀리려 하는 상황에서 급작스럽게 습격해 오는 외적은 클리셰 아닌가?

그래서 축제라도 벌이고 있으면 미궁 바깥의 것들이 습격해 올까 봐 내심 긴장하고 있었는데, 그런 것도 없었다.

사람들은 실컷 먹고, 취하고, 노래 부르며, 춤췄다.

몇몇은 짝지어 으슥한 곳에 사라졌는데, 다들 일부러 못 본 척했다.

어쨌든 인구가 늘어야 할 것 아닌가?

사실 이제까지도 모험가끼리 사귀고 번식 행위를 한 적이 있지만, 미궁 안에서는 아이가 태어나지 않았다.

30층대에서 현지인과 번식했을 때는 아이가 태어났었는데, 참 이상하지.

하지만 여기는 미궁 50층.

미궁의 시스템이 살아 있긴 하지만 클리어된 상태니만큼, 뭔가 좀 달라졌을 것 같기도 하다.

어쩌면 아이가 태어날 수도 있겠다 싶더라.

[행운의 여신이 당신을 방으로 초대합니다.]

아, 여신님께서 부르시네.

나도 가 봐야지.

어딜 뭐하러 가냐고?

그건 말할 수 없다.

부끄러우니까.

＊   ＊   ＊

"성좌와 성좌 사이에도 아이는 태어날 수 있어."

티케가 의미심장한 미소를 지으며 내게 말했다.

그래서 그런지, 묘한 심술이 났다.

"[고대 엘프 사냥꾼]과 [고대 드워프 광부] 사이에는 애가 없던데."

내 반박에, 티케는 헛웃음을 지었다.

"그건 걔네가 엘프에 드워프라 그런 거고."

"그런 걸로 치면 나는 인간이고 당신은 신인데?"

"그런 건 아무 상관 없어. 할아버지와 인간 사이에서 얼마나 많은 아이들이 태어났는지 알면 자기도 놀랄걸?"

여기서 할아버지란 [끌어내려져 존경받는 왕을 뜻한다.

"뭐, 다 옛일이지만. 그렇게 태어난 인간 아이들은 다 필멸자였으니 죽어 버렸지."

"그럼 우리 아이는……."

"잊어버린 거야? 자기도 성좌잖아!"

아, 그랬었지.

자원 아끼겠다고 아바타로만 살았더니 자꾸 까먹는다.

게다가 요즘에는 싸울 일도 없었지.

일주일에 한 번 나가는 정찰 때를 제외하면 나도 평소에는 땅 파먹고 산다.

아니면 이렇게 여신님이랑 노닥거리거나.

"…흐훗."

솔직히 다른 사람들에게 말하기 꺼려질 정도로 행복하다.

"뭐야, 왜 웃어?"

내가 왜 웃는지 이미 눈치챘으면서, 티케는 기어코 내 입으로 그 말을 듣겠다는 듯 추궁해 왔다.

바로 말해 주면 재미없으니, 나는 티케의 허리에 손을 먼저 올렸다.

그리고 살짝 삐치기 시작한 티케가 손을 들어 내 손을 짝 내려치기 직전에야.

"…사랑해."

그녀가 바라는 말을 해 주었다.

"하여간……."

내 재롱에 여신님께서는 피식 웃으셨다.

그 미소가 또 여신 같아서, 나는 다시금 상반신을 확 일으킬 수밖에 없었다.

"꺄악!"

티케가 지르는 행복한 비명을 들으며, 나는 다시금 부부의 신성한 의무를 이행했다.

＊   ＊   ＊

10년이 지났다.

"아니, 이렇게 아무 일 없이 10년이 지난다고? 뭔가 잘못된 거 아냐?"

"선생님, 누구한테 화내시는 건가요?"

좌우지간 10년이 지났다.

도중에 농지를 늘리는 것은 그만두었다. 식량 자급률이 100%를 넘겼기 때문이다.

대신 우리는 숲을 조성하기 시작했다. 당연히 목재를 얻기 위해서다.

그래서 생장이 빠르고 목재의 질이 좋은 삼나무를 먼저 심기 시작했다.

아무리 그래도 제대로 된 목재를 얻으려면 최소한 20년은 키워야겠지… 라고 생각했었지만 그건 오산이었다.

[황금 삼나무]

[식재] 7랭크를 찍은 사람들이 나무를 쑥쑥 키워 내더니, [벌채] 10랭크를 찍은 사람들이 황금 목재까지 쭉쭉 뽑아 내기 시작하는 거 아닌가?

이거 이러면 굳이 삼나무에 집착할 이유가 없다.

다 뽑아 버리고 더 고급 나무를 키워도 되겠어.

아무리 모험가들은 튼튼해서 알레르기 생길 일이 없다지만, 아이들은 또 이야기가 다르니까.

삼나무 꽃가루 알레르기는 악명이 높은 만큼, 지금이라도 다 치워 버리는 게 낫겠다.

그래. 맞다. 결혼한 모험가들 사이에서 아이들이 태어났다.

정착촌에서는 아이들의 웃음소리와 울음소리, 그리고 비명이 끊이지 않았다.

아, 비명은 또 뭐냐고? 씻기 싫다고 저러는 거다. 애들은 다 그러지 않는가?

참고로 나도 아버지가 되었다.

아니, 정확히는 아직 된 건 아니다.

티케의 배가 부른 건 아니거든.

그러나 [아름다운 로맨스] 성좌가 티케의 임신을 보증했으므로 믿어도 될 것이다.

아이가 태어나기까지는 100년을 더 기다려야 한다던데, 성좌들의 임신과 출산은 원래 이런 건가 싶더라.

그래서 물어봤더니 원래 그렇단다.

그렇다니 뭐 어쩔 수 없지.

내 개인사야 아무래도 좋다.

중요한 것은 모험가들이, 즉 지구의 마지막 인류가 번영하고 번성하고 있다는 것이다.

미궁 바깥에 있다가 39층에 돌아왔을 때 본 마천루의 광경은 아직 잊지 않았다.

그것이 우리 문명도 피워 낸 적이 있었던 꽃임을 기억하고 있다.

이상은 드높으나 갈 길이 멀다.

그러나 조금씩이나마 차근차근 전진하고 있다는 것이 크다.

희망이 현실이 되고, 또 새로운 희망을 품을 수 있다.

이것이 얼마나 가슴 벅찬 일이란 말인가.

다행히 내게는 시간이 많다.

내 꿈이 이뤄지기까지 차분히 기다릴 수 있다는 것 또한 축복이다.

*　　　　*　　　　*

"성좌가 되길 정말 잘했군."

그렇게 흡족한 목소리로 혼자 읊조리고 있을 때였다.

"나랑 결혼할 수 있어서?"

기습적으로 걸린 질문에 등 뒤로 식은땀이 흘렀다.

누구 목소리인지는 뒤돌아보지 않아도 안다.

대답, 잘해야 한다.

너무 잘해도 안 된다.

배 속의 아이를 위해서라도… 아니, 이건 아니지만.

아무튼!

"와하하!"

나는 일단 웃었다.

생각할 시간을 벌기 위해서였다.

"대답, 빨리."

그러나 내 시도는 무위로 돌아갔다.

고작 10년 사이에 내 패턴을 너무 빨리 파악한 거 아닌가?

식은땀이 확 쏟아졌다.

"다, 당연하지!"

나는 무난한 답을 골랐다.

그러나 항상 무난한 답이 정답인 건 아니다.

내 답이 마음에 든 듯, 티케는 기분 좋게 웃으며 내게 윙크했다.

"오늘 저녁, 기대해."

틀렸다. 틀리고 말았다.

또 한 달 동안 마라톤 뛰어야 하나.

아무리 성좌라지만 도중에 휴식도 없이 30일 연속은 너무한 거 아니냐고… 대체 누구에게 항의해야 하나.

그러나 여기서 표정을 구기거나 한숨을 내쉬는 등의 행위로 상황을 악화시킬 생각은 없었다.

"기, 기대되네."

아하하, 와하하!

　　　　*　　　　　*　　　　　*

　행복한 시간은 길게 이어지지 않는다.

　정확히는, 행복한 시간은 길게 느껴지지 않는다.

　시간을 보내고 있는 당장은 행복을 느끼지 못한다는 점도 크게 작용한다.

　물론 순간순간의 행복은 느낄 수 있으나, 사람의 감정이 지닌 항상성은 그 행복을 곧 아무것도 아닌 것으로 만들어 버린다.

　그러나 돌이켜 보면 별로 행복을 느끼지 못했던 그 시간 동안 또한 결코 불행했던 것이 아니다.

　만성적인 행복이라도 행복은 행복.

　다시금 불행의 구덩이에 처박혀 보면 금방 알 수 있는 사실이다.

　아니, 그렇다고 지금이 불행하다는 건 아니지만.

　"끄어어… 끄어어……."

　나는 좀비처럼 티케의 방에서 기어 나왔다.

　45일 만의 해방이었다.

　30일일 줄 알았는데, 50% 더 일정이 늘어난 이유에 대해서는 나도 잘 모른다.

　오히려 임신 중에 더 만족을 모르게 되더라는 증언을 하던 사람이 있는데, 티케가 바로 그런 케이스였나 하고 추측만 할 수 있을 뿐.

　그거야 뭐 어쨌든.

　"이겼… 다……!"

누굴 뭘로 이겼는지는 모르겠지만, 아무튼 내 마음은 승리감으로 가득했다.

이럴 땐 깊게 생각하는 게 아니다.

그저 즐기는 게 좋다.

거실 소파에 늘어져 있으려니 이렇게 행복할 수가 없다.

하지만 그것도 잠시.

곧 행복 대신 지루함이 스멀스멀 몰려온다.

"…지구에나 가 볼까?"

우리는 황폐화된 미궁 50층을 그냥 지구라고 부르기로 했다.

미궁도 지구라고 부르고 있으니, 우리도 그냥 그렇게 부르기로 합의했기 때문이다.

어차피 티케는 푹 잠들어서 사흘쯤 후에나 깨어날 것이다.

나는 티케의 세계에서 슬그머니 빠져나왔다.

"나도 내 세계를 만들긴 만들어야 하는데……."

모험가를 알현실로 부르거나 다른 성좌를 초대하거나 하려면 나도 성좌로서의 내 세계가 필요하긴 하다.

하지만 만드는 데에 시간도 많이 들고 힘도 만만찮게 소모되는 지라 자꾸 세계 생성을 미루게 된다.

필요할 땐 티케네 집, 아니 세계에서 신세 지면 되는 데다, 보통 아바타 상태로 지내다 보니 필요성을 그리 못 느끼는 것도 한몫하고.

"그래, 뭐. 다음에 만들지."

이번에도 또 결정을 미루고, 나는 아바타 상태로 지구에 현현했다.

[이철호]: 어르신 뭐 하십니까?

[유상태]: 오, 선생님. 내려오셨습니까?

후다닥 술 약속을 잡은 나는 콧노래를 부르며 약속 장소까지 걸어갔다.

개인적인 일로 콜을 불러 달라기도 좀 그렇고, 피곤한데 [하이퍼 파워 아머]를 불러 내기도 귀찮았기 때문이다.

무엇보다 가끔은 발로 걷는 산책도 나쁘지 않다.

수확할 때가 다 되어 황금빛으로 물든 밀밭이 바람을 맞고 파도처럼 흔들린다.

지난 10년간 꾸준하게 정화를 해 온 덕에 하늘은 푸르름을 되찾았다.

팍시마디아와 운디네를 풀어 조성한 호수에는 어느새 물고기가 뛰어놀기 시작했다.

삼나무 숲… 저것들은 빨리 다 뽑아 버려야지.

아무튼 처음 도착했을 때의 지구와 지금의 지구에는 현격한 차이가 있다.

회색빛으로 부스러지는 흙만이 가득했던 때와 달리 푸르름이 가득한 지금의 풍경을 걷고 있노라면, 마치 문명이 있었을 때의 지구 위를 걷는 것만 같지 않냐는 영 성급한 생각마저 들 정도니까.

"흐흐……."

나는 심호흡을 하며 검은 흙을 밟고 걸었다.

이제 여유가 있으니 도로를 좀 조성해도 되지 않을까? 하는 생각을 하며.

그러나 곧, 나는 땅에서 하늘로 시선을 들어 올릴 수밖에 없게 되었다.

그리고 불과 몇 분 전에 한 생각을 떠올릴 수밖에 없게 되었다.

행복한 시간은 길게 이어지지 않는다.

긴 꼬리를 단 채 이쪽을 향해 낙하해 오는 운석의 무리를 보면 그런 생각을 할 수밖에 없었다.

＊ ＊ ＊

운석 하나둘쯤 파괴하는 건 일도 아니었다.

성좌가 되기 전에도 해낸 일이었으니까.

물론 당시에는 하루에 두 개 파괴하면 많이 한 거였지만, 아무튼 가능했다는 게 중요하다.

문제는 운석의 숫자였다.

슥 훑어봐도 서른 개가 넘었다.

내 시야에 보이는 운석만 이 정도니, 실제로는 이보다 더 많으리라.

[이철호]: 아이들부터 대피시켜요! 빨리!

저 운석 무리가 그냥 우연히 이쪽에 쏟아진다고 생각할 정도로 멍청하지는 않았다.

틀림없이 미궁 바깥 세력의 공격이다.

그렇다면 저 운석은 보기만 해도 미쳐 버릴 가능성이 컸다.

모험가들도 광기에 저항하는 것이 쉽지 않을 텐데, 아이들은 훨씬 더 취약할 테지.

아예 안 보이는 곳으로 대피시키는 게 최선이었다.

대피 작업은 사람들에게 맡기고, 나는 운석부터 처리해야겠지.

[대폭주]

"[비이이이임!!!!]"

옛날에는 운석 하나 부술 때마다 별짓을 다 해야 했지만, 충분히 성장한 지금은 이 조합으로 충분했다.

굵직한 [신비]의 입자포가 하늘을 일필휘지의 붓처럼 휘저어댔다.

쿵! 퍼펑!!

그것만으로 벌써 일곱 개의 운석이 파쇄됐지만, 아직 반은 고사하고 1/4조차 다 못 부쉈다.

이 빔으로 최소한 15개는 부술 생각이었는데, 그러지 못한 것은 운석들이 회피 기동을 한 탓이다.

절대 자연적인 운석이 아님을 스스로 증명한 셈이다.

"이익!"

까득.

나는 이를 꽉 깨물고 다시 한번 능력을 준비하려다 손아귀에서 힘을 뺐다.

나 혼자 날뛰어 봐야 저 서른 개 이상의 운석을 다 막는 건 무리다.

그렇다면.

"[초환]!"

혼자 안 하면 되지.

나는 아홉의 성좌를 초환했다.

아홉 성좌는 즉각 초환에 응했다.

[피투성이 피바라기가 고작 운석 막는 데에 본좌를 불렀느냐고 불만을 표합니다.]

저 양반은 왜 또 1인칭이 본좌가 됐어?

[아름다운 로맨스가 운석을 보고 표정을 굳힙니다.]

[세 번 위대한 이가 저게 아직 남아 있었느냐고 놀랍니다.]

뭐야, 장인어른께선 저 운석을 쏘아 보낸 놈에 대해 알고 계신 건가?

하지만 상황은 이런 이야기나 하고 있을 때가 아니다.

[대폭주]

"[비이이이임!!!!]"

나는 다시금 빔을 쏴서 이번에는 네 개의 운석을 부쉈다.

전과가 확 줄어든 것은 내 빔의 궤도를 학습이라도 한 듯 이전보다 회피 기동이 더욱 정교해졌기 때문이다.

이거 성좌들 불러오길 잘했네.

나 혼자선 다 막지도 못했을 것이다.

*   *   *

결과.

모든 운석을 다 막아 내는 데에는 성공했다.

그럼에도 불구하고 좌중의 분위기는 침중했다.

대피가 늦었던 아이 몇 명이 광기에 사로잡혀 완전히 돌이킬 수 없는 상태가 되었고, 성인 중에서도 광분한 이가 생겨 인적, 물적 피해가 발생했다.

운석에게 '색'을 빼앗겨, 기껏 정화했던 하늘의 색이 불길하고 불쾌하게 이지러지기도 했다.

이런 피해들보다 더 큰 문제가 있었다.

[세 번 위대한 이가 지구는 여전히 위협당하고 있는 상태라고 말합니다.]

이번에 날아든 운석 무리는, 굳이 비유하자면 낚시 바늘 몇 개가 드리워진 셈이라 할 수 있었다.

그러니까 앞으로도 몇 번이고 반복될 수 있으며, 다음에는 더욱 큰 피해를 낳을 수도 있다는 의미다.

동시에 날아든 운석을 모조리 분쇄했음에도 적에게는 투자금을 조금 날린 정도의 피해밖에 주지 못한 셈이라는 것도 그리 좋지 못한 소식이었다.

근본적인 원인을 제거하기는커녕, 더욱 큰 피해로 이어질 수 있게 된 상황이라는 소식은 사람들이 침울해지도록 만들기에 충분했다.

그리고 적의 정체.

[세 번 위대한 이는 [우주에서 온 색채]의 짓임을 의심하고 있습니다.]

"…그놈은 44층에서 처치한 게 아니었습니까?"

성좌들이 본 모습으로 현현해 놈에게 다구리를 날리던 기억이 아직도 생생하다.

그런데 아직 살아 있었다고?

[세 번 위대한 이가 그때 해치운 것은 분신이었던 모양이라고 추측합니다.]

[세 번 위대한 이는 그런 놈은 본체가 살아 있다면 놈은 몇 번이고 부활할 거라고 말합니다.]

그래… 그렇단 말이지?

나는 속에서 천불이 올라오는 것을 느꼈다.

돌이켜 보면 44층에서 놈을 처치했을 때는 다른 성좌들의 도움을 받은 터라 복수심이 완전히 충족되지 않았었다.

물론 당시의 나는 완전한 성좌도 아니었을 뿐더러, 성좌를 처치할 힘도 없었기 때문에 그 결과를 그냥 받아들여야 했다.

그러나 지금… 그때 처치한 것이 분신에 불과하다는 것을 알게 된 지금.

내가 느낀 감정은 희열 따위가 아니었다.

애초에 내 논밭을 망친 놈에 대한 복수심은 이미 옅어지고 없었다.

그 자리를 대신하고 있는 것은 오히려 더욱 강렬한 복수심이었다.

"아이들이 죽었어."

나는 성좌에 오르며 지구의 모험가들을 내 '아이'로 삼았지만, 나부터가 모험가 출신이어서 그런지 함께 모험해 온 동료들을 그렇게 여기기 어려웠다.

그러나 모험가들 사이에서 태어난 아이들은 달랐다.

그 아이들은 진짜 아이들이었다.

우리의 아이들.

나의 아이들.

[색채]가 장난삼아 던진 돌에 미쳐서 죽어 간 아이들의 모습을

생각하면 지금도 분노가 위장을 지글지글 태우는 듯했다.

그럼에도 지금 당장 해야 할 일은 복수심에 미쳐 놈을 찾아 나서는 것이 아니었다.

[세 번 위대한 이는 아무래도 놈은 '색'이 있는 곳에 운석을 던져 보는 모양이라고 합니다.]

[운석을 통해 충분한 색이 있다는 것을 알아내면 분신을 보내 볼 가능성이 크다고도 합니다.]

어디 있는지도 모르는 놈을 찾아서 홀로 떠나 버렸다간, 남은 사람들은 뒤이어 날아올 운석에 맞아 다 죽어 버릴지도 모르니까.

"방공호를 짓고, 피난 신호와 경로를 재확인하고, 운석을 격추할 시설을 지어 보도록 하시오."

그러니 일단은 다음을 대비해야 했다.

내가 떠나지 않고 남아 있는다 한들, 다음에도 나 혼자만의 힘으로 다 막아 낼 수 있으리란 보장은 어디에도 없었다.

그렇다고 [피투성이 피바라기]의 말마따나 운석을 격추해야 할 때마다 성좌들을 불러모을 수도 없는 노릇이다.

아무리 50층이 당하면 다음 차례는 성좌들의 본거지인 30층대의 세계가 되리라고는 해도, 이들의 일방적인 봉사를 기대할 수는 없었다.

따라서 우리는 우리의 힘만으로 운석을 파괴할 역량을 갖춰야 했다.

"[세 번 위대한 이]님, 저희를 도와주실 수 있으시겠습니까?"

[세 번 위대한 이는 흔쾌히 요청을 받아들입니다.]

모험가 중에 미배분 능력치를 남겨 놓은 이들을 따로 불러 모아 [신비] 능력치를 얻도록 했다.

물론 [세 번 위대한 이]에게 일방적으로 도움만을 요구할 수 없으므로, 성좌가 손해 보지 않도록 [신비]에 능력치를 충분히 투자할 수 있는 모험가만 받았다.

이들은 운석을 요격하는 임무를 맡게 될 것이다.

운석을 직접 보면 이들도 미쳐 버리고 말 테니, 좌표를 대신 따주는 장치를 설치할 필요가 있었다.

이런 시설을 구축하는 데에는 적지 않은 시간이 들 것이다.

꽤 시간이 걸리겠지.

하지만 그렇게 시간이 지나더라도 내 복수심이 식어 버리리란 생각은 도저히 들지 않았다.

그때가 되면 아마도 나는…….

"자, 다들 작업에 힘쓰도록!"

그 뒤의 일은 나중에 생각하기로 하고, 나는 당면 과제를 해결하는 데에 집중하기로 했다.

*   *   *

갑작스럽지만, 나는 어떤 아이디어를 떠올렸다.

"30층대 세계와 우리 사이에 물물 교환이 어떻게 안 될까?"

사실은 내가 떠올린 아이디어는 아니었다.

관측 및 요격 시설을 만들던 모험가들이 푸념하는 소리를 엿들은 게 시작이었으니.

아무래도 모험가들의 인벤토리에서 자재를 꺼내다 쓰는 데에도 한계가 있다 보니 푸념이 나올 수밖에 없는 상황이긴 했다.

또 지구의 21세기 수준까지 발전했던 종말 극복 직후 시점의 30층대 세계의 소재 공학에 대해 다들 기억이 남아 있으니까.

그것들을 사서 오기만 하면 너무 쉽게 만들 수 있는 것들을 재료 부족 때문에 힘들게 만들고 있으니 말이다.

물론 모험가들 사이에서는 그게 어떻게 가능하겠냐는 결론으로 이어졌지만, 나는 생각이 조금 달랐다.

왜냐하면 당장 30층대 세계에 있던 성좌들이 내 초환에 응해 여기까지 날아올 수 있었지 않은가?

그렇다면 그 반대도 가능하지 않을까?

그래서 나는 즉각 [세 번 위대한 이]에게 상담을 청해 물어보았다.

여보 마누라에게 묻지 않은 이유는 모를 거 같아서였다는 건 우리만의 비밀로 남겨 두자.

"그래서… 가능합니까?"

[세 번 위대한 이가 가능하다고 말합니다.]

역시!

*   *   *

[그러나 그것이 가능하게 하려면 세 가지 조건을 만족시켜야 한다고 말합니다.]

오, 그게 뭐죠?

[일단 실물을 옮기기 위한 수단. 즉, 아바타가 필요하다고 합니다.]

아바타, 있고.

[그리고 30층대 세계에 자네를 아는 사람이 있어야 한다고 합니다.]

내 이름 아는 사람, 있다.

[마지막으로 세계 간의 균형을 위해 같은 가치의 물건끼리 교환만이 가능하다고 합니다.]

그러니까 외상이나 대출, 혹은 바가지 따위의 꼼수는 불가능하다는 뜻이다.

…문제는 이건가.

어중간한 거야 [황금]이 붙은 요리 따위로 교환할 수 있겠지만, 내가 교환해 올 건 어중간한 게 아니다.

마력액 미사일과 미사일 사일로를 사 올 생각이기 때문이다.

그것도 여러 개씩.

그런 의견을 밝혔더니, 이런 대답이 돌아왔다.

[그런 거라면 그냥 자네의 [욕망 구현]으로 만들고 내 딸의 성배로 복제한 다음 역설계로 설계도 만든 후에 필요한 재료만 사 와서 양산하면 되지 않냐고 묻습니다.]

"…아!"

없는 살림일 때는 이리저리 궁리하면서 효율 생각하며 살았는데, 성좌가 되어 티케네 집에 기둥서방으로 살다 보니 뇌에도 지방이 붙었나 보다.

"감사합니다, 장인어른."

[하지만 마력액은 어쩔 수 없이 사 와야 할 테니 교환할 만한 물건을 미리 만들어 두라고 합니다.]

내가 [욕망]을 써서 만들어도 되지만, 이건 그냥 모험가들을 착취… 아니, 공납을 받도록 하자.

나 혼자 좋자고 세계를 지키는 게 아니니까.

"알겠습니다. 감사합니다, 장인어른."

아무튼 이로써 당장 해야 할 일은 정해졌다.

나는 사람들을 불러 모아 뜻을 전하고 관측 시설과 요격 시설의 적절한 사양을 논의하고, [황금]급의 생산품 생산을 독려했다.

적절한 사양만 결정되면 [욕망 구현]으로 만드는 것은 금방이다.

바로 관측 시설과 요격 시설을 생산해 배치하고 시험 운용까지 마친 후 보완 사항을 확인해 반영하고……

이것을 몇 번 반복하고 최종적으로 결정된 시설을 [청동 동전 ★★★★]으로 팔아 버리고 세 대까지 되산 후 다시 연구 팀으로 넘겨 역설계를 지시했다.

그동안 목수, 요리사 등의 기술자들이 [황금]급과 [천금]급의 생산품을 만들어 내기 시작했다.

사실 [천금]급 생산물은 기대도 안 했는데, 이게 또 어떻게 나오네.

모험가들이 다 떠나 버린 30층대 세계에는 [천금]급은 고사하고 [황금]급 생산품마저 씨가 말랐을 테니 수요는 분명 있을 것이다.

그렇게 만들어진 고급 생산품을 수령한 나는 연구 팀에게서 필요한 물자 리스트를 받아들고 30층대 세계로 향했다.

　　　　＊　　　　　＊　　　　　＊

　성좌로서 처음으로 층계를 이동해 본 소감은… 별거 없었다.

　초환에 응답해 뿅 하고 나타나는 감각은 다른 모험가에게 콜 받는 거랑 그리 다르지 않았으니까.

　눈 뜨고 보니 40층이었다, 는 게 비교적 적절한 표현이리라.

　"세계의 대영웅이자 구세주를 이렇게 다시 뵙게 되어 영광입니다."

　나를 초환한 것은 다름 아닌 인류 연방 통령이었다.

　초환도 그냥 다른 성좌, 그러니까 [아름다운 로맨스]로부터 퀘스트를 받아 수행했더니 된 거라고 했던가.

　우리가 떠난 뒤로 이쪽 세계에서는 시간이 얼마나 흘렀냐고 물어봤더니, 십수 년 정도 지났다는 대답이 돌아왔다.

　십수 년이라, 우리랑 같네?

　아무래도 한 층 진행할 때마다 200년씩 지난 건 30층대만 그랬던 거고, 그 뒤로는 우리랑 별 차이 없이 같은 시간대를 살아갔던 것 같다.

　적당히 신변잡기 이야기를 마친 후, 우리는 본격적으로 물물교환에 들어갔다.

　어차피 미궁이 같은 가치로 판정해 주지 않으면 물물 교환이 되지 않으므로 흥정 같은 건 따로 할 필요가 없었다.

　그렇게 쿨 거래를 마친 나는 30층대 세계, 정확히는 40층을 빠져나왔다.

"이게 되네."

된다는 말을 듣고 온 거긴 하지만, 그걸 말로 들은 거랑 실제로 된다는 걸 경험한 거랑은 역시 감상이 다를 수밖에 없다.

아무튼 필요한 자재를 모두 마련해 돌아온 나는 그것들을 전문가들 앞에 쏟아 놓았다.

그냥 떠넘긴 게 아니라, 기계 공학이나 마력 공학 따위의 기술은 38층 이후에나 발전하기 시작한 탓에 내가 끼어들 틈이 없었다.

그때 난 미궁 바깥에 있었으니까.

전문가들이 내가 그저 [욕망]으로 빚어낸 물건들을 가지고 설계도를 뽑아내고 그걸 다시 조립해 완성시키는 광경에는 묘한 감동마저 느껴졌다.

"이 정도면 개척지 전부를 방위하는 데에 부족하지는 않을 것 같습니다."

"그 말은 곧 부족하다는 뜻이로군."

우리 인류는 계속해서 번영할 거라서, 지금의 개척지로 만족할 생각도 이유도 없었다.

"뭐, 그건 그때 가서 생각하지."

일단은 지금의 시설로 적의 공격을 실제로 막아 낼 수 있는지가 관건이다.

이론상으로는 완벽하지만, 항상 그렇듯이 이론과 실제는 다른 법이니까.

*   *   *

[우주에서 온 색채]의 2차 공격은 1차 공격으로부터 약 10년이 지난 후에나 이뤄졌다.

어지간하면 망각하고 방심할 세월이 지났음에도, 사람들은 제대로 관측해 냈다.

그야 그렇다.

애들이 죽었다.

애들이 죽은 상처가 고작 10년으로 잊힐 리가.

내 마음의 들끓음도 아직 식지 않았는데, 직접적으로 피를 이은 혈족들이 잊었을 리가 없다.

이를 갈고 준비했고, 그 준비는 결실을 맺었다.

"[신비포], 발사!"

[세 번 위대한 이]의 도움을 받아 [신비] 능력치를 충분히 쌓은 모험가가 요격 시설에 앉아 [빔]과 유사한 광선을 발사하자, 한때는 그렇게 어렵게 격추했던 운석이 그 자리에서 파괴되어 버렸다.

지난번 공격에서 목격한 운석의 회피 궤도를 완전히 분석해 대응한 보람이 있다 하겠다.

그뿐만이 아니다.

"미사일 발사, 승인!"

마력액 유도 미사일도 그 값을 톡톡히 해냈다.

[신비] 능력자가 한정된 탓에 개척지 전역을 [신비포]로 뒤덮을 수 없어서 미사일도 썼는데, 전문가들이 개발한 유도 시스템이 역할을 다했다.

더군다나 이번엔 피해자도 없었다.

지난번의 피해를 교훈 삼아 완전히 새로 짠 대피 계획은 계획으로만 두지 않고 그간 1년에 몇 번씩 훈련한 보람이 있어, 아이들과 비전투원들이 모두 성공적으로 대피한 덕택이다.

"선생님! 어떻습니까!"

"이거라면 놈을 처치하러 가실 수 있죠!?"

나는 아이 잃은 부모들의 피를 토하는 듯한 심경을 이해했다고 생각했다.

그러나 지금 보니 아니었다.

지금껏 이들이 눈물을 흘릴 시간마저도 아껴 이렇게 노력해 온 이유가 이것이었다니.

이들은 자신들이 성좌들의 도움 없이 적의 공격을 막아 냄으로써, 내가 안심하고 반격과 복수에 나서기만을 바라 왔던 거였다.

"…그래, 알았다."

나는 살해당한 아이들의 대부로서 대답했다.

"반격 계획을 수립하도록 하지."

＊　　　　＊　　　　＊

소모한 미사일과 파손된 시설을 복구한 후, 나는 곧장 반격 계획 수립에 나섰다.

반격하기 위해서는 당연히 놈이 어디 있는지 알아야 한다.

운석 궤도의 역산을 통해 어느 정도까지는 추적할 수 있지만, 운석이 항상 최단 거리로만 날아온다는 보장이 없는 이상 결국 실측이 필요하다.

다행히 관측 시설에 모인 데이터를 통해 유의미한 좌표 몇 개를 산출해 냈다.

"일단 저기까지는 가 봐야겠군."

운이 좋으면 해당 좌표에서의 관측으로 [색채] 놈의 본거지를 발견해 낼 수도 있을 것이다.

그래서 나는 [하이퍼 파워 아머]를 준비시켰다.

나 혼자 힘으로 [색채] 본체를 쳐 죽이긴 힘들 테니, 다른 성좌들에게서 초환권을 얻어 두었다.

그리고 하나 더.

"인공위성을 하나 띄워야겠어."

로켓 발사 같은 건 비싸서 힘들어도, 위성을 띄워 놓는 건 별로 어렵지 않다.

내가 직접 날아가서 놓고 오면 되니까.

설령 이번 원정이 허사로 돌아가더라도, 이 위성이 다음 침략에 조금 더 빨리, 효과적으로 대응할 수 있는 수단이 되어 주리라.

위성을 구하는 법은 그리 어렵지 않았다.

그냥 [욕망 구현]으로 만들면 그만이었으니.

물론 실제로 만들기 전에 전문가들의 컨펌을 받아야 했지만, 연구 팀에서도 이미 나온 발상인 듯 그리 오래 걸리지는 않았다.

띄운 위성 수가 많다고 나쁠 일은 없으므로, 몇 개는 연구실에 넘겨서 역설계를 시켰다.

잘만 하면 위성을 잔뜩 띄워 지구상 어디에서도 와이파이를 쓸 수 있게 되리라.

뭐… 커뮤니티가 있는데 굳이 와이파이를 쓸 이유가 없긴 하지만, 말하자면 그렇다는 거지.

굳이 인공위성의 역설계와 양산을 기다릴 이유가 없었으므로, 나는 준비되자마자 바로 출발하기로 했다.

"마누라, 다녀올게."

"마누라라고 안 하면 안 돼?"

"그럼?"

"이름 불러. 이름 좋잖아."

"그래, 티케."

그러자 티케는 펄쩍 뛰어 내게 뽀뽀했다.

"다녀와, 오빠."

내가 왜 오빠냐. 네가 한참 연상 아냐?

이런 말은 하지 않았다.

왜냐하면, 처음엔 몰랐는데… 내게 닿은 티케의 손가락 끝이 파르르 떨리고 있었기 때문이다.

나는 모르는 척했다.

이런 건 아는 척하는 게 아니야.

*   *   *

결론부터 말하자면 티케는 내 걱정을 할 필요가 없었다.

왜냐하면 마지막 좌표에서까지 아무것도 발견되지 않았기 때문이다.

전투가 일어날지도 모른다는 생각에 아홉 성좌의 초환권까지 얻어다 왔는데, 살짝 허무해졌다.

대신 나는 전문가들이 찍어 준 좌표에 위성을 설치하고 왔다.

잘된다면 더 정확한 좌표를 얻어 다음에는 놈의 본거지를 이쪽에서 습격할 수 있게 되리라.

그렇게 별 수확 없이 귀환한 나는 사람들이 불평하거나 실망해도 너른 마음으로 이해해 줄 생각이었다.

10년이나 응축해 온 복수심이 해갈되지 않았으니, 그럴 만도 하리라며.

그러나 의외로 사람들은 그리 분노하지 않았다.

연구실에서는 이미 어느 정도 예상한 결과이기도 했거니와……

"복수는 식을수록 맛있는 음식이랍니다."

이런 대답이 돌아오기도 했다.

음, 그렇지.

나는 고개를 끄덕였다.

"그리고 누가 감히 선생님께 화를 내겠습니까?"

으, 응?

…그러네!

*   *   *

"캬아앙! 캬르르르르!!"

화를 내는 사람은 없어도 성좌는 있었다.

그 성좌의 이름은 티케.

내 마누라였다.

…얜 또 왜 이래?

조심조심 다가가서 허리를 쓰다듬어 주자 캬룽캬룽거리더니 곧 고룽고룽 소리를 내며 내게 앵기기 시작했다.

그러더니 내가 잠깐 방심한 틈을 타 내 바지를 확 내리더라.

으악! 당했다!

＊　　　　＊　　　　＊

그래, 복수 때문에 일상을 잃어버리는 것도 좋지 않다.

지나치게 팽팽하게 맨 줄은 금방 끊어져 버린다고 하지 않는가.

나는 티케 덕에 그 사실을 깨닫게 되었다.

하지만 굳이 이런… 방법을 써야 했을까 싶긴 하지만, 그거야 뭐 아무튼.

"이겼다."

이겼으면 된 거지, 뭐.

나는 전원이 끊긴 듯 축 늘어져 코를 고는 마누라의 머리카락을 쓸었다.

윤기 있는 머리카락은 매끈해 쓰다듬기 좋았고, 좋은 냄새가 났다.

"미안. 미안해. 티케."

이번에 적들을 찾아내지 못한 것에 가장 실망하고 한심스러워

하고 분노한 것이 나 자신임을 뒤늦게 깨달았다.

지난 10년간 일상을 잃은 채 살았음을 이제야 알게 되었다.

분노에 차 한밤중에 이불을 걷어차며 깨어나거나, 새벽에 전력을 다해 지구 반대편까지 달려 땅을 주먹으로 마구 내려치는 게 일상일 수는 없지 않은가.

그러나 나는 그래 왔다.

내 마음을 깎아 내며 살아왔다.

이걸 지금 알았다고 해서 내 심장을 지글지글 달구는 분노가 없어진 것은 아니다.

실망감은 여전히 웅어리진 채 남아 있다.

그럼에도 지금의 나는 적어도 주변을 돌아볼 수 있는 여유를 얻었다.

그냥 나 스스로 그렇게 느끼고 있는 것일 뿐일지도 모르지만, 적어도 이전보다야 나아졌다.

나는 미소 지었다.

미소 지을 수 있게 되었다.

미소 지었다는 것에 죄악감을 품지도 않게 됐다.

그렇게 나는 일상을 되찾았다.

*   *   *

[우주에서 온 색채가 10년 주기로 운석 공격을 감행할지 아닐지에 대한 갑론을박은 지난 10년간 꾸준히 있어 왔다.

그리고 이전과 같은 규모로 쳐들어올지, 더 규모를 크게 늘려서 쳐들어올지에 대한 논의도 함께 이루어졌다.

물론 논의는 논의일 뿐, 실제로 어떻게 될지는 겪어 봐야 아는 법이다.

그럼에도 그 논의가 무의미했냐면, 그렇지는 않았다.

논의 결과 운석의 규모가 더 커질 경우를 대비한 투자가 이뤄졌고, 그 투자가 지금 빛을 발하고 있었으니까.

10년 주기론도 의외의 효과가 있었다.

언제 쳐들어올지 모른다면 사람들이 긴장해 쉽게 지쳐 버릴 것이고, 이제 더 쳐들어오지 않는다는 의견은 사람들을 방심시켰을 테니까.

대비하기엔 10년이 딱 좋았다.

일단 지난번에는 10년 만에 쳐들어왔다는 확실한 근거도 있었기에 설득력과 호소력을 지니는 것도 좋은 점이었다.

실제로 10년 만에 쳐들어올지 아닐지는 그리 중요한 바가 아니었다.

이런저런 논의 끝에 우리는 향후 10년 동안의 정책을 입안하고 실행하기로 했다.

그런데 요격 시설을 늘리는 것은 좋지만, 이것도 한계가 있었다.

특히나 [신비포]의 경우 탑승자의 [신비] 능력치에 따라 화력과 전투속행능력이 결정되므로 더더욱 그러했다.

몬스터가 등장하지 않는 50층에서 사람들은 어떻게 성장을 꾀할 수 있을까?

그 답은 역시 하나뿐이었다.

몬스터가 없으면 사람을 잡아야지!

그래서 주기적으로 모험가끼리 토너먼트를 벌여 싸우게 했다.

그저 항복만 받아 내도 승리로 판정되어 경험치를 얻을 수 있다는 특성을 최대한 활용하고자 한 결과물이었다.

실제로 토너먼트를 통해 상대적으로 레벨이 낮은 모험가들이 경험을 쌓아 레벨 업 하고 [세 번 위대한 이]에게 [신비] 능력치를 얻어 성장할 수 있었다.

그리하여 [신비포]의 추가 배치도 가능해졌고.

그렇게 10년 후를 향한 준비는 착착 진행되었다.

오히려 운석이 안 떨어지면 섭섭할 정도로.

12장

반격 (1)

긴장감이 최고조로 오른, 10년 후 당일. 사실 확률적으로 이 날 운석이 날아들 가능성은 그리 크지 않았다.

"운석 출현! 운석 출현!"

그러나 관측 위성의 망원 렌즈에 운석의 그림자가 마치 약속이라도 한 듯 나타났다.

"어지간히도 얕보인 모양이로군."

이쪽이 대응하든 말든 상관없이 자기 페이스대로 운석을 보낸다니. 웃어야 할지, 울어야 할지 헷갈린다. 운석이 찍힌 영상을 직접 보고 확인할 수 있는 사람은 나뿐이었다.

나 외의 다른 사람이 그걸 보면 미쳐 버릴지도 모르니까.

렌즈 너머의 영상이긴 해도 혹시 모르지 않는가?

리스크를 군이 부담할 필요가 없었다.

나중에 녹화 영상을 통해 실험해도 될 일이다. 좌우지간 그래서 다른 사람들은 데이터만 보고 분석할 수밖에 없었다.

"운석 규모, 100! 이전의 두 배입니다!"

"대형 운석 존재 확인!"

아니, 저건 대형 운석 따위가 아니다.

영상을 직접 본 나만 알 수 있었다.

"나타났군."

이지러진 색을 띤 기괴한 형상의 대형 운석처럼 보이는 저것은 내가 이미 한 번 목격한 적이 있던 존재였다.

[우주에서 온 색채]

정확히는 그 분신체일 것이다. 지난번에 기껏 투자한 운석군을 우리에게 깔끔하게 파괴당해 화가 난 건가?

아니면 '색'의 존재를 확인하고 흥분해 과투자를 한 건가?

갑자기 거물을 투입해 주시다니.

"이거 흥분되는걸?"

나는 이를 드러내며 웃었다.

"운석 궤도 분석은 끝났나?"

물어보니, 아직 시간이 더 걸릴 것 같단다.

"결과는 위성 통신으로 전송하겠습니다!"

말하는 걸 들어 보니 내가 뭘 할 건지 알아차린 모양이다.

그러고 보니 작전 계획서에 이미 기록해 놨던가?

잘 모르겠다.

지금 중요한 건 그게 아니니까.

"운석 요격은 지상 팀에 맡기겠다. 문제없겠지?"

연구원들에게 묻자, 대답은 곧 돌아왔다.

"문제없습니다!"

"그, 그렇다면……."

기대 어린 눈빛.

나는 그 기대에 부응하기로 했다.

"그래, 내가 직접 출격한다."

거물은 직접 나가서 환대하는 게 예의겠지?

                    *   *   *

내가 마중 나가는 데에 시간이 그렇게까지 오래 소요되지는 않았다. 이쪽의 [하이퍼 파워 아머]도 지난 출격 때의 경험을 밑바탕으로 삼아 우주 사양으로 개조되어 좀 더 빨라지기도 했고, 무엇보다 운석이 이쪽으로 날아오고 있었으니 말이다.

100개의 운석이 지구를 향해 날아드는 광경은 그 자체로 장관이긴 했다. 하지만 앞서 말했듯, 이 광경을 직접 볼 수 있는 사람은 나 뿐이다. 나는 지상의 사람들이 다른 운석들을 요격해줄 거라 믿고 99개의 운석을 다 그냥 흘려보냈다.

예외는 하나뿐이었다.

[우주에서 온 색채].

아마도 분신. 그 거대 운석에 마저 가까이 가기도 전에, 나는 이전에도 한 번 본 적이 있던 광경 속으로 빨려 들어갔다.

그래, [우주에서 온 색채]의 알현실이다.

놈이 날 여기로 빨아들였다.

미궁 45층 때와 똑같이.

"굳이 아바타로 여기까지 온 보람이 있다고 해야 할까?"

아니면 분신과 본체의 데이터가 실시간으로 공유되지 않는다고 봐야 할지.

뭐, 어느 쪽이건 상관없었다. 적은 방심했다.

그렇다면 이제 방심의 대가를 치러야 한다.

나는 곧장 아홉 성좌의 초환권을 썼다.

이제 다구리만 치면 된다.

…고 생각했는데.

"이런."

초환권이 작동하지 않는다.

"함정에 빠진 건 내 쪽이었나?"

갑자기 초환권이 안 써지는 건 뭐, [색채] 놈의 짓이겠지.

초환권이 불량이 아닌 이상, 이런 수작을 부릴 놈이 달리 없으니까. 이렇게 돼서 나는 최악의 환경에서 적수와 1:1로 맞서 싸워야 하는 위기에 빠졌다.

그러나 생각보다 낭패감이 안 드는 것은 왜일까?

이유는 간단하다.

"꼭 내 주먹으로 한 대 두들겨 패 주고 싶었는데."

나는 이를 드러내며 웃었다.

"소원이 이뤄지게 생겼네?"

*　　　　*　　　　*

쿵!

"끄으!"

싸움은 쉽지 않았다.

사실 쉬울 이유가 없었다.

이전에도 일곱 성좌가 본 모습까지 드러내며 싸워야 했던 상대인데, 이번에는 나 혼자 어떻게 해 보려고 하니 답이 나올 리가 없었다.

그래야… 하는데?

쿵!

"큭!"

성좌로서 싸우다 보니, [색채]의 색 드레인 공격으로 성좌의 힘이 빨려 나가긴 한다. 색 드레인 공격이라고 해도 명명만 이런 식으로 했을 뿐, 실제로는 그냥 공격이 스치기만 해도 색깔을 빼앗기며 힘도 함께 빨려 나가는 거다.

간단하지만 그래서 더욱 치명적인 공격. 이런 식의 공격을 계속 당하다 보면 말라 죽는 건 시간 문제라고 봐야 한다.

그러나 그게 그렇지 않았다.

빨리는 것보다도 더 빠른 속도로 힘이 솟아오르고 있었다!

티케가 말하길, 이것은 내 아이들로부터 전해져 오는 힘이라고 했지. 그 이야기를 들은 게 아마 49층에서였을 텐데, 그때보다도 더 빠르고 강하게 힘이 솟고 있었다.

이유는 당연히 모른다.

그저 모험가들 전체가 강해졌기 때문에, 혹은 운석이라는 외적을 만나 결집력이 강해졌기 때문에, 아니면 더욱 단순하게 [우주에서 온 색채]에 대한 복수심 때문에.

이런 식의 추측만이 가능할 뿐이다.

어쨌든 힘의 출처가 출처인 이상, 이 또한 무한하지는 않을 것이다. 그러니 최대한 빨리 [우주에서 온 색채]를 쓰러뜨려야 한다.

게다가 고작 분신체 상대로 이렇게 고전해서야, 본체는 어떻게 상대하겠는가?

"아아!"

나는 기합인지 신음인지 모를 소리를 내며 힘을 냈다.

[신비한 시간]

시간 정지!

[신비한 세계]

지정한 영역에서 [신비] 소모 0!

이미 검증된 적이 있는 두 능력의 시너지가 발휘되며, 나는 내가 펼친 세계의 범위 안에 한하더라도 마음대로 움직일 수 있게 됐다.

드드드득!

성좌의 공간에서 성좌에게 능력이 먹히는지 궁금했는데, 그 답이 이제야 나왔다.

부분적으로 먹힌다. 놈은 정지된 시간에서마저 움직이고 있었다.

다만 그 움직임은 확연히 느려졌으며, 이전까지 보이던 색채의 다채로운 꿈틀거림은 완전히 정지했다.

'움직일 때마다 힘을 쓰고 있군.'

하필 표면의 색만 꿈틀거리지 않게 된 것이 가리키는 바는 바로 이것이었다.

적은 자원만 쓰고 효율적으로 움직이기 위해 어차피 내게 통하지도 않는 색 꿈틀거림을 정지시킨 것이리라.

그렇다면 [신비한 시간]만 틀어 놔도 놈의 힘을 감소시킬 수 있다는 건가? 하지만 문제는 이거 쓰고 있는 동안에 내 힘도 같이 깎인다는 거다.

그러니 그냥 더 빠르게 움직일 수 있는 걸 이용해서 최대한 큰 피해를 입히는 게 더 낫겠다.

"[비이이이임!!!!]"

"[비이이이임!!!!]"

"[비이이이임!!!!]"

미궁 바깥의 존재, 특히 [색채] 이놈에게는 [신비] 공격이 잘 통하더라. 그래서 별달리 머리 쓸 것 없이 [대폭주]를 건 [비이이이임!!!!] 세 발을 쏘았다.

[신비한 세계]의 범위까지는 뻗어 나가던 입자 줄기는 시간 정지의 영역에 이르자 그대로 멈췄다.

[색채] 분신체 놈도 이게 뭔지 아는지, 느려진 움직임으로나마 피하려고 애썼지만 이미 늦었다.

"[내가 빔이다.]"

마지막으로 남은 [신비]를 전부 쏟아부으며, [신비한 시간]를 끝내 버렸기 때문이다.

번쩍!

*　　　　*　　　　*

결론부터 말하자면 나는 그래선 안 됐다.

성좌가 된 이후로 성좌와 싸울 땐 항상 다른 성좌와 함께 싸웠다.

1:1을 뛰어보는 것은 이번이 처음이라는 소리다.

그래서… 그 뭐냐…….

"쓰읍."

나는 혀를 찼다.

"힘 조절에 실패했군."

내 힘의 원천이 지구의 지구인들에게서 비롯된다는 걸 안 이상, 이걸 마구 갖다 쓸 순 없었다.

아껴야 했고, 효율적으로 써야 했다.

이 힘을 소진해 버린 다음에 어떻게 되는지는 사실 모르지만, 알고 싶지도 않았다.

그런데 이번엔 힘이 너무 들어갔다.

특히 성좌 상태로 [빔 인간]을 쏜 건 누가 봐도 오버였다.

아니, 성좌의 영역을 뚫고 나올 정도로 출력이 세게 나올 줄은 몰랐지.

전력을 다해서 뿜어냈기에 일어난 참사였다.

그나마 다행인 건, 이번 전투로 잃은 것보다는 얻은 게 더 많다는 점이었다.

아무리 분신체라지만 성좌를 1:1로 잡아서 혼자 그 힘을 다 빨아먹고 나니 배가 다 든든하더라.

원래 전쟁이란 게 쓰는 돈은 많고 버는 돈은 적은 게 보통인데, 성좌 사이의 전쟁은 그렇지도 않나 보다.

어쨌든 적 성좌를 죽여서 힘을 빼앗는 데 성공만 하면 이렇게 이득이 크니 말이다.

그렇다고 이번 전투가 위태롭지 않은 건 아니었다.

이번 분신체는 45층의 분신체에 비해 확연히 약했기에 이길 수 있었던 거다.

내 추측에 불과한 가설이긴 하지만, 아마 자신의 세계에 다른 성좌가 초환되는 걸 방지하느라 힘을 너무 써 버린 탓이리라.

그냥 [색채] 성좌 본체가 이번 분신체에는 힘을 조금만 나눠 준 탓일 수도 있고. 어느 쪽이든 간에 그 덕에 나 혼자 잡을 수 있었다고 보는 게 맞겠다 싶다.

아무튼 이겼고, 살아남았고, 힘을 불렸다.

그러나 나는 만족할 수 없었다.

복수심은 조금도 채워지지 않았다.

"놈의 본체."

[우주에서 온 색채]를 완전히 끝장내 다시는 내 아이들을 노리지 못하도록 하는 것이 내 최종 목적인 이상, 여기서 멈출 수는 없었다.

따라서 나는 지구로 돌아가지 않고 오히려 우주 너머로 향했다.

목적지는 관측 위성.

그곳에서 지구와 통신할 생각이다.

*   *   *

[상황은 어떻습니까? 운석은 잘 막았습니까?]

[예, 선생님. 아무 피해 없이 잘 막았습니다.]

[그거 다행이로군요. 그럼…….]

[아, 궤도 산출. 궤도 산출은 끝났습니다. 만…….]

결론부터 말해 이번에도 [색채] 놈의 본거지를 찾아내는 데에는 실패했다.

그나마 추가로 산출해 낸 좌표에 관측 위성을 갖다 박는 것으로 이번 일을 마무리하기로 하고 나는 지구와의 통신을 종료했다.

"거참, 쓥……."

아쉽기 짝이 없지만 일이 그렇게 쉽게 되겠는가?

어쩌면 [색채] 놈도 우리가 자신의 본거지를 역추적 중이라는 사실을 알고 숨었는지도 모른다.

그런 식으로 한 천 년쯤 숨어 다녀 주면 소원이 없겠지만, 그렇겐 안 하겠지.

아무튼 해야 할 일이나 하자.

나는 [하이퍼 파워 아머]의 부스터를 작동시켰다.

지정된 좌표에 도착하는 것은 금방이었다.

그냥 우주라 장애물이 있는 것도 아니고 그냥 직선으로 쭉 날아오면 그만이라 그런 것도 있지만, 주된 원인은 내가 과속을 해서 그렇다.

지난 10년 동안은 일상을 되찾았다며 나름 여유롭게 살긴 했다지만, 그래도 내심 스트레스가 좀 쌓였나 보다.

내심 혀를 차던 나는 인벤토리에서 위성을 꺼내 해당 좌표에 설치하려고 했다.

"…어?"

그러나 다음 순간, 나는 숨을 멈출 수밖에 없었다.

왜냐하면.

[비밀 교환★]

비밀의 존재를 알아차리는, 내 두 번째 고유 능력이 반응했기 때문이다. 물론 여기는 미궁 바깥이라 상태 메시지가 뜨거나 하지는 않았다.

그러나 나는 [비밀 교환★]이 어떻게 반응하는지 이미 알고 경험한 바 있었다.

"이런 우주 한복판에… 비밀이?"

이거 수상하다.

하긴 그러고 보니 지구의 관측 센터에서 하필 이곳을 좌표로 지정한 이유가 따로 있었다. 시야각 문제인지 뭔지 원인은 모르지만 운석군이 여기서 갑자기 나타난 것처럼 보인다고 했던가.

들을 때는 그냥 그러려니 하고 들었지만, 비밀을 앞에 두고 다시 들으니 조금 이상하다. 따라서 나는 비밀을 해부해 보기로 했다.

"나는 회귀자다."

이런 때이니만큼, 그래서 오히려 더욱 전통적인 방식으로.

그런데 문제가 있었다.

보통 [비밀 교환★]은 내가 비밀을 알려고 하면 상태 메시지로 이 비밀을 알려 주는 방식으로 작동한다.

그런데 여기는 미궁이 아니라서 상태 메시지가 표시되지 않는다.

이런 경우엔… 어떻게 되는 거지?

나도 모른다. 몰라서 한 번 해 본 거고.

그리고 그 결과.

"!"

나는 비밀을 '알게' 되었다.

누가 머릿속에 쑤셔 넣은 것처럼?

아니, 아니다.

처음부터 알고 있었던 것처럼, 마치 잠깐 잊은 채로 지내다 갑자기 생각이 난 것처럼 알게 됐다.

어쩌면 [비밀 교환★]은 처음부터 이런 식으로 작동했는지도 모르겠다. 내가 이 사실을 눈치채기 전에 상태 메시지가 1출력돼서, 결과적으로 상태 메시지를 보고 비밀을 알게 된 것으로 착각한 것일지도 모른다.

지금 와서 이런 생각을 하게 될 정도로, [비밀 교환★]은 자연스럽게 작동했다.

그리고 그 비밀이란.

"그랬단 말이지?"

내가 이를 드러내며 웃도록 할 정도였다.

『강한 채로 회귀』 6권에 계속…